KB021067

자존감 극대화 프로젝트

나를 안아주는 시간

나를 안아주는 시간

초판 1쇄 발행 | 2018년 10월 5일

지은이 | 김신애
펴낸이 | 공상숙
펴낸곳 | 마음세상

주 소 | 경기도 파주시 한빛로 70 515-501

출판등록 | 2011년 3월 7일 제406-2011-000024호.

ISBN | 979-11-5636-284-5 (03810)

원고 투고 | maumsesang@nate.com

* 값 13,500원

* 마음세상은 삶의 감동을 이끌어내는 진솔한 책을 발간하고 있습니다. 참신한 원고가 준비되셨다면 망설이지 마시고 연락주세요.

이 도서의 국립중앙도서관 출판예정도서목록(CIP)은 서지정보유통지원시스템 홈페이지(http://seoji.nl.go.kr)와 국가자료종합목록시스템(http://www.nl.go.kr/kolisnet)에서 이용하실 수 있습니다. (CIP제어번호 : CIP2018028005)

나를 안아주는 시간

김신애 지음

마음세상

Prologue

작은 힐링으로 나를 찾다

남에게 한 번쯤은 들어보고 싶었던 그 말.

"잘 나가네."

삼십 대가 되면 깔끔한 신축 오피스텔에 혼자 살며, 능력 있는 커리어우먼에 쌔끈한 연하 남자친구를 가진 화려한 삶을 꿈꾸던 여자. 골드미스를 꿈꾸어왔지만, 현실은 아무것도 없는 스댕미스! 수많은 소개팅과 동호회, 파티에 나가 어떻게든 남자 하나 물겠다며 애썼던 나. 하지만 인연이 닿지 않자, 또 시작된 나에 대한 미움과 경멸로 보냈던 지난날.

날 사랑해주는 남자 하나 없자, 세상이 짜고 나에게 등 돌렸다며 찌질하게 동굴로 들어가 버렸던 나. 밀당하는 사람 제일 싫어한다며, 골머리 썩어가며 계산했던 나. 나 빼고 남만 배려했던 나는 없었던 삶. 불안한 마음이 들 때면 점쟁이에게 찾아가, 돈도 못 버는데 날렸던 비싼 점사비.

보통의 자기계발서나 힐링 책은 끝없는 실패 끝에 결국 성공했다는 식상한 이야기뿐이지만 이 책에는 그런 반전 따위 없다. 저자는 여전히 성공하지 못했다. 하지만 지금 행복한 삶을 살고 있다.

어떻게 변한 걸까? 인생이 달라지지도 않았는데 무엇이 그녀를 변하게 한 걸까. 거듭된 실패로 자괴감에 빠져 우울한 날을 보내온 저자이지만, 그 속에서도 자신을 놓지 않고 꿋꿋이 힐링 방법을 찾아낸다.

지금 삶이 힘들다고 느끼는 취준생. 사랑에 아파하는 사람들. 나만 초라하고 기계처럼 살아가는 것 같은 사람들. SNS를 보며 자괴감과 박탈감에 허우적대는 사람들. 꿈이 없는 사람. 미래가 걱정되는 사람. 인간관계에서 실패한 사람? 모두 내 이야기다.

무조건 긍정적으로 생각하라? 잘 될 테니 걱정하지 마라? 비현실적인 긍정과 식상한 위로는 집어치워라! 마음먹은 대로 안 되는 거지 같은 세상! 하지만 세상은 변하지 않으니 내가 변하기로 했다.

헬조선에 사는 한 금수저를 물고 태어나지 않는 이상 우리는 성공한 자들을 돋보이게 해주는 발판일 뿐이다. 하지만 낙담만 하고 있기에는 인생이 아깝다. 그것들과 비교하면 끝없이 자기 자신을 괴롭히는 꼴 밖에 안 될 테니 스스로 나를 변화시켜 보기로 했다. 흔해빠진 자기계발서에 나오는 것처럼 이렇게 해라. 저렇게 해라. 등의 억지 마음먹기는 이제 약발이 다 떨어졌다.

매년 삶의 목표를 세울 때 일 순위에 써 내려갔던 아침에 일찍 일어나기! 하지만 지켜진 적은 몇 번 없고, 못 지키면 또 나 자신을 미워하며 이런 것도 못 하냐고 자신을 다그쳐왔던 나.

그까짓 거 안 하면 그만! 나에게도 맞는 라이프 스타일은 아니다. 그러니 오늘도 일찍 일어나지 못했다고 자신을 채찍질하지 않을 거다. 난 마이웨이로 내 인생을 살 거다. 남 눈치 보며 사느라, 정작 나 자신은 어떤 사람인지 몰랐던 아까운 시간을 생각하며 이제부터라도 나를 위해 살기로 한 나.

예전의 나에게 한마디 하고 싶다.

"넌 하녀병이냐? 네가 뭔데 너 빼고 다 배려해? 네 인생의 주인공은 바로 너야! 남 눈치 따위 개나 줘! 누가 뭐래도 이제부터 내가 내 인생의 일 순위다!"

모두 내 삶의 방식을 찾아가 보는 시간을 가져야 할 때다. 늦은 건 아니냐고? 천만에! 오늘이야말로 내 미래에서 가장 빠른 날이다. 오늘부터라도 나를 알아가 보자.

자기계발서에 나온 대로 나 자신을 끼워 맞추는 삶은 하지 말자. 아무리 베스트셀러 작가라고 해도 그는 나를 모른다. 내 인생을 살아보지 못한 사람의 말을 듣고, 그대로 따라 하는 게 내가 원한 삶이었나?

나에 대해 끝없이 생각하며, 하고 싶은 건 나이 따지지 말고 도전해 보기로 했다. 이것저것 하기에는 너무 끈기 없다는 말도 들었던 나. 하지만 아닌 걸 참는 게 능사는 아니다. 끈기? 하나에 오래 버티는 게 끈기다? 실패해도 내 길을 끊임없이 찾아가며 또 찾아가는 게 바로 끈기다. 남이 뭐라 하던 난 내 길을 찾기로 했다.

제1장
잃어버린 시간들

후회 없이 놀다

특별하게 공부를 잘 하지 않던 요원이. 작은 키에 뚱뚱하지도 마르지도 않던 그저 평범하기 그지없는 아이였다. 요원이는 고등학교 1학년 때부터 자기를 쫓아다니던 승윤이와 2학년 때부터 사귀게 되었다.

그때는 몰려다니던 친구들끼리 교제하는 게 일반적이었고, 요원이의 친한 친구인 정화도 승윤이 친구와 커플이 되었다. 요원이와 정화는 학교가 끝나면, 독서실에 가방을 놓고 옆 공원 정자에서 약속한 듯이 남자 또래들과 만났다. 다 모이면 일곱에서 여덟 명은 모여 매일 하는 일이, 수다 떨기, 술 마시기 등등 공부 빼고 모든 걸 함께했다.

조금만 더 걸어가 번화가로 가면 고맙게도 미성년자를 받아주는 술집도 몇 군데 있었다. 지금 생각해 보면, 학생들의 코 묻은 돈을 받아가면서까지 불법을 저질러야 했었나 싶지만, 학생들 사이에서 소문이 금세 퍼져 술집 매상에 한몫했을 것이다. 친한 사장들은 술집에 가면

"오늘 단속 뜨니 빨리 먹고 가!"

라고 귀띔도 해줬다.

어떤 술집은 밖에서는 보이지 않는 비밀 방 같은 공간을 마련해 두기도 했다. 그 방엔 단속 뜨면 바로 튀어나갈 수 있는 밖으로 연결된 문도 있었다. 그때 요즘처럼 술집에서 미성년자를 받아주지 않았다면, 요원이는 그 시간에 공부를 했을까? 술집에서 안 받아주면, 액면가가 상당했던 정화의 도움을 빌려 동네 허름한 슈퍼에서 술을 사서, 외진 공원 정자에서든 어디에서든 일탈을 즐겼을 거다. 나이가 들어서도 그런 사람이 종종 있지만, 어렸을 땐 그저 강해 보이는 게 멋있어 보이는 사춘기 안경을 쓴 것처럼, 술 잘 마시는 애가 부러웠고, 멋있어 보였다. 요새는 그걸 중2병이라고 한다지?

술이 그렇게 세지 않았던 요원이는 자신의 주량을 인정하지 않고, 항상 취했었다. 지금 생각하면 손이 오글대는 주사도 적잖게 부렸고, 승윤이는 그럴 때마다 정성스럽게 요원이를 챙겼다.

그렇게 수험생 생활을 보내고 나니, 예고했듯 수능은 망쳤고, 들어본 적 없는 대학에 친구들과 함께 들어갔다가 1학기만 마치고, 재수를 결심했다. 재수학원에 들어가서도 요원이는 마찬가지였다. 정화와 함께 재수 학원 종합반을 등록했고, 거기서도 알게 된 사람들과 평생 함께하자는 의리를 다지며, 재수 생활을 시작했다.

학교 수업처럼 아침부터 오후까지 수업을 듣고, 나머지 시간은 자율학습이었다. 자율학습 시간에는 당연히 공부는 하지 않았다. 그곳에서 만난 사람들은 다행히, 동네 친구들처럼 술을 즐기진 않았지만, 재수 학원 근처에 명동이 있던 터라, 틈만 나면 같이 쇼핑가고, 커피숍을 가던지 자율학습실 계단에서 몇 시간이고, 수다를 떨었다. 매일 만나는 똑같은 사람들인데 뭐가 그렇게 할 말이 많고, 한 마디 한 마디에도 웃음이 났던지. 그때도 요원이는 여전히 승윤이와 만나고 있었다. 하지만 재수 학원 사람들과 있을 땐, 남자 친구 이야기는 하지 않았다. 다들 요원이가 남자 친구 있다는 사실을 말할 때마다,

"아, 맞다! 너 남자친구 있었지!"

라며 매번 처음 듣는다는 반응이었다. 그만큼 요원이의 삶에서 승윤이의 순위는 저 뒤로 밀려나 있었던 거다.

재수학원에서 아침부터 저녁까지 있자, 승윤이를 만나는 시간은 없어졌지만, 실처럼 가느다랗게 겨우 만남을 이어나갔다.

다시 수능을 보고, 결과가 나오기 전까지 동네 마트에서 행사 아르바이트를 하며, 승윤이와는 헤어졌다. 서로의 오해가 있던 건지, 요원이는 승윤이가 바람을 피웠다는 말을 들었다. 승윤이는 끝까지 발뺌했지만, 친구 커플이 술 마시는 자리에 그 여자를 데리고 갔다고 한다. 심지어 화이트데이 때 초콜릿 바구니까지 받아들고서 말이다. 그 자리에 있던 사람들이 요원이에게

"승윤이가 여자를 데리고 왔더라."

이렇게 말을 했는데도, 승윤이는 끝까지 오리발이었다. 둘은 헤어지게 됐고, 요원 역시 금방 마트에서 만난 헬퍼 아르바이트를 하는 한 살 어린 강민이와 사귀게 됐다. 어린 나이였던지라, 새로운 만남도 금방 이루어졌다.

그때쯤, 수능 결과가 나왔고, 결과는 역시 좋지 않았다. 작년보다는 오른 점수였지만, 원하지 않던 대학에 예비번호 98번을 받았다. 다행히 인원이 금방 빠져, 영어과에 입학할 수 있었다. 재수를 하며, 뒤늦게 영어 과목에 재미를 붙인 요원이는 수능에서 영어 시험을 꽤 잘 봤었다. 그래서 겨우 대학에 갈 수 있었다.

서울에 있는 학교로 지하철로 가면 금방인 거리를 요원이는 한 번도 지하철로 간 적이 없다. 요원이는 버스 타는 걸 좋아했다. 바깥 구경을 할 수 있기 때

문이었다. 시간상으로는 2배가 넘는 시간이 걸려도, 고집스럽게도 버스를 타고 학교에 갔다. 버스를 타며 보는 그 경치를 보는 것이 요원이에게는 나름 공상에 빠질 수 있는 유일한 시간이었으니까.

대학에 들어가자, 요원이는 과에서 가장 예쁜 미나와 친해지게 됐다. 큰 눈에 눈웃음을 치고, 약간 긴 단발머리, 몸매와 다리도 정말 예뻤다. 서로는 금방 친해지게 됐고, 복학생 오빠들이 대거 들어오면서, 미나는 오빠들의 눈빛을 엄청 받았다. 오죽하면 술 마실 때 요원이가

"오빠, 제 첫인상 어땠어요?"

라고 물어보면, 아무도 대답을 못 했다. 미나가 너무 예뻐, 요원이는 보이지 않았기 때문이다. 요원이도 어디 가서 빠지는 외모는 아니었지만, 복학생 오빠 중 관심 있는 사람이 없던 터라, 그 말을 들어도 그다지 기분 나쁘지 않았다. 하지만 시간이 지나자, 복학생 오빠들은 미나를 멀리했다. 오빠들에게 어떤 행동을 해서 미운털이 박힌 건지 모르겠지만 자기가 예쁜 걸 잘 아는 미나의 행동이 더 이상 호감으로 보이지 않았었나 보다.

인기가 떨어진 미나는 요원이에게 집착하기 시작했다. 틈만 나면

"넌 나하고만 놀았으면 좋겠어."

라는 말을 했고, 요원이가 복학생 오빠들에게 당구를 배우기 시작하면서 당구장에 들락날락하자, 그걸 그렇게 싫어했다.

같이 가자고 해도 거절하고, 집에 갈 거라며 요원이도 꼭 집에 가길 바랐다. 심지어 집 가는 방향도 정반대여서 교문에서 바로 헤어져야 하는데도 말이다.

성격이 셌던 요원이도 그런 미나를 받아주지 않았다. 요원이도 고집이 있었으니까.

'내가 당구가 재밌어서 배우겠다는데 누가 날 막을 테냐'였고, 마지막 시험만

보면 졸업이었지만, 미나는 결국 시험을 보지 않았다. 요원이는 자기 때문인 것 같아, 미나에게 전화를 걸어 왜 학교를 안 나오냐며 다그쳤지만, 알아서 하겠다는 미나의 말을 마지막으로 그렇게 졸업을 했다.

요새는 졸업하고, 다들 바로 취업을 생각하지만, 그때 요원이는 이상하게 급하지 않았다. 재수했던 사람들과도 만남을 잘 이어나갔고, 제인 언니의 말을 듣고, 요원이는 결심했다.

"내 친구 중에 필리핀으로 어학연수 다녀온 애 있는데, 영어 엄청 잘해."

영어과를 나왔던 요원이는 학교를 잘 나가지 않아, 실제 배운 건 없었지만, 그래도 영어과를 졸업했으니, 어학연수는 필연적으로 다가왔다. 바로 집에 가서 어학연수를 가겠다고 선포했다.

요원이는 집에서 가까운 한양대에 가서 술을 자주 마셨는데, 백수인 친구들을 낮부터 만나면 커피숍에 가서 밥을 먹고, 커피를 마셨다. 그 후 당구를 치러 갔다가, 술을 거하게 마시고 노래방까지 가줘야 하루가 마무리됐다. 그날도 어김없이 친구와 당구를 치러 갔는데, 아르바이트를 구한다는 걸 보고, 비행깃값이라도 벌자 해서 아르바이트를 하게 됐다. 그 당구장은 한양대 일대에서 매출이 가장 좋은 당구장이었다. 100평에 당구대가 13개나 됐는데, 회전율은 쉴 틈이 없었다. 손님은 한양대생과 동네 양아치들까지 연령대도 다양했다. 매일 오는 사람은 하루에 두세 번도 왔다. 요원이는 냉커피를 주전자에 대량으로 만들어놨었는데, 그 커피가 정말 맛있어 손님들에게 극찬을 받았다. 뭐, 사실 그걸 빌미로 아르바이트생에게 한 마디라도 더 건네고 싶었던 남자들의 능글맞이었겠지만.

요원이는 당구장에 매일 오는 같은 또래 남자 무리 중 한 명과 사귀기도 하고, 손님과 술도 자주 마셨다. 원래 그 당구장은 여자 아르바이트생만 쓰고, 지금까지는 이미지 관리 잘 하는 신비주의의 아르바이트생만 썼지만, 요원이는 역시 자기 스타일대로 밀고 나갔다. 사장 오빠도 지배인님도 그런 요원이에게 너 하고 싶은 대로 하라며 두었다.

일도 열심히 하고, 매출도 두 배 이상 올랐기 때문에, 요원이는 그 당구장에서 처음으로 시급을 올려 받은 아르바이트생이 되었다. 요원이는 그랬다. 일이 11시에 끝나 매일 술 마시고 있는 친구들에게 가서 새벽까지 술을 취할 정도로 마셨고, 그런 요원이를 보며, 친구는 '이 친구가 미쳤나?' 라는 생각까지 할 정도로 하루도 술을 거르지 않았다.

매일 만취 상태로 해가 뜨는 걸 보고서야 집에 가도, 일할 땐 지각 한 번 한 적 없었다. 근무 중에는 농땡이 부리지 않고, 열심히 하는 아이였다. 인생을 즐기지만, 맡은 일에는 책임감이 투철했다.

비행깃값을 벌기 위해 시작한 일이었지만, 맨날 술값, 옷값으로 탕진하다 1년이나 아르바이트를 했을 때는 정작 모은 돈이 없었다. 1년 동안 그냥 신나게 원 없이 논 것이다. 더 지체할 수 없어 라섹 수술을 받고, 연수 준비를 했다.

처음에는 필리핀으로 어학연수를 가려고 했지만, 호주에 워킹홀리데이라는 비자가 있다는 말을 들었다. 일도 할 수 있고, 어학원도 다닐 수 있는 최고의 비자였다.

항상 친구들과 함께했던 요원이는 빨리 다녀오잔 생각에 6개월을 생각하며, 호주로 갈 준비를 하게 되었다. 그때 이미 요원이는 남자도 몇 명 사귀어 봤고, 친구들과 술에 나이트도 한창 갔었다. 아니, 한창이라기보다 이미 그 질풍노도의 시기를 다 겪어보고 난 후의 요원이었다.

그땐 가족과 떨어지는 것보다 친구들과 떨어지는 게 견디기 힘들었지만, 이대로 계속 한국에 있다가는 내일이 없는 것처럼 망나니 생활이 계속될 것 같았다. 부모님이라는 그늘 아래 편하게 호의호식하며, 아르바이트 한 돈은 오로지 자신을 위해서만 썼다.

그땐 이상하게 취업이라는 큰 벽은 인생의 과제가 아니었다. 급한 건 요원이 자신이었다. 영어과를 졸업했지만, 기초적인 동사나 명사도 모르는 요원이는 그런 자신이 창피했다. 하지만 지금까지 망나니처럼 논 게 후회되지는 않았다. 늦게 배운 도둑질이 무섭다고, 지금까지 무턱대고 놀지 않았으면, 나중에 중요한 시기가 왔을 때 미쳐 날뛰는 망아지가 될 수도 있었으니까.

유학을 떠나다

호주로 떠나기로 마음먹은 요원이는 유학원을 통해, 비자 발급과 학교, 홈스테이를 정하고, 남은 날들만 기다렸다. 친구들은 여전히 매일 같이 술을 펐고, 요원이도 그간 있었던 몇몇 썸남들을 정리하며, 한국과의 이별을 준비했다. 비행기를 처음 탔던 요원이는 홍콩을 경유해서 가야 한다는 사실도 무섭게 느껴졌지만, 다행히 공항에서 같은 호주로 가는 사람을 만나 무사히 경유할 수 있었다.

영어과를 나왔다지만 비행기에서 기내식을 말하는 것조차 겁내는 겁보가 어떻게 호주를 갈 생각을 했던 걸까. 친구들은 여전히 말한다. 변화를 싫어하고, 친구들과 만날 때도 항상 같은 곳만 고수하는 요원이가 어떻게 한국을 떠날 생각을 했는지 아직도 불가사의라고 한다. 심지어 요원이는 이제 영어를 할 줄 알면서도 해외여행을 즐기지 않는다. 물론 호주에서 머무는 6년 동안에도 여행은 근처로 캠핑 한 번 간 게 다였다. 그냥 모험 자체를 안 좋아하는 사람인 것이다.

11시간이 넘는 비행을 마치고, 호주의 퍼스에 도착한 요원이는 공항으로 마중 나온 픽업 차를 타고 홈스테이로 향했다. 수영장이 딸린 일반 주택이었고, 입구에 들어서자, 홈스테이 맘이 기다리고 있었다.

그 집은 요원이까지 합쳐 총 4명의 홈스테이 학생과 홈스테이 맘, 지금은 이름이 생각나지 않는 초등학교 3학년 정도 된 딸이 있었다. 남편은 한 번밖에 보지 못했는데, 다른 지역에서 일하는 셰프라고 했다. 도착하자마자, 짐을 풀었다. 방은 한국에서와 달리, 나무 복도에 금방이라도 귀신이 나올 것처럼 뭔가 음침했다.

굉장히 심플한 방이었다. 침대, 책상, 장롱이 전부였던 방. 들어가니 침대에는 한 장의 A4용지가 놓여있었다. 영어로 쓰여 있었지만, 간단하게 쓰여 있는 홈스테이 규칙이었다. 그 중 요원이에게 공포에 떨게 만든 한 줄은 뱀이 들어올 수 있으니 창문을 닫아두라는 글이었다.

요원이는 갑자기 모든 게 무서워지기 시작했다. 아무도 없는 이 땅에 내가 왜 친구들과 가족들까지 모두 제쳐두고 온 건지, 무슨 생각이었던 걸까? 당장이라도 한국으로 돌아가고 싶었다. 만약 요원이가 영어를 할 줄 알았다면 홈스테이 맘에게 한국으로 갈 수 있는 비행기 표를 알아봐달라고 말했을 거다. 하지만 불행 중 다행인 건지 요원이는 영어를 할 줄 몰랐고, 침대에 앉아 낯섦과 외로움을 동시에 느껴야 했다.

공포감에 젖어있자, 금방 저녁이 됐고, 학생들도 모두 귀가해 함께 모여 저녁을 먹었다. 요원이를 뺀 3명의 학생은 모두 스웨덴 학생이었다. 스웨덴은 지역에 따라 서로 다른 3개의 언어를 쓴다는 걸 그때 처음 알았다. 한 명은 여학생,

2명은 남학생이었는데 요원이는 영어를 한마디도 하지 못해, 그들 대화에 끼고 싶었지만, 눈치만 보며 밥만 먹기에 바빴다. 첫날의 메뉴는 모양은 생각나는데 이름이 생각나지 않는다. 안에 뭐가 들어있었는데, 기억은 나지 않고 겉은 달걀모양으로 빵가루를 묻혀 튀긴 음식이었다. 요원이는 상당히 배가 고팠지만, 첫 식사 자리에서 허겁지겁 먹고 싶지 않았다. 동양인이 들어온 첫날부터 허겁지겁 먹으면 가난한 애라고 낙인찍힐 것 같았고, 왠지 요원이만 동양인이라 뭔가 불리하단 생각도 했다. 한국인 홈스테이 학생이 있었더라면, 좀 덜 우울했을 텐데…….

금요일 오후에 호주에 도착했던 요원이에게 주말은 말도 못 하게 길게 느껴졌다. 보통의 홈스테이는 점심은 제공되지 않는다. 보통 학교에 가서 먹기 때문에 아침과 저녁만 제공된다. 주말 내내 요원이는 점심도 먹지 못하고, 굶주린 배를 참아가며 저녁이 오기만을 기다렸다.

주말 동안 시내에 나가 구경이라도 하지 그랬냐고 묻는 사람도 있을 테지만, 영어도 못 하는데 길치인 요원이가 어딜 가겠는가. 그땐 스마트폰도 안 나왔던 터라, 가져간 전자사전으로 게임이나 단어 검색하는 게 전부였다.

주말을 방에 처박혀서 어떻게 보냈는지 드디어 월요일이 왔다. 학교에 가는 버스 정류장까지는 15분 정도 걸어야 하는데, 다행히 홈스테이 학생들도 같은 학교라 함께 갔지만, 대화는 할 수 없어, 그들 뒤만 졸졸 따라갔다. 지금 생각해도 찌질한 기억이다. 그들을 따라 버스를 타고 학교에 도착하자마자, 강당 같은 곳으로 안내됐다. 학교가 캠퍼스가 있을 정도로 어학원치고 굉장히 넓었는데, 광장에 분수대까지 있었다.

강당에 가서 오리엔테이션을 하며, 관리자로 보이는 여자가 학교를 안내해주며 영어로 어쩌고 저쩌고 했지만, 역시 알아들을 턱이 없었다. 그리고 레벨

테스를 봤다. 한국의 토익 시험처럼 문법과 해석문제가 나왔고, 마지막은 쓰기 시험까지 있었다. 다행히 스피킹 시험은 없었다. 학교가 워낙 커 요원이만 신입이 아니었고, 월요일마다 몇십 명의 신입생을 받기에 스피킹 테스트는 아마 불가했을 거다.

요원이는 초급 2단계 반에 배정되었고, 반으로 들어가니 여러 국적의 학생들이 있었다. 수업은 며칠은 알아들을 수 없었고, 계속되는 영어에 머리가 아플 지경이었다. 다행히 오리엔테이션 때 친해진 한국인 오빠와 일본인 여자아이와 함께 점심을 먹었다. 매점에 가니, 신기하게 한국 컵라면이 진열돼 있었고, 서양 친구들에게도 인기가 많았다. 미니 뷔페식으로 밥과 여러 고기 종류가 있었는데 맛은 나쁘지 않았다. 하지만 매일 사 먹기에는 가격이 좀 부담되기는 했었다.

첫날 수업은 무사히 들었다. 학교가 끝나자 친해진 한국 오빠와 일본 친구와 시내에 나가 핸드폰을 만들고, 은행 계좌도 열었다. 뭔가 든든했고, 같은 동양인이라는 생각에 일본 친구와도 금방 친해질 수 있었다. 물론 셋 다 다른 반으로 배정되었지만, 방과 후 항상 같이 시내에 가서 구경도 하고, 얘기도 하며 즐겁게 지냈다.

다음 월요일이 오자, 요원이네 반에는 또 신입이 들어왔는데, 통통한 한국 여자아이인 미소라는 아이였다. 반에서 유일한 한국 사람이었던 요원이와 미소는 곧 친해졌고, 학교생활도 즐거워지기 시작했다. 호주를 처음 올 때 요원이의 계획은 3개월은 어학원을 다니며 영어 공부를 하고, 3개월은 일을 해서 경험도 쌓는 총 6개월의 계획을 준비해왔지만, 막상 호주에서 지내보니, 3개월로는 영어를 잘할 수가 없었다.

홈스테이를 하면, 영어를 잘할 거라는 요원이의 착각과 달리 소통이 별로 없자, 홈스테이에 비싼 돈을 내며 머물 이유가 없어졌다. 그래서 홈스테이를 빼고, 셰어 하우스로 옮겨, 집값을 좀 절약하고, 어학원을 한 달 더 등록했다. 한 달을 더 듣는다고, 영어가 막 늘지는 않았고, 친해진 사람들만 많아졌다. 그중 함께 다니는 한국 사람들 무리도 생겼고, 학교를 졸업했지만, 일자리는 구해지지 않았다.

지금은 어떨지 모르겠지만 그때까지만 해도 호주에서 일자리를 구하려면, 이력서를 작성하고 출력해서 카페나 레스토랑에 직접 뿌리는 방식이었다. 일자리를 구하러, 시내에 이력서를 쫙 돌렸지만, 안타깝게도 요원이에게 온 전화는 한 통도 없었다. 솔직히 전화가 와도 못 알아들었을 테지만…….

요원이는 우울감에 빠졌고, 미소와 함께 시내에 있는 소주방에 가서 술을 마시기로 했다. 소주방이라는 말이 촌스럽지만, 왜인지 그 소주방은 사장도 젊었는데 이름을 그렇게 지어놨었다.

미소와 간 소주방에는 미소 친구와 그 남자친구, 그리고 또 한 명의 오빠가 왔는데 덩치가 엄청 커서, 씨름 선수나 스모 선수를 연상시켰다. 피부는 호주의 강렬한 햇빛 때문인지 새까맣게 탔고, 농구 티셔츠를 입어 까맣고 두꺼운 팔뚝이 뭔가 더 무서웠다. .

예상과 다르게 술자리 분위기는 좋았고, 그 오빠의 이름은 오스카였다. 뭔가 외모와 잘 어울리는 이름이었다. 그렇게 즐거운 술자리를 가지고 며칠 후에 오스카에게 연락이 왔다. 요원이의 영어는 여전히 늘지 않았지만, 모든 한국 사람이 아는 숙어 정도는 알았다.

"I am interested in you"

라는 메시지가 왔고, 요원이는 뭔가 그 오빠한테 대시를 받았단 생각에 좋기보다는 무서움이 앞섰다. 하지만 오스카는 호주에 온 지 꽤 돼서 문화나 지리도 잘 알고 있었고, 알고 지내면 여러모로 도움을 많이 받을 수 있을 것 같았다. 그래서 일단 몇 번 오스카를 만났고, 젊은 한국 남녀가 만나면 역시 술이었다. 당시 한식당에 가서 소주를 마시면, 비싼 데는 소주 한 병에 한화로 2만 원 하는 곳도 있었다. 오스카는 그런 곳에 요원이를 자주 데리고 가며, 마음을 표현하기 위해 애썼다.

홈스테이 집에서 나와 요원이가 들어간 셰어 하우스는 가족이 함께 사는 집이었다. 요원이 혼자만 셰어생이었고, 태어난 지 얼마 안 된 아이가 있던 그 집은 처음에 조용하다는 말과는 다르게 항상 아이 울음소리로 시끄러웠다.

유학이든 워킹홀리데이를 떠나는 사람들에게 신신당부하고 싶은 건 가족이 사는 셰어 하우스에는 절대 들어가지 말라는 거다. 가족들의 의도는 아니지만, 밥 먹을 때나 TV를 볼 땐 뭔지 모를 벽과 소외감에 민망했던 적이 한두 번이 아니었던 요원이었다. 그 집에 들어가기만 하면, 즐거웠던 마음도 외로웠고, 요원이의 방은 실내라는 말이 무색할 정도로 추웠다.

호주의 집은 난방 시스템이 없다. 한국의 보일러 시스템에 새삼 고마움을 느낀 요원이었다. 어쨌든 그런 집에 살던 요원이는 오스카에게 마음을 열어 외로움을 달랬다. 퍼스란 곳은 아주 작은 소도시이다. 한인사회가 있었지만, 시드니나 브리즈번 같은 곳과는 비교도 안 되게 작아, 죄지으면 한국 사람들끼리 소문 날 정도로 작고 오밀조밀한 사회였다. 오스카는 웬만한 한국인 중에서도 특히 영어를 잘했다. 호주에 오래 살아서라기보다는 언어에 트인 사람이었다. 공부 안 해도 시험 잘 보는 그런 얄미운 캐릭터였다. 그런 모습도 요원이에게는 좋게 보이기 시작했다. 옆에서 배울 점은 확실히 많았고, 든든한 남자친구가 생겼단 생각에 요원이의 마음도 편해졌다.

그렇게 호주에 간 지 세 달 정도 만에 요원이는 오스카와 사귀기 시작했다.

한 가지 안 좋은 점은 요원이가 점점 살이 찌기 시작한 거였다. 호주는 이상한 나라다. 남자는 가면 살이 빠지고, 여자는 가면 기본 10킬로는 찐다는 소문이 사실이었다. 더도 말고 덜도 말고 딱 그만큼 살이 찌자, 사람들은 오스카 옆에 붙어 다니는 여자아이를 여자 친구가 아닌 한국에서 온 오스카 동생으로 알고 있었다. 뚱뚱이 두 명이 함께 다니니, 그도 그럴 만했다. 호주에서의 적응을 잘한 건지 음식이 맞았던 건지 살면서 처음으로 그렇게까지 쪄 본 요원이었다.

녹록지 않던 삶

요원이는 호주에서 그럭저럭 잘 적응을 한 편이었다. 누구는 영어를 배우기 위해서는 한국 사람과 어울리지 말라고 했지만, 요원이는 한국 사람과 만나면 고향에 온 것처럼 편안했다. 물론 놀려고 호주에 온 요원이는 아니었다. 그렇지만 한국 사람을 차단하며 공부할 정도로 요원이는 독하지 못했고, 결국은 다른 방법으로 영어를 배웠으니까.

요원이는 6개월을 생각하며 호주에 왔었다. 그 정해놓은 6개월이 다가오고 있었음에도 요원이는 한국으로 돌아가는 비행기 티켓을 끊을 수 없었다. 이뤄놓은 게 없기 때문이다. 어학원을 1개월 연장해 4개월이나 다녔지만, 생각만큼 영어는 늘지 않았고, 경험 삼아 일해보겠다는 각오는 처참히 무너졌다. 일을 구하지 못했던 요원이는 급기야 우울증까지 왔고, 집에 SOS를 쳐 돈을 받았다. 죄책감과 무기력감, 자괴감이 뒤섞인 더러운 감정이었다.

요원이는 집에 틀어박혀 아무것도 하지 않았다. 밥도 먹지 않고, 오로지 미국 드라마와 영화만 계속 봤다. 봤던 걸 또 보고 계속 봤다. 밥은 아예 안 먹고 싶었지만, 살기는 해야 하니까 겨우 하루에 밥 한 숟가락에서 두 숟가락 넘기는 게 전부였다. 신기한 게 그렇게도 살아졌다. 일어나서 아무것도 먹지 않고 드라마나 영화를 내리 보다가 저녁때 즈음, 밥을 했다. 음식을 하기는 했지만, 밥을 한 숟가락 넣자마자 토했다. 거식증 증세까지 온 것이었다. 호주에 오자마자 쪘던 살은 운동 없이 그렇게 빠졌고, 나중에는 사람들도 몰라보게 살이 빠져버렸다.

그렇게 오랜 시간이 흘러 사람들을 만나 술을 마실 때면, 사람들은 매번 살 많이 뺐다며 감탄했다. 살을 빼고 오랜 시간이 지나도, 뚱뚱했던 모습이 사람들 머릿속에 각인되어 있었나 보다.

요원이의 첫 번째 워킹홀리데이 생활은 그렇게 흘러가고 있었다. 호주는 아르바이트 시간이 한국에서처럼 길지 않은 단점이 있다. 레스토랑 같은 경우에는 점심때 운영하고, 브레이크 타임이 지나야 저녁 장사를 했다. 그렇기에 파트타임 잡을 구하려 해도 바쁜 2~3시간에만 사람을 구했다. 그런 짧은 파트타임조차 요원이에게는 기회가 오지 않았고, 하루에 1시간에서 1시간 30분만 일하는 청소 일도 흔하지 않았다.

한인이 많지 않아, 기회의 땅이라는 퍼스에서 기회가 오지 않자 자신감은 점점 떨어져 갔고, 지내는 거 자체가 우울했다. 쓸모없는 인간이라는 생각이 머릿속을 떠나지 않았고, 그런 요원이를 걱정하고 위로해 주는 건 오스카뿐이었다.

먼 타지에서 무능력한 자신을 응원해주고, 진심으로 걱정해주는 오스카에 점점 신뢰가 쌓이고, 비로소 기댈 수 있게 되었다. 솔직히 처음에는 오스카와 길게 만날 생각이 없었다. 그냥 외로우니까 옆에 누구라도 있으면 좋겠다고 생각했고, 때마침 들이댄 사람이 오스카였다. 영어도 잘하고, 호주에서 돈 잘 버는 기술직인 타일러를 하니 요원이가 마다할 이유는 없었다.

호주는 여자는 일할 게 별로 없는 곳이다. 오히려 남자들은 영어를 잘하든 못하든 일을 쉽게 구할 수 있는 게 웬만한 기술직은 한국 사람들이 꽉 잡고 있기 때문이었다. 한국 사람의 꼼꼼함과 섬세함, 부지런함이 느릿느릿하고 게으른 호주 사람들 사이에서는 좋게 인식되어 있다. 호주는 이민 국가인 만큼 여러 나라 사람들이 학생 비자나, 워킹홀리데이 비자 또는 이민을 온다. 동양인은 대부분 중국인, 일본인, 한국인이지만 다행히 한국 사람의 평판이 제일 좋았다.

호주에서는 인맥으로 일을 구하는 게 제일 좋은 방법이라고 들었다. 그 나락 속에 빠져있던 요원이에게 기적 같은 기회가 왔다. 오스카의 지인이 일하는 곳에 넣어준다는 것이었다. 요원이가 사는 시티 노스브릿지에서 기차를 타고 30분 정도 가야 하는 프리멘탈이라는 곳의 해산물 레스토랑이었다. 유명한 레스토랑인 만큼 주말에는 줄 서서 먹어야 하는 곳으로 요원이는 주말 내내 일하게 되었다. 토요일과 일요일 이틀밖에 일할 수 없었지만, 요원이는 지푸라기라도 잡아야 할 만큼 절박했다.

그 레스토랑에서 요원이가 하는 일은 사람들이 먹고 간 테이블을 정리하는 일이었다. 주문은 손님들이 알아서 데스크에서 하고 진동 벨이 울리면 음식을 가져가는 시스템이었기 때문에, 따로 요원이가 주문을 받거나, 음식을 나를 필요는 없었다.

레스토랑이 커서 일하는 사람도 많았는데, 호주 사람도 많았고, 동양 사람도 많은 편이었다. 필리핀 직원은 대부분 주방에서 음식을 했고, 영어를 잘 하는 사람은 데스크에서 주문을 받았다. 당연히 영어가 짧은 동양 사람들은 손님들이 먹고 간 자리를 치우는 플로어 스태프였다. 그렇게 일을 하게 된 요원이는 주말에만 일하지만, 나름 규칙적인 생활 패턴을 찾아갈 수 있었다. 일주일에 이틀만 일해서, 많은 돈을 벌지는 못했지만 일한다는 사실 자체가 기뻤다.

요원이는 평일에 이력서를 넣으러 평일 잡을 구하러 다니거나, 집에서 미국 드라마나 영화를 계속 보았다. 재미가 들린 거였다. 이상하게 봤던 걸 또 봐도 재밌었다. 그중 드라마 〈섹스 앤드 더 시티〉는 하루라도 안 보면 이상할 정도였다. 신기한 건 그런 암울한 시간을 오랫동안 보내고 나자, 요원이는 살이 빠져 있었고, 집에 틀어박혀 미드만 본 탓에 나중에는 대사를 자막에 안 띄우고 봐도 어떤 말이 나올지 다 알고 있었다. 대사를 통째로 외운 것이다. 그렇게 영어가 갑자기 늘어 요원이도 놀랐다. 또 술을 좋아하는 호주 매니저에게 한국의 복분자주를 선물하며, 평일에도 2~3일 정도 추가로 일할 수 있게 되었다. 같은 어학원에 다녔던 미나는 요원이를 보자, 살 많이 빴다며 부러워했고, 영어도 늘어있자 깜짝 놀라 했다. 너무 암울해서 '끝이 어딜까? 어디까지 추락할까?'라는 생각에 허우적대던 요원이의 그 시간이 결국 요원이를 성장하게 했던 것이다.

뜬금없지만, 영어 잘하는 팁을 말하자면, 꼭 외국에서 한국 사람을 피하는 게 영어 잘하는 방법의 다가 아니라는 거다. 물론 외국 사람하고만 지내면, 영어가 늘겠지만, 외국 사람들이랑은 문화가 달라, 잘 못 섞이는 한국 사람도 분명 있을 것이다. 그런 사람들에게 한국인 차단은 너무 가혹한 일이다.

영어를 잘 하는 게 목적이긴 하지만, 자신의 행복을 차단하면서까지 외국에서의 생활을 보내는 것도 좋은 것은 아니다. 물론 사람마다 공부 방법은 틀리다. 그렇기에 한 가지에 일반화시키는 현상에 나까지 현혹되지 말자.

누구는 영어를 아예 모르는 상태로 가야 흡수를 잘한다고 하는데 그 말을 믿고 공부도 안 하고 간 요원이로서는 절대 비추이다. 영어를 아예 모르면, 알아들을 수 없다. 어느 정도는 공부하고 가야 영어가 느는 시점도 확 빨라지기 때문이다.

한 가지 더 느낀 건 한국 사람은 공부할 때 꼭 책과 펜이 있어야 한다는 강박관념이 있는 것 같다. 시티 근처에 모두가 이용할 수 있는 국립도서관이 있었는데, 그곳에 가면, 90%는 한국 사람이었다. 수학에는 정석이 있듯이 호주에 온 사람들은 하나같이 〈그램머 인 유즈〉라는 문법책을 공부했다. 물론 요원이도 그 책을 가지고 있었지만, 많이 들여다보지는 않았다. 호주에 왔으니, 놀기만 하다 가는 건 아닌 것 같다며 도서관에 가서 문법 공부를 하던 사람들은 실제로 펍에 가거나 외국 사람을 만나면 꿀 먹은 벙어리가 됐다. 문법 공부는 한국에서도 얼마든지 할 수 있는 공부이다. 그런데 왜 굳이 눈만 돌리면 영어를 쓸 수 있는 나라까지 도서관에 틀어박혀 문법 공부를 하고 있나?

바보 같다고 생각하는 요원이었고, 영어를 잘하는 오스카도 문법은 전혀 알지 못했다. 신기해서 물어보면, 아는 문법만 사용해도 호주 사람들은 잘 알아듣는다고 했다. 실제로 호주 사람들이 오스카와 대화를 해보면, 영어 잘하는 한국 사람이라고 말했다. 그렇지만, 단어를 많이 외워야 하고, 문법을 잘 알아야 대화가 된다는 강박관념은 생각보다 강하게 한국 사람들에게 인식되어 있었다.

실제로 한국의 많은 청년이 공부하는 토익에서 쓰는 단어는 호주에서 써봤자, 알아듣지 못한다. 정말 쉬운 단어만 사용해서 대화하는 이들에게 시험 단어와 표현은 익숙하지 않고, 그렇게 말해서 못 알아들으면 자신들이 잘못 말한 줄 알고, 기가 죽어 더 입을 열지 않는 것이다.

1년 동안 쓸 수 있는 워킹홀리데이 비자가 만료되어, 한국에 곧 돌아가야 했지만, 두 번째 워킹홀리데이 비자를 신청했다. 1년 동안 암흑기를 지내다 빠져나온 요원이는 호주 생활의 참맛을 알게 됐고, 그곳에서의 삶이 재밌어졌다. 일단 부모님에게 전화를 걸었다. 1년 더 있다 갈 것 같다고 말씀드렸고, 생각지도 못한 일이 발생했다.

부모님은 요원이가 한국에 돌아오면, 선을 보게 할 생각으로 남자까지 이미 세팅해 놓은 상태였다. 자신에게 묻지도 않고, 남자를 준비해 놓은 거에 화가 난 요원이는 길거리에서 전화기를 붙잡고 크게 소리 지르며 주저앉아 울었다. 덕분에 아버지가 요원이의 눈물에 놀라, 그럼 1년 더 있으라며, 마지못해 허락을 해주셨다.

첫 번째 워킹홀리데이에서 쓴 물을 마시며 고생했던 요원이는 새롭게 시작될 1년의 시간에 곧 벅차오름을 느꼈다. 마치 그 모습이 현재 한국의 취업을 준비하는 취준생의 모습과 비슷했다. 하지만 한 가지 말해주고 싶다. 취업이 늦게 될수록 인생이 쓰고, 왜 남들은 척척 한다던 취업이 나에게만 이렇게 가혹한 걸까, 라는 생각을 하겠지만 그 시간이 지나면 내가 많이 성장해 있다는 걸…….

인생의 쓴맛을 겪지 않는 사람은 없다. 단지 나에게는 그 시기가 지금 왔다는 걸 겸허히 받아들이자. 그 잔혹한 시간이 지나면, 그 시간에 내가 아파한 것뿐만 아니라, 많이 성장해 있다는 걸 꼭 느낄 테니까.

꿈을 꾸며 설레던 시간

첫 번째 워킹홀리데이의 고배를 맛봤지만, 한 번 더 기회가 있다면 더 잘 살 수 있을 것 같았다. 요원이는 두 번째 워킹홀리데이 비자를 신청했고, 1년의 시간을 더 호주에 머무를 수 있게 되었다. 이번에 온 두 번째 기회에는 첫 번째처럼 혼란스러움에 빠지지 않으리라.

그렇게 마음먹었던 덕분일까, 아니면 다시 잘해보라는 신의 계시였을까. 요원이는 시티에 있는 한인 마트에 계산원으로 새로운 일자리를 구했다. 좀 더 안정적이게 월요일부터 금요일까지 평일에 일하고, 주말에 쉴 수 있는 삶을 누리게 된 것이다. 그때까지만 해도 퍼스에는 한인 마트가 시티에 딱 두 군데밖에 없었고, 퍼스에 사는 한인들은 이 두 군데 마트밖에 선택의 여지가 없었다. 말하자면, 모든 한국 사람들을 보고 만날 수 있는 셈이었다.

한인 마트지만, 그 옆으로는 호주인이 운영하는 문신 가게와 안경원, 오리엔탈 레스토랑이 있었다.

한인 마트에서 일하면서, 처음으로 한국인으로서 뿌듯하게 느꼈던 건 외국인들이 한국 음식에 환장한다는 것이었다. 색소만 넣은 여백의 맛이 가득 느껴지는 불량식품 맛이 나는 아이스크림과 다른 한국 아이스크림은 그들에게는 신세계였을 것이다. 그리고 초콜릿 과자와 복숭아 음료에 중독된 문신 가게의 뚱뚱하고 귀여운 여자. 와서 계산할 때마다 너무 맛있다고, 감탄사를 계속 늘어놓고 가곤 했다. 팔과 온몸에 무섭게 문신을 하고, 얼굴엔 온갖 피어싱을 했지만, 귀여운 초콜릿 과자를 좋아하는 또 한 명의 문신 가게 여자. 일하면서 당이 떨어지면, 응급실에 온 것처럼 가게로 와서 허겁지겁 과자를 집어가는 그들. 귀여웠다. 안경집에는 두 명의 뚱뚱한 남자가 일하고 있었는데, 둘 다 만화 캐릭터처럼 배는 남산만 했고, 다리는 꼬챙이처럼 얇았다. 그들은 와플 모양의 초콜릿 아이스크림 단골이었으며, 그게 떨어진 날이면, 굉장히 우울해하곤 했다.

또 한 명의 기억나는 여자는 근처 상점 직원은 아니었지만, 우유에 말아 먹는 초콜릿 과자를 좋아했는데, 진열된 개수에서 꼭 하나만 남기고 다 쓸어갔다. 진열이 10개가 되어있던, 20개가 되어있던 꼭 하나만 남겨두었다. 왜 하나만 남겨 두냐고 물어보면, "그냥." 이러고 가버렸다. 그 과자를 찾는 다음 사람을 위한 배려였던 걸까.

한인 마트에서 일하는 건 생각보다 재미있었다. 물론 그때 한인 사장 밑에서 일하면, 호주인 밑에서 일하는 것보다 절반 정도의 시급을 받았었는데, 그에 따른 장점은 장시간 일할 수 있다는 거. 물론 비싼 시급 받고 4시간 일하나, 절반의 시급으로 8시간 일하나 받는 돈은 똑같다. 근무 시간이 두 배이니 장점이라고 할 수는 없지만, 첫 번째 워킹홀리데이 때의 악몽을 생각하면, 그것도 감사했다. 그리고 점점 물밀 듯이 밀려들어 오는 한인들 덕분에 한인 마트 캐셔 자리는 누구나 원하는 일이었다.

덕분에 안 그래도 좁은 퍼스의 한국 사람에게 얼굴이 팔려, 소주방에 가면 모든 시선이 집중되곤 했다. 그럴 때마다 민망해하면서 눈치 보며 술을 마셨지만, 평일에는 열심히 일하고, 주말에는 좋아했던 술을 마시고 즐길 수 있으니, 완벽하게 자리 잡은 안정적인 생활이었다. 돈이 목적인 사람들은 주말까지 빡빡하게 일을 구해서 하는 사람도 있지만, 주말까지 일을 구해 돈만 벌다 가는 삶은 요원이의 바람이 아니었다.

물론 호주에 올 때 목적에 따라 자신의 삶이 바뀔 수 있다. 목적이 돈이면, 농장이나 공장에 들어가 열심히 돈만 벌어서 가는 사람들도 있고, 여행이 목적이면, 잠시 여행 경비만 만들어 여행만 다니는 이들도 있다. 하지만 요원이는 호주에서 지내는 삶 자체가 궁금했다. 물론 영어도 그중 한 가지 이유였다. 그때 한국에서는 갑자기 영어 강사 양성 프로그램인 테솔이라는 어학 코스가 유행했고, 요원이는 한인 마트에서 돈을 벌어 생활비와 다음 학기에 들을 테솔 코스 학비를 준비해 테솔을 들을 계획이었다.

한인 마트에서 3~4개월쯤 일하고 나서, 어느 정도 돈이 모이자, 어학원 삶이 다시 시작됐다. 3개월 정도의 프로그램으로 학생은 역시 모두 한국인이었다. 총 7명이었는데 요원이보다 어린 학생은 딱 한 명이었다. 그리고 모두 요원이보다 나이가 한두 살 많았다. 한국에서 학생이었던 사람도 있었고, 토익 만점자로 토익 강사를 했던 사람. 영어 학원 강사 등 대화를 나눠보니, 요원이가 제일 영어 실력이 뒤처졌다. 하지만 어차피 배우기로 한 만큼 기죽지 않고, 열심히 수업을 들었다. 영어를 가르치는 데 필요한 건 영어 실력이 다가 아니었기 때문이다. 학생의 이목을 끌 수 있는 카리스마와 재미있는 커리큘럼 등 요원이는 영어 실력보다 자신의 활발한 주특기를 살려 수업에 참여했다.

테솔 코스는 한 달간의 트레이닝 프로그램이 끝나면, 실제로 앞에 나가 강의

데모를 한다. 그중 누가 첫 번째로 하겠냐는 질문에 요원이는 손을 들었다. 자신감이 넘쳤다기보다는 매도 먼저 맞는 게 낫다고, 꼴찌로 하는 것보다는 첫 번째가 나을 것 같아서였다.

데모 수업을 할 땐 모두 영어로 강의를 해야 했고, 어떤 수업을 할지도 스스로 생각해내야 했다. 열심히 준비해서 처음 수업을 해본 요원이는 완벽하진 않지만, 스스로가 자랑스러워할 만큼 잘했다. 사실 한국에서 강사 경험이 많은 다른 학생들보다야 못하겠지만 처음 가르쳐보는데 자신이 만족한 거면 대단한 일 아닌가.

그렇게 자신의 발전을 체감하며 테솔 프로그램도 무사히 마칠 수 있었다. 요원이는 뿌듯함과 동시에 절반이나 남은 비자 기간 동안 버틸 생활비를 위해 또 다시 일자리를 구해야 했다. 호주의 삶은 도돌이표처럼 일자리를 계속 구해야 한다는 압박감과 부담감이 있었다. 한국에서는 부모님 그늘 아래에서 일자리를 구하지 않아도, 먹고 사는 데 지장이 없었지만, 이곳에서는 아니었다. 벌지 않으면, 먹고 살 수 없고 또 부모님에게 SOS를 치기는 싫었기 때문이다. 하지만 우려했던 거와 달리 어느 정도 영어가 익숙해진 요원이는 시티에서 금방 또 다른 일을 찾을 수 있었다. 이번에는 요원이가 해보고 싶었던 커피숍이었고, 운명의 장난처럼 면접 본 두 군데 커피숍에서 둘 다 연락이 왔다.

'작년에 그렇게 힘들 때, 이 중 한 가지 일만 나에게 왔었어도…….' 라고 느끼는 요원이었다.

연락이 온 곳은 둘 다 호주인 잡이라 시급은 똑같이 높았다. 한 군데는 커피 만드는 법을 가르쳐 줄 수 있을 것 같았지만, 엄청 바쁘고, 일하는 직원도 많아 요원이 같은 신입에게 일하는 시간을 많이 줄 것 같지는 않았다. 다른 커피숍은 커피는 만들지 않고, 주방에서 샌드위치나 토스트를 만드는 일이었다. 그 커피숍은 다행히 일하는 시간이 정해져 있었다. 오전 11시부터 저녁 6시 30분까지로 호주인 잡치고는 꽤 긴 시간이었다. 요원이는 생각하지 않고, 바로 두 번째 커피숍으로 들어가게 되었다.

주방에서는 혼자 일하지 않고, 할머니 한 분과 일했는데 그 커피숍에서 일한 지 40년이 됐다고 하셨다. 그 할머니는 아침 6시에 와서 오후 4시면 퇴근을 하셨다. 함께 일하는 시간은 5시간이고 그중 30분은 쉬는 시간이기 때문에, 4시간 30분간 그 좁고 더운 주방에서 함께 해야 했다.

할머니는 엄청 다혈질의 소유자로 만약 미운털이 박히면, 종일 구박을 받을 수도 있었다. 하지만 요원이가 열심히 일하고, 주문이 들어와도 빠릿빠릿하게 잘하자, 이내 귀염을 받았다. 금,토,일 주말에 일하는 인도 여자아이는 한 번도 냉장고 청소를 하지 않아 할머니가 미워하셨는데, 요원이는 매일 일 끝나고 시간이 남으면, 다음 날 쓸 참치와 연어도 깨끗하게 손질해서 새 통에 담아놓았고, 냉장고에 있는 모든 재료를 꺼내 깔끔하게 매일 청소했다.

호주의 커피숍은 아침부터 바쁘다. 샌드위치와 토스트 주문도 많아 아침 6시에 출근해서, 재료 손질을 하면 바로 손님이 몰린다. 참치 샌드위치와 연어 샌드위치 주문이 들어오면 캔 오프너로 캔 뚜껑을 따야 하는데, 워낙 바쁘니 이것조차 여간 번거로운 일이 아닐 수 없다. 하지만 잔소리하지 않아도 알아서 척척 재료 준비도 되어있고, 청소도 말끔히 되어 있으니, 구박해서 요원이가 그만두면 할머니만 손해였다. 누가 이런 직원을 싫어하겠는가.

요원이는 11시에 출근해서 점심때 몰릴 손님을 위해, 재료 준비와 몇 봉지나 되는 식빵에 버터를 발라놓는다. 그리고 점심시간이 되면, 정신없이 주문이 밀려들어 온다. 샌드위치와 토스트가 함께 주문이 들어오면, 토스트 먼저 준비해야 한다. 굽는 시간이 있기 때문이다. 하지만 우후죽순 들어오는 주문과 이것 빼서 달라 저것 추가해서 달라는 특별 주문이 거의 모든 메뉴에 들어가기 때문에 정신을 바짝 차리지 않으면 연이어 주문이 밀린다. 처음에는 정신없어 패닉에 빠진 요원이를 할머니가 도와주었지만, 조금 지나자 주문이 한꺼번에 들어와도, 밀리지 않고, 척척 나갈 수 있게 되었다. 그 센스에 할머니와 웨이트리스들은 요원이와 일하는 걸 모두 좋아했고, 유일한 동양인이었던 요원이에게 함부로 대하는 직원도 없었다.

그렇게 호주에서 완벽하리만큼 적응한 요원이는 오스카와도 여전히 잘 지내고 있었다. 작년과 달리 막힘없는 생활에, 호주에서 사는 게 좋아졌고, 비자가 끝나가자 한국으로 돌아간다는 게 상상이 안 됐다. 그때 요원이를 붙잡는 듯한 소식을 듣게 됐다. 퍼스에 치기공과가 생긴다는 거였다. 당시 호주는 인구가 많이 부족해, 인력이 부족한 직업군 학과를 졸업해서 경력을 만들면, 영주권을 신청할 수 있는 시스템이 있었다. 그중 하나가 치기공과였는데, 내년에 치기공과가 생긴다는 거였다. 요원이는 운명처럼 치기공과에 끌렸다.

사실 부족 직업군은 많았다. 한국 사람이 특히 많이 하는 게 요리였는데, 일자리 구하기도 쉽기 때문이었다. 하지만 요리 쪽은 하고 싶지 않았고, 때마침 치기공과가 오픈한다니, 한국에 가야 하는 요원이는 그게 마치 운명처럼 들렸다. 바로 유학원으로 가서, 입학이 되는지 상담을 했고, 원래는 IELTS라는 영어 시험을 봐야 하지만, 테솔 코스를 들었기 때문에 시험 없이 입학할 수 있다고 했다.

학비는 정말 비쌌지만, 요원이가 모아놓은 돈과 집에서 약간의 도움을 받기로 했다. 처음 오픈하는 학과이기 때문에 사람이 더 몰리기 전에 입학하면, 분명 좋은 점이 있을 것이다. 그렇게 요원이는 학생 비자를 받아 또다시 호주에 머무르며, 생각한 적 없는 영주권을 꿈꾸게 되었다. 완벽했던 두 번째 워킹홀리데이 때 배웠던 테솔 코스로 시험 없이 학교 입학도 가능하게 되자, 이 모든 게 요원이를 위한 계단처럼 느껴졌다. 그 끝엔 당연히 영주권이 자리 잡고 있었다.

영주권을 위해 달리다

치기공학과가 영주권학과가 된 만큼, 입학생의 절반은 인도 사람에 한국인 절반 그리고 소수의 중국인이었다. 모두 치기공을 배우기 위해 온 사람은 아니었다. 이들의 목표도 역시 영주권이었다. 학생의 대부분은 이십 대 후반의 요원이보다 다들 나이가 많았다.

다들 한국에서는 어떤 일을 하다 온 걸까? 이들은 왜 영주권을 따려 이토록 혈안일까? 한국에서 제대로 된 사회생활을 해본 적 없는 요원은 이들의 과거가 궁금해졌다.

치기공은 손기술이 중요한 만큼 이론보다는 실습하는 시간이 대부분이었다. 큰 테이블에 여럿이 앉아서 서로 대화하며, 교정기나 틀니 만드는 걸 했었다. 그럴 땐 친한 사람들끼리 앉아 서로 대화하며, 과제를 하곤 했는데 그러다 보니 사람들에 대해 알 수 있었다. 다들 한국에서 여러 가지 일을 해왔는데 사회 경험이 없던 요원이는 남들 살았던 얘기를 듣는 게 그렇게 재밌었다. 공항에서 일했던 언니, 가이드, 학교 선생님에서부터 정말 다양했다. 그렇게 한국에서 일했던 사람들이 왜 호주까지 와서 영주권을 따려고 하냐고 물어보면, 다들 한결같은 대답이었다. 한국살이가 빡빡해서란다. 실감이 잘 나지 않는 요원이었지만, 호주의 복지가 한국은 감히 따라올 수 없을 정도로 잘 돼 있는 건 맞았다. 요원이는 학교에 다니면서 남는 시간에는 쇼핑센터 도넛 가게에서 일했었는데, 장애인이 정말 많다고 느꼈다.

'이 나라는 장애인이 많이 태어나나?'라고 의아해했지만, 나중에 알고 보니, 한국의 장애인들은 밖에 나올 수 없는 환경이기 때문에 고립되어 있어서 잘 안 보일 뿐이라고 들었다. 호주에서는 장애인이 지나다녀도, 다들 개의치 않아 한다. 하지만 한국에서는 편견 가득한 눈빛으로 그들을 대한다. 그게 시선 폭력이라는 걸 모를까?

어쨌든 한국에서 신나게 놀다 온 요원이도 호주 영주권을 따고 싶어 하는데, 한국에서 사회생활을 하며, 갖은 고충을 겪었던 사람들은 오죽했을까.

워킹홀리데이는 만 31세까지 신청할 수 있는데, 보통 그 나이에 온 사람들은 막차 타고 왔다고 표현을 했다. 그리고 학생 비자로 전향해 영주권 학과로 입학하는 사람이 많았다. 살아보니 한국보다 여유롭고, 사람들 신경 안 써도 되니 한국보다는 편할 것이다. 물론 장단점이 있지만, 한국은 돈 없으면 왠지 살기 힘든 나라랄까? 근무시간은 길지만, 박봉에 상사 눈치까지 봐야 하니 말이다. 정말 깜짝 놀랐던 게 치기공소에서 일을 배울 때 직원이 사장에게 농담으로 "F○○○ you." 라고 말하는 걸 보고 충격을 받았었다. 사장이랑 아무리 친하기로 서니, 자기보다 나이도 많은 사장에게. 그걸 보고 '이 나라는 정말 자유롭구나.' 라고 느꼈다. 물론 그 직원처럼 모두가 그러진 않겠지만 신선한 충격이었다.

내 삶을 즐기기보다, 남들의 시선에 맞춰 살려는 경향에 익숙했었는데 뭔가 자유스러웠고, 그걸 또 버릇없는 것처럼 여기지 않아서 좋았다. 일자리를 구하기 위해, 면접을 보러 갈 때도 들은 말은 자신감 있는 태도를 보여야 일을 써준다는 말을 들었다. 그러면 건방지다는 소리를 들을 것 같지만 지나치게 겸손 떠는 건 오히려 반감을 산다고 들었다. 자신 없어 보인다고…….

요원이는 의외로 치기공학과에 재미를 느꼈다. 손기술이 필요한 일이었고, 꼼꼼한 한국 사람이 잘하긴 했지만, 모든 한국인이 잘하는 건 아니었다. 금손이 아닌 이상 쉽지는 않았다. 하지만 요원이는 그럴듯하게 잘 만들어냈고, 속도도 빨라 함께 다니는 언니들이 가끔 놀라곤 했다. 학교를 빠져 진도가 늦춰져, 과제를 늦게 시작해도, 다른 사람들보다 더 빠르게 완성하곤 했다. 요원이는 그런 거와는 상관없이 그저 학교가 좋았다. 타지에 와 있지만, 한국인 많은 학교에 온다는 게 뭔가 정감도 가고 좋았다. 함께 도시락도 먹고, 남는 점심시간에 산책도 하며, 고민도 나누는 그 시간이 소중했다. 학교를 안 나오는 날은 쇼핑센터에서 수많은 외국 사람을 상대해야 하는 요원이에게 그 시간은 꿀처럼 달콤했다.

그 당시에 영주권을 따려면, 여러 가지 방법이 있었지만, 요원이가 선택한 방법은 영주권 학과를 졸업해, 관련 업종에서 실무 경험을 쌓고, IELTS 점수를 따는 것이었다. IELTS란 공인 영어 시험인데, 영어권 국가에서 학교 입학 때나, 비자 신청 때 꼭 필요한 시험이었다. 하지만 그만큼 어려웠다. 지금이야 한국의 토익 시험도 말하기와 쓰기 시험이 있었지만, 당시 토익은 듣기, 문법과 리딩이 전부였고, 실제 영어 실력을 평가할 수 있는 시험은 아니었다. 하지만 IELTS는 듣기, 독해, 쓰기, 스피킹 4영역을 전부 봐야 했고, 비자 신청 시에 필요한 점수도 꽤 높았다. 그런 시험에 익숙하지 않았던 한국 사람들도 영주권의 마지막 관문처럼 영어 점수가 안 나와 비자 신청을 못 하는 사람도 꽤 있었다. 하지만 요원이가 선택한 이 영주권 방법이 요원이가 선택할 수 있는 최선의 방법이었다.

가장 쉬운 영주권 따는 방법은 영주권 있는 자와 결혼을 하는 거였는데, 2년간 결혼 생활을 유지하면, 나중에 이혼해도 영주권을 딸 수 있었다. 실제 요원이가 아는 어학원에서 만난 예뻤던 언니도 호주 남자가 첫눈에 반해, 열렬히 구애한 덕에 같이 살다가 영주권을 딴 언니도 있었다. 학비에 시간도 안 들이는 최고의 방법이지만, 그만큼 그걸 이용해 돈이 오가는 결혼계약도 흔했다. 돈으로 비자를 사는 게 오히려 더 나을 정도로, 영주권을 정식 루트로 따는 건 쉽지 않았다. 한국 남자들은 타일 일을 많이 했고, 사장에게 스폰서 비자를 받아 영주권을 따기도 했다. 타일이나, 목공 일도 호주 부족 직업군으로 경력 있고, 사장이 비자를 써주면, 낮은 IELTS 점수를 따도 영주권이 가능했다. 보통 한국 남자와 여자가 결혼해, 남자가 이런 식으로 영주권을 많이 따기도 했다. 하지만 요원이는 자신의 힘으로, 영주권을 따보고 싶었다. 스스로 뭘 이뤄본 적이 없던 요원이는 누구보다 열심히 살았다.

학교와 일을 병행하며, 생활비와 학비를 벌었고, IELTS 점수도 따기 위해 독학으로 열심히 공부했다. 준비 중 가장 어려웠던 건 관련 업종에서 경력을 쌓는 거였는데, 좁은 퍼스 지역에는 치기공소가 그렇게 많지 않았다. 하지만 학생들은 무조건 실무 경력이 있어야 했고, 학생들은 앞 다투어 치기공소에 이력서를 돌렸다. 요원이도 수많은 치기공소를 찾아다녔지만, 인력이 필요하지 않다는 얘기뿐이었고, 보수 없이 옆에서 허드렛일을 하겠다고 해도, 대부분 받아주지 않았다. 그러다 한 치기공소에 갔고, 아직 문을 연 상태는 아니었다. 옆 커피숍 직원에게 물어보니 보통 10시는 돼야, 문을 연다고 했고, 시간은 1시간이나 남아있었다. 지푸라기라도 잡고 싶은 심정으로 커피 한 잔을 시키고, 사장이 오기만을 기다렸다.

어느 정도 기다렸을까. 드디어 인도 국적으로 보이는 중년 남자가 왔고, 치기공소 문을 열고 있을 때, 바로 다가가서 이력서를 내밀었다. 역시 거절이었다. 이미 학생이 있다는 소리를 들었고, 요원이와 같은 학교였지만, 요원이는 1기, 그 학생은 2기라고 했다. 어떻게 그런 용기가 나왔는지, 요원이는 구차해 보여서 쓰지 않던 "Please."까지 써가며 애원했고, 마음이 약했던 사장은 그럼 와서 일을 배워보라고 했다.

첫 출근 날에 오니, 2기 남학생이 와 있었고, 둘은 동갑이어서 금방 친해질 수 있었다. 그 남학생은 한국에서 치기공을 전공했고, 한국의 치기공 일이 열악해, 본업을 살려 호주에서 터 잡으려는 학생이었다. 확실히 호주에서 처음 접해본 요원이와 실력적으로 월등히 차이가 났고, 덕분에 요원이도 많이 배울 수 있었다. 애초에 실력이 비슷했다면, 졸업하고 그곳에서 파트타임 일이라도 하기 위해, 경쟁이라도 했을 텐데 차이가 너무 나니, 처음부터 그런 생각은 접어두도록 했다.

요원이는 학교와 치기공소 인턴, 쇼핑센터에서 일까지 하며, 열심히 살았지만, 턱없이 비싼 학비와 생활비에 다음 학기 학비는 역시 부족했다. 하지만 열심히 사는 걸 알기에 집에서도 부족한 학비는 지원해 주셨고, 마지막 학기가 되자 IELTS를 독학으로 공부하기 시작했다. 이 공인 시험도 유효기간이 2년인 만큼 너무 일찍 점수를 만들어도 소용이 없었다. 유효 기간이 지나면 나중에 다시 봐야 해서, 요원은 마지막 학기부터 시험을 준비했다.

따로 학원에 다니기엔 역시 돈이 부족했고, 문제집을 주문해 독학으로 공부를 했다. 호주에서 정규 교육 과정을 받지 않는 이상, 한 번에 점수를 받는 사람은 극히 드물었다. 4과목 다 목표 점수를 넘겨야 했고, 한 과목이라도 과락이 나오면 다시 봐야 했다. 대부분은 평균 점수는 채웠지만, 과락 과목으로 계속 고배를 마셨다. 그럼 다음 시험을 또 신청해서 준비해야 하는데, 시험비만 해도 당시 한화로 20만 원인가 30만 원이 넘었던 것 같다. 돈 없으면 한 번에 붙어야 하는 시험인 것이다.

요원이는 첫 번째 시험에서 역시 목표 점수를 달성하지 못했고, 역시 과락 과목으로 탈락했다. 자존심이 센 요원이는 누구와 경쟁하는 것도 아닌데, 영어에 어느 정도 자신이 있었기에 이런 시험 결과를 용납할 수 없었다. 그때부터 밤마다 5~7시간은 매일 공부를 했다. 여타 한국 사람은 취약 과목이 쓰기와 말하기였지만 요원이는 듣기와 독해에서 항상 점수가 안 나왔다.

요원이는 무작정 썼다. 쓰기 교재에 기재되어있던 잘 된 에세이를 주제별로 총 10개 정도 달달 외우고, 계속 쓰고 읽고를 반복했다. 그렇게 5번의 시험을 봤고, 결과가 드디어 우편으로 날아왔다. 요원이는 그 편지를 들고 바로 열어보지 못했다. 이번에도 점수가 안 나오면, 비자 만료로 한국으로 돌아가야 했기 때문이다. 요원이는 그 봉투를 들고 오스카를 만났다. 그리고 대신 봐달라고 했다. 열심히 노력해왔던 요원이를 봐왔던 오스카였기에, 오스카도 떨리긴 마찬가지였다.

목적지가 물거품이 된 후

시험 결과가 들어있는 봉투를 보며, 둘은 잠시 머뭇거렸다. 이번에도 점수가 안 나오면, 한국으로 돌아가야 했기 때문이다. 요원이는 못 보겠다며, 오스카에게 결과를 보길 미뤘고, 오스카는 곧 봉투를 뜯어서 결과를 확인했다.

그 잠깐의 찰나도 긴장해서인지 몇 시간처럼 느껴졌다.

"나왔어! 이번엔 됐어!"

라며 오스카가 말했고, 요원이는 오스카가 장난친 줄 알고, 기뻐할 수 없었다. 그리고 직접 결과를 확인했다. 목표 점수보다도 괜찮은 점수가 기재되어 있었고, 비자를 신청할 수 있게 된 것이다. 하지만 의외로 요원이는 담담했다. 이상한 기분이었다. 점수만 나온다면 바랄 게 없을 정도로 오랫동안 원해왔고, 울고 불며 노력해온 결과였지만, 이상하게 그 소원이 이루어지니, 웃음도 나오지 않았다. 차라리 길거리에서 5달러 지폐 한 장을 줍는다던가, 마트에서 거스름돈을 더 받았더라면 기분 좋게 웃었을 것이다. 너무 마음고생이 심했던 탓에 기쁜 일이 생겨도 행복해할 수 없던 걸까? 오스카도 요원이의 반응에 의아해했다. 정작 자신보다 더 기뻐해야 할 당사자가

"다행이네."

이 한 마디로 기쁨을 일축해 버린다는 게 이해가 가지 않았다. 오스카는 이내 여기저기 전화를 걸어, 요원이의 점수가 나왔노라고 기쁜 소식을 알렸다. 사실 요원이는 어느 정도 예상을 하고 있었다. 살면서 처음으로 무언가 이루기 위해, 잠 못 자고 노력했던 적이 인생 통틀어서 있었던가?

이렇게까지 했는데 점수가 안 나왔으면, 요원이도 미련이 없었을 거다. 더 노력할 수 없을 만큼 최선을 다했기 때문이다. 절실함과 노력이 합쳐져 나온 큰 결과에 사실 기뻤을 것이다. 눈물도 나오지 않을 만큼 기쁘다는 거, 그래서 오히려 담담한 기분. 살면서 처음 느껴보는 오묘한 느낌이었다.

학교에 다녔던 사람 중에 IELTS 점수가 나온 한국 사람은 몇 없었다. 그렇기에 대놓고 기뻐할 수는 없었지만, 같이 밥을 먹던 언니들은 진심으로 축하해줬다.

기쁨 뒤에 시련은 삶의 공식인 걸까. 영주권 조건을 모두 만든 요원이는 믿을 수 없는 소식을 들었다. 이민 국가인 호주는 매년 이민법을 개정한다. 치기공과가 영주권 학과로 되자마자, 학교에 입학한 요원이는 첫 졸업자임에도 불구하고, 이민법이 개정되어 영주권을 신청할 수 없게 된 것이다. 요원이가 만든 영주권 조건으로는 이제 졸업 비자밖에 신청할 수 없었다.

'돈과 시간, 찬란해야 했던 이십 대의 삶을 모두 바친 이 나라가 어떻게 나에게 이럴 수 있을까'라는 생각에 망치로 머리를 한 대 얻어맞은 것 같았다. 그렇게 노력했는데, 알아주지 않는 나라가 미웠고, 그렇게 따고 싶어 했던 영주권도 이제 싫어졌다. 이 나라 자체에 정이 떨어진 것이다. 이럴 줄 알았다면, 차라

리 치기공과 대신 가고 싶은 학과를 정해서 갔을 거다. 그러면 한국에 가서도 전공을 살릴 수 있었을 텐데, 호주에서 배운 치기공 실습은 한국에서는 써먹을 수 없을 정도로 형편없는 과정이었다. 비싼 학비를 충당하기 위해, 끌어왔던 부모님의 돈과 아르바이트 하면서 벌었던 돈, 시간을 과연 무엇으로 보상받을 수 있을까. 배신당한 기분이었다.

오랫동안 뒷바라지 하며, 연인을 공들여 키워놨더니 시험에 붙고 나서 바람 피웠다는 소설 속의 그 여자가 이런 기분이었을까. 요원이는 지금껏 뭘 보고 달려온 걸까. 살면서 처음으로 무언가 얻기 위해 해온 노력을 세상이 알아주지 않는데, 이 나라에 비비고 있는 게 무슨 소용일까. 그렇게 끝이 어딘지도 모를 만큼 원망만 가득하고 난 후, 요원이는 정신을 차렸다. 원망만 한다고 달라지는 건 없을 테니까. 졸업 비자라도 신청할 수 있게 됐으니, 일단 졸업 비자를 신청했다. 역시 비자 신청할 때는 돈이 들었다. 영주권 신청할 때 드는 비용이라면 행복했겠지만…….

졸업 비자는 신청해도 바로 나오지 않는단다. 평균 1년 반 정도 지나야 비자가 나오고, 그 전까지는 졸업 비자와 똑같은 조건으로 지낼 수 있다. 요원이는 바로 일을 구했다. 역시 쇼핑센터였다. 여자가 할 일이 별로 없는 호주에서 쇼핑센터만큼 좋은 공간은 없었다. 날씨에 구애받지 않고, 활기찬 분위기에 다른 곳은 생각할 수도 없는 요원이었다.

첫 일은 액세서리숍이었다. 한국 사람이 사장이었고, 고가의 쥬얼리를 파는 숍에서 혼자 판매하는 일이었다. 커피숍이나 다른 일은 손에 물 묻혀 가며, 더운 곳에서 바쁘게 일해야 하지만, 액세서리숍은 깔끔해서 잘 구했다고 생각했다. 하지만 시작한 지 2주 만에 그만둬야 하는 상황이 발생했다. 매출이 너무 저조했던 것이다. 아무리 안 팔려도 고가의 숍이니 만큼 하루 매출이 어느 정도는 나왔지만, 손님은 아예 오지도 않았고, 그날 결국 저렴한 귀걸이 1개가 매출의 전부였다. 사장은 이해를 못 하겠다며, 트레이닝을 다시 받으라고 했지만, 이건 트레이닝의 문제가 아니었다. 인수인계해줬던 언니는 그럴 수도 있다 했지만, 눈치가 보였던 요원이는 앞으로도 받을 매출 스트레스를 생각하면, 차라리 빨리 그만두는 게 낫다고 생각했다.

곧 같은 쇼핑센터의 핸드폰 액세서리숍에 들어갔다. 역시 한국인 사장이어서 시급은 짰지만, 문을 닫는 일요일을 제외하고, 운영 시간 내내 일할 수 있어 돈은 꽤 벌 수 있었다. 이 숍은 혼자 일하는 게 아니라, 한국인 한 명과 같이 일하는 시스템이었다. 보통 워킹홀리데이 비자로 온 한국 친구들과 함께 일했고, 평일엔 그다지 바쁘지도 않아 친해지며 수다의 장을 열었다.

경은이는 요원이와 동갑이었고, 역시 워킹홀리데이 비자로 왔다. 활발한 경은이와 금세 친해진 요원이는 일하는 시간이 즐거웠다. 물론 주말에는 서로 교대하며, 밥만 먹고 복귀해야 할 만큼 눈코 뜰 새 없이 바빴지만, 손님들과 대화하며 영어도 훨씬 늘어갔다.

경은이는 호주인 남자친구와 사귀고 있었다. 보통 동양 여자들은 나이든 호주 남자와 만나는 일이 흔하다. 이유는 모르겠지만, 비자를 받기 위해 여자는 호주 남자가 필요했고, 호주 남자는 젊은 동양인이니 좋아했다.

이렇게 서로 윈윈하는 관계가 많았지만, 경은이 남자친구는 같은 또래의 남자였다. 둘은 무슨 관계일까. 정말 사랑하는 사이일까. 즐기는 건가? 오만 가지 생각이 드는 요원이었지만, 경은이와 그의 남자친구 아담은 서로 사랑했다. 잠깐이라도 편견을 가진 요원이는 미안해졌고, 색안경 낀 자신에게도 실망했다.

요원이는 영주권의 악몽을 의외로 훌훌 털어냈고, 그 어느 때보다 잘 지내고 있었다. 학교 다닐 때는 학교, 시험공부, 경력, 아르바이트까지 다 병행해야 했지만, 이제 출근해서 돈만 벌면 됐기 때문이다. 바빴던 삶은 단순해졌지만, 요원이의 마음은 여유롭고, 뭐든 풍족해진 느낌이었다. 역시 돈을 풍족하게 벌어서일까. 평일에 한가할 땐 경은이와 돌아가며, 쇼핑센터를 돌며 아이 쇼핑을 했다. 센터가 컸기 때문에 한 바퀴 다 도는데도 시간이 꽤 걸렸다. 매일 뭐가 바뀌는 게 없는데도 산책도 하고, 눈도 즐거웠기 때문에 그 시간이 그렇게 좋았다. 근무 시간에 땡땡이치는 것만큼 재미있는 게 있을까.

일요일에는 일을 쉬었기 때문에, 토요일은 늘 술 파티를 열어야 하는 요원이었다. 이상하게 토요일에 신나게 놀지 않으면, 주말을 허무하게 보낸 것 같아 아까웠고, 그 신나게 노는 방법은 술뿐이었다. 술은 매번 요원이를 잠식시켜 정신 줄을 놓게 만들어놓고, 끝내 배신했지만 요원이는 술을 배신하지 않았다. 어렸을 때의 특권이랄까. 아니, 사명감이랄까. 뭔지 모를 어렸을 때의 객기였다.

기쁜 일이 있을 때나, 슬픈 일이 있을 때나 함께하던 술. 인생의 쓴맛과 단맛을 항상 술로 풀었던 요원이는 그 생활이 싫지 않았다. 오히려, 열심히 일했으니, 스트레스도 풀어야 한다며 자기합리화를 했다. 돈도 만족할 만큼 벌고, 영어도 늘어갔다. 사고 싶은 것도 다 사고, 먹고 싶은 것도 다 먹으며, 주말엔 술값으로 탕진해도 맡은 일은 착실히 했다.

호주는 한국과 달리 월급제가 아니라, 주급제다. 일주일마다 돈이 들어오기 때문에, 주에 얼마씩은 저금해야겠다는 목표를 세워, 먼저 저금하고 남은 돈은 자기를 위해, 스트레스를 풀기 위해 썼다. 그 적절한 조화 때문에 그 삶이 행복했다.

만약 요원이가 쓰지도 않고, 돈만 벌었다면 그 생활도 오래갈 수 없었을 것이다. 버는 돈보다 쓰는 게 더 많았으면, 또 자신을 미워하며, 자괴감에 빠졌겠지.

평일에는 착실하게 자기 할 일을 했고, 주말에는 흐트러져 버리는 삶이 뭔가 조화가 맞았는지 요원이는 그 생활을 만족해하며, 꽤 오랫동안 일했다.

같이 학교에 다녔던 언니들은 한국으로 돌아가기도 했고, 호주 남자를 만나 잘 지내는가 하면, 관광 비자를 받은 사람, 또 학생 비자를 받은 사람 등등 다양하게 호주에서의 삶을 이어가고 있었다. 영주권을 받았더라면 어떤 삶을 살고 있었을까. 지금과 다르게 살았을까? 그렇게 1년 반 정도 시간이 흐르고, 신청한 지도 까먹었던 졸업 비자가 승인되었다.

사람은 오묘한 변태 감성이 있다. 청개구리 심보랄까. 하고 싶었던 일이라도, 누가 시키면 하기 싫은 것처럼. 졸업 비자가 승인됐고, 2년은 더 있을 수 있게 되었다. 하지만 요원이는 싫었다. 이제 싫었다. 호주가.

자기를 배신했던 호주에게 복수라도 하고 싶었던 걸까. 비자를 승인해준 것조차 싫었다. 더 미련 없을 만큼 호주에 정이 떨어졌다.

영주권을 준비하면서 잃은 건 돈, 시간, 헛된 희망이었다. 얻은 건 뭘까? 곰곰이 생각해봤다. 의외의 것이 요원이의 머릿속을 스쳤다. 시험을 준비하면서 잘하게 된 영어와 살면서 죽도록 해본 노력, 내 과실로 영주권을 못 딴 게 아니라, 매년 바뀌는 이민법 때문이라는 자기합리화. 적어도 사람들에게 내세울 건 있었다. 난 할 만큼 했다는 떳떳함. 이거면 충분했다. 잃어버린 줄로만 알았던 이십 대의 삶에서 얻은 이 떳떳함이면 이제 됐다고 이만하면 충분히 했다고 생각했다. 요원이는 곧 한국으로 가는 비행기 티켓을 샀다.

내 삶의 첫 실패

오스카를 두고 한국행 비행기를 탄 요원이는 마음이 편치 않았다. 호주에서 지낼 동안 비자를 바꿀 때마다 한국을 한두 달씩 오가긴 했지만, 이번만큼 마음이 무거웠던 적이 없었다.

요원이가 먼저 한국으로 가면 오스카도 뒤따라 한국으로 오기로 했다. 한국에 오면 결혼하자고 다짐한 둘이었지만, 사람 관계는 모르는 거였다. 그보다 요원이의 마음을 무겁게 한 건 지금 자신의 상태였다. 비록 호주에서 6년의 시간을 보내고 왔지만, 손에 쥔 건 아무것도 없는 빈털터리처럼 느껴졌다. 호주에서 살 수 있는 영주권 하나 없을 뿐인데, 전부를 잃은 느낌이었다.

호주에서 살기 전까지는 영주권은커녕 다른 나라에서 산다는 건 상상도 못 했던 요원이가 왜 이토록 허무함을 느꼈을까. 요원이가 지낼 나라가 없는 것도 아닌데, 나라 잃은 사람처럼 표정 없는 얼굴에 모든 걸 포기한 듯 보이는 내려간 입술만 자리 잡고 있었다.

요원이는 살면서 사실 실패를 많이 했다. 초등학교 때 피아노 학원에 다녔지만, 몇 년 동안 원장님이 한 번도 대회에 보내주지 않는가 하면, 고등학교 때 친구들의 놀자는 달콤한 유혹을 뿌리치고, 혼자 독서실에 남아 공부했지만, 다음 날 친구 중 제일 못 본 영어 시험까지.

그때 이후로 공부하지 않았던 것 같다. 공부법이 잘못된 건지 요원이가 문제였던 건지 알고 싶지 않았다. 해도 안 되는 걸 몸소 경험했기 때문에, 그때 이후로 공부는 요원이와 멀어졌다. 수능 역시 열심히 놀았던 탓에 좋은 점수를 받았을 리가 없었다. 이렇듯 살면서 첫 실패가 아니었지만, 처음 느껴보는 듯한 허무함에 자책하며, 자기 자신까지 미워졌다.

호주에 너무 오래 있었던 걸까. 호주에서 지낼 땐 영주권 있는 사람이 제일 부러웠었다. 그놈의 영주권이 뭐라고……. 한국에서 사회생활을 해본 사람들이 했던 똑같은 말. "빡빡한 한국살이 때문에 호주에 오게 됐어. 여기 너무 여유롭지 않아? 그 지옥으로 다시 돌아가고 싶지 않아."라는 영주권자들의 말이 머릿속을 맴돌았다.

한국 사람은 어쩌다가 한국에서 살기를 싫어하게 될 걸까. 겪어보지도 않은 한국에서의 생활에 덜컥 겁부터 먹은 요원이었다. 뭐가 그렇게 두려웠던 걸까. 그렇게 두려우면서도, 남은 1년 반의 비자를 버리고 왜 한국행을 선택했을까.

오래간만에 가는 한국인데, 내 나라를 미워하고 무서워하게 된 요원이는 핑크빛 미래를 그릴 수 없었다. 한국으로 오기 전 쇼핑센터에서 돈 벌면서 즐겼던 거에 행복해했지만, 과연 한국에서 똑같이 생활해도 행복할 수 있을까.

한국에 도착한 요원이는 자신의 실패를 친구들과 가족에게 내비칠 수 없었다. 도착했다는 소식에 여기저기에서 연락이 왔고, 친구들도 만났다.

예전에는 매일 함께해도 할 말 많던 편한 사이였는데, 뭔지 모를 어색함이 느껴졌다. 당연한 결과지만, 그 사실조차 견딜 수 없었다. 그 자리에 있는 게 불편하고 집에 가고 싶어졌다.

친구 정화와 현미는 어느새 유부녀가 됐다. 둘이 한 주 차이로 결혼하는 바람에 축의금도 한꺼번에 보냈지만, 친구들의 남편은 본 적이 없는 사람들이었고, 정화만 남편을 데리고 왔다. 현미는 아이를 봐야 해서 못 왔다.

정화 남편은 키도 크고, 어깨도 넓은 훈남 스타일이었다. 워낙 없는 말수 때문에, 그 술자리에서도 목소리는 못 들어본 것 같다. 이내 어색했던 자리도 술이 들어가자, 예전처럼 재밌어졌다. 친구들은 어쩌다가 한국에 아예 왔냐고 물었다. 요원이는 웃으며 얘기했다.

"나 영주권 실패자잖아. 영주권 조건 다 만들었는데, 이민법이 바뀌어서 한국에 왔어."

아무렇지 않은 듯 말했다. 비행기에서 요원이가 느꼈던 그런 감정들은 왜 배제하고 말했을까. '실패했어도 난 괜찮아.' 라고 말하고 싶었던 걸까. 아무렇지 않게 말하면, 괜찮아 보일 수 있을까.

호주에 가기 전까진 전부였던 친구들이었는데, 친구들 앞에서 실패를 인정하기 싫었다. 웃으며 말했지만, 슬퍼하면서 말하면 동정 어린 시선과 안타까움을 받을까 두려웠다. 친한 사람들에게까지 내 감정을 속이게 된 속물이 된 것 같았다. 이렇게 거짓말하는 사실조차 싫었다. 친구들과 웃으며 헤어졌지만, 집으로 돌아가는 길. 얼큰하게 취해있으면서도 자신을 미워하는 감정은 선명했다.

요원이는 오스카와 헤어졌다. 호주에서 떠날 땐 오스카와 결혼하겠다는 생각으로 왔지만, 한국에 도착하자마자, 오스카 생각이 나지 않았다. 오스카는 메일을 보냈다. 보고 싶다고, 울먹이는 게 메일에 다 느껴졌다. 한국에 온 지 한 달쯤 지났고, 요원이는 이별을 택했다. 오스카는 충격이었을 거다. 하지만 요원이는 오스카가 미워서 헤어진 게 아니다. 오스카 없는 삶에 익숙해진 걸까. 눈에서 멀어지면 마음에서도 멀어진다는 말처럼, 참지 않고 순리대로 따랐다. 다른 이유는 없었다.

요원이는 친구와 둘이 술을 마셨다. 1층에 있던 술집은 전체가 나무 창살이 있는 유리문으로 된 곳이었는데, 가을이라 그런지 문을 전체적으로 열어놨었다. 그렇게 한창 술을 마시고 있을 때, 어떤 남자 하나가 우리 자리에 앉았다. 순식간에 일어난 일이라 놀라지도 못하고, 당황해서 그 남자를 봤는데, 다름 아닌 20살에 헤어졌던 승윤이었다. 지나가다가 요원이를 보고 그냥 들어왔다고 한다. 지금껏 승윤이를 미워해 왔던 요원이었지만, 그때만큼은 그 미워했던 마음이 눈 녹듯 사라졌다. 잘 지내나 궁금했었는데, 예상치 못하게 보니, 반갑기도 했다.

그렇게 친구와 승윤이, 요원이 셋이 얘기를 하다가 승윤이는 혼자 온 게 아니라 아는 동생과 술 마시러 온 거라 가야 한다고 했다. 아쉬웠던 걸까. 승윤이는 같이 가자고 했고, 또 그 자리에 가서 함께 술을 마셨다. 2차로 노래방까지 간 그들은 뭐가 그렇게 즐거웠던 걸까. 요원이는 춤추면서 뛰다가 발을 크게 삐었다. 힐 부츠를 신고 있던 탓에 더 심하게 다쳐버렸다. 우지끈 소리까지 들릴 정도였으니 말이다. 너무 취한 탓에 다리를 절면서도 끝까지 그 자리를 함께했고, 다음 날 요원이는 일어날 수 없었다. 걷는 것은 고사하고, 땅에 발을 내딛는 것조차 불가능했다. 정형외과나 한의원 가는 건 꿈도 꿀 수 없을 정도로 괴로웠다. 발목은 파랗게 멍들어, 주먹 하나만큼 부어올라 있었다. 며칠간 쉰 요원이는 살짝 걸을 수 있게 되자 한의원을 다니며 침을 맞았다. 길에서 절뚝대는 자신의 모습도 창피하고, 혹시라도 아는 사람이라도 만날까 꽁꽁 싸매고 한의원을 다녔다. 너무 심하게 다친 탓에 몇 달은 고생을 했던 것 같다.

하지만 아픈 건 아픈 거고 한국에 온 지 3달쯤 되자, 이렇게 가만히 있는 것조차 집에 눈치가 보이기 시작했다. 어렸을 땐 아무것도 안 하고, 집에 있어도 눈치가 보이지 않았는데, 그때는 어쩜 그렇게 철판이었을까. 어려서 그랬던 걸까. 아니면 아무도 뭐라 그러는 사람이 없어서였을까. 물론 지금도 요원이에게 일해라, 뭐해라 하는 사람은 없었다. 그저 이 집에 혼자 일 안 하는 존재로 있다는 사실이 숨이 막혔던 것 같다. 요원이는 취업 사이트를 뒤졌다. 뭘 할 수 있을까.

호주에 있었을 때 쇼핑센터에서 같이 일했던 현주 언니는 요원이의 멘토였다. 한 살 차이였지만, 하고 싶은 게 확고한 언니였고, 미래 걱정이 많던 시기에

"언니는 한국에 가면 뭐 하고 싶어?"

"난 통번역할 거야."

라고 말하는 언니가 부러웠다. 사실 요원이는 하고 싶은 게 없었다. 뭘 잘 하는지, 뭘 하고 싶은지 알 길이 없었다. 한국에서는 노는 것 말고는 해본 일이 없었기 때문이다.

실제로 한국의 많은 사람이 요원이와 같은 심정일 거다. 이렇게 좋아하지도 않는 일을 하며, 지내는 게 과연 잘하는 걸까. 내가 무얼 하고 싶은지. 다들 이런 딜레마에 빠질 거다. 그때부터 요원이는 번역에 대해 알아봤었고, 학원도 이미 알아놨었다. 하지만 돈이 필요했다. 호주에서 모아놨던 돈은 건드리고 싶지 않았다. 그 돈은 건드리는 순간 순식간에 물거품이 될 걸 잘 알고 있었기 때문이다. 요원이는 일단 종이를 꺼냈고, 해보고 싶었던 일을 적어보았다.

영어 강사, 유학원 상담, 무역 회사, 번역을 써 내려갔다. 왠지 호주에 다녀왔기 때문에 영어 쓰는 일을 해야 할 것 같았다. 그렇게 취업 사이트를 검색하자 동네에 한 학원이 나왔다. 아직 오픈 전인 학원으로 요원이가 들어가면, 수업이 개설되고, 집에서도 걸어서 20분 거리였다. 일단 전화를 하고 면접을 잡았

다. 떨리는 마음으로 발목을 절뚝거리며 면접을 보러 갔지만, 다리를 저는 것처럼 보이기 싫어 안간힘을 냈다. 영어 면접을 볼 줄 알았지만, 원장님은 질문 하나를 했다.

"호주에 가기 전에 1년 동안은 경력이 없는데 뭐했어요?"

요원이는 당구장에서 일했다고 말할 수 없었다. 왠지 엄청 놀았을 것 같다는 이미지를 풍길 것 같았고, 그 사실이 걸렸다. 그래서 호주에 가기 전까지 아르바이트하며, 돈을 벌어서 갔다고 했다. 돈을 벌어서 가지는 못했지만, 아르바이트한 건 맞으니 절반의 거짓말만 한 셈이다. 원장님은 면접을 길게 보지 않았다. 몇 가지 질문 끝에 "그럼 선생님이 한번 해보세요." 라며 요원이를 그 자리에서 채용했다. 처음 본 면접이 이렇게 빨리 끝나자, 이래도 되는 건가 싶었지만 어쨌든 한 번에 붙자 요원이는 기뻤다. 근무 시간도 월요일부터 금요일 1시부터 7시까지로 시간도 얼마 안 됐다.

'빡세게 일해서, 돈 많이 벌자.' 라는 생각보다는 '편하게 일해서, 벌 만큼만 벌자'는 주의였기 때문에 마음에 들었다. 일하는 시간이 적은 만큼 돈도 적었다. 요원이는 호주에서 지내다 한국에 오면, 월급도 많이 받을 줄 알았다. 의외로 엄청 적은 보수에 깜짝 놀랐지만, 강의 경력이 없었기에 경력을 쌓을 수 있겠다는 생각으로 일하기로 했다. 친구들에게 급여를 말할 때 창피함은 어쩔 수 없었다.

요원이도 내심 기대했던 만큼, 친구들도 성공할 거라 큰 기대를 했을 거다. 하지만 아무리 학원가가 짜다고는 하지만, 계속 학원에서 일했던 친구보다도 못한 급여였다. 물론 그 친구는 대학생 때부터 쭉 학원에서 일했기에 경력이 요원이와 비교도 할 수 없겠지만, 유학을 다녀오면 많이 받을 수 있을 거라는 헛된 기대감은 보기 좋게 요원이를 배신했다. 강의 생활보다 돈이 먼저 보였던 요원이는 호주에서의 실패가 한국으로까지 이어지는 느낌이었다.

제2장
실패한 인생

한국에서의 사회생활

초등학생을 가르치는 영어 학원에 취직이 됐다. 오픈 학원인 만큼 커리큘럼이 아예 없었고, 요원이는 학원 프로그램에 맞춰 매일 다른 커리큘럼을 혼자 만들어야 했다. 처음 해보는 일이었지만, 나름 커리큘럼 구성은 잘 했고, 영어 도서관이 주변에 없던 터라 학원은 생각보다 잘 되었다. 교실이 하나밖에 없는 작은 학원이었지만, 교회에 다니시는 원장님 인맥과 계속된 홍보로 학원은 개원 6개월 만에 30명 넘는 학생이 다니게 됐다.

학생이 많은 만큼 모두 특징이 달랐다. 공부를 잘해 학생들을 끌고 다니는 일명 '돼지엄마' 비슷한 학부모도 있었고, 소극적이어서 학원에 잘 다니지 못했던 아이, 엄마가 영어 강사라 발음부터 남달랐던 아이 등 가지각색이었다.

가장 기억에 남았던 학생은 ADHD가 있는 미선이였는데, 워낙 산만한 탓에 학원을 길게 다녀본 적이 없고, 수업에 집중하지 못했다. 처음에는 그 학생 때문에 힘들었다. 다른 학생에게 피해를 주고, 공부까지 방해했기 때문이다. 덩치도 여학생치고 커서 소란을 피우면, 수습 불가였다.

한 가지 다행인 건 목요일마다 그림을 그려, 간단하게 영어로 두 세줄 정도 써보는 프로그램이 있었는데, 학생들도 좋아하고, 미선이의 색다른 면을 뽐낼 수 있는 시간이기도 했다. 그림 그리기를 좋아했던 미선이는 한 달에 한 번 있는 시상식에 그림을 잘 그려, 게시판에 올라오기도 했다.

미선이 어머니는 선물까지 들고 찾아와 감사하다고 연신 인사를 했다. 지금껏 다른 학원은 오래 다니지 못했고, 그만 나오라는 소리도 들었기 때문이다. 하지만 우리 학원에서 처음으로 칭찬을 받자 학원에 오는 걸 즐거워했다. 물론 일주일에 한 번뿐이었지만, 미선이는 그림을 그리는 그 시간만큼은 말도 잘 듣고, 집중력을 발휘했다.

사실 미선이 어머니가 학원에 보내는 이유는 아이의 학습 능력을 키우기 위해서도, 성적을 올리기 위해서도 아니었다. 맞벌이 부부로 바쁘기도 했지만, 다른 아이들이 모두 다니는 학원에 붙어있을 수 있다는 사실만으로도 어머니는 기뻐하셨다.

요원이는 색다른 기분을 느꼈다. 어머니의 마음을 완벽하게 헤아릴 수는 없겠지만, 아이에게 관심을 주는 다른 누군가가 있다는 사실조차 기뻤을 어머니 마음.

요원이는 그때 알았다. 관심은 소수에게만 필요한 게 아닌 우리 모두에게도 필요하다는 걸. 무관심이 제일 큰 복수라는 말도 그래서 나온 것일까. 그만큼 관심은 생각보다 크게 작용하고, 우리 모두가 필요로 한다. 연인 사이에서만 필요한 게 아닌, 모두에게 필요한 감정이라는 거. 그 사실을 아이들을 보고 느꼈다니, 아이들에게 내가 가르침을 주는 게 아닌, 배우는 게 있다는 사실에 뭔가 뭉클해졌다.

미선이 어머니의 기쁜 표정이 아직도 잊히지 않는다. 그리고 관심은 받기만 하는 게 아니라, 내가 남에게 줄 때도 행복할 수 있다는 걸 알았다. 내가 주는 사소한 관심이 그 사람에겐 행복일 수 있다니……. 이런 사소한 일에 뭔가 느낄 수 있다는 게 삶인가. 오묘한 기분이다.

여러 감정을 느끼며 8개월 정도가 지나자, 일에 회의감이 왔다. 남을 가르치는 게 보람 있는 일일 줄 알았는데 생각보다 그렇지도 않았다. 강의 일도 해봤으니, 회사가 다녀보고 싶었던 요원이는 취업 사이트를 검색하기 시작했다. 집에서 가까운 곳의 무역회사에서 공고가 올라왔고, 면접을 보러 갔다. 회사는 엄청 작아 사장과 직원 1명이 전부였다. 시약이나 바이러스를 수입하는 회사였고, 입사한다면 수입품 견적이나 전반적인 프로세싱을 맞는 일이었다. 면접은 사장이랑 단둘이 봤고, 이것저것 물어보더니, 결과는 곧 연락해 준다고 했다. 작은 회사여서 그런지 생각보다 물어보는 것도 없었고, 긴장했던 면접 자리지만 금방 끝날 수 있었다.

며칠 후, 메일이 왔고 출근하라는 내용이었다. 집에서 가까운 것도 한몫했던 것 같다. 회사는 작지만, 회사 경험이 전혀 없는 요원이는 오히려 큰 회사에 들어가는 것보다 세세하게 일을 배울 수 있을 것 같아 더 좋았다. 곧 학원에 그만둔다는 노티스를 주고, 한 달 후에 수입 회사로 출근하게 됐다.

컴퓨터랑 친분이 없던 터라 회사 일에 필요한 엑셀이나, 워드 기능을 전혀 몰랐던 요원이는 처음부터 일이 어려웠다. 일을 배울 때는 다 기억할 수 있을 것 같지만, 막상 혼자 해보려니 도무지 생각이 나지 않아, 같은 걸 몇 번씩이나 물어 함께 일하는 직원이 애 좀 먹었을 거다. 그 후 하나하나 종이에 적기 시작했다. 곧 일에 익숙해지고, 일도 재밌었다.

시약은 보통 외국에서 수입을 해왔는데, 거래처들과 메일이나 통화로 연락을 취해 약을 수입했다. 입사 첫날부터 해외 거래처에 전화 통화를 시켜, 긴장했던 기억이 난다. 아무리 강의 경력이 있어도 외국 사람과 실제로 영어로 통화하는 건 하늘과 땅 차이였다.

나중에 알고 보니, 새로 온 직원에게는 첫날부터 거래처에 통화를 시키는 게 관례라고 했다. 일종의 영어 면접이랄까. 면접에서 영어 실력을 평가하지 않았던 이유는 사장이 메일로는 영어를 해도 회화는 못 했기 때문에 평가할 수 없었을 거다. 요원이도 첫 관문을 피해갈 수 없었는데, 이유는 해외에 오래 있어도 막상 말을 못 하는 사람이 많았기 때문이란다. 무사히 통화를 끝냈고, 그때부터 왠지 모를 자신감도 생겼다.

집에서 천천히 걸어서 30분 정도면 도착할 수 있는 거리였기 때문에, 출근 시간 한 시간 정도 전에 나와, 회사 옆에 있는 패스트푸드점에서 모닝 세트를 먹는 게 아침 일과였다. 출근하자마자 메일을 확인해 시차가 있는 해외 거래처에서 온 메일이 없나 확인하고, 일이 많지 않은 날에는 해외 거래처를 뚫기도 했다.

일에 있어 가장 중요한 건 검색이었다. 해외 거래처에 대해 알아보려면, 인터넷이 필수여서, 검색. 또 시약 종류에 대해서도 검색. 무조건 정확한 검색이 관건이었다. 솔직히 말이 쉽지, 터무니없이 많은 정보 속에서 필요한 정보만 수집하는 게 여간 어려운 게 아니었다.

요원이는 일에 잘 적응했다. 야근도 없는 회사라 일에 불만 없이 다닐 수 있었지만, 6개월 후에 일을 그만둘 수밖에 없었다. 모든 사회생활에는 어려움이 따르겠지만 어린 와이프에 딸도 있는 사장은 둘밖에 없는 여직원에게 이따금 성추행으로 여겨질 만한 행동을 했다. 회사 내에 CCTV도 없는 터라 증명할 수도 없었고, 화내면 예민하다는 핀잔을 들을만한 교묘한 행동으로 불쾌감이 날로 상승했다.

꼭 여직원 둘 중 한 명하고만 있을 때 그랬는데, 나중에 알고 보니, 요원이한테만 그런 게 아니라 다른 여직원에게도 그랬다고 한다. 한번 안아보자던가, 일 가르쳐준답시고, 마우스 위에 얹은 손 위로 손을 포개는 등, 이유 없이 악수를 하자 그러질 않나. 여간 불편한 게 아니었다. 다혈질 성격도 다분해, 본인이 거래하던 해외 거래처에서 계속 물건을 보내오지 않자, 한국에서 발주를 냈던 업체는 전화로 화를 냈고, 그런 일은 꼭 요원이에게 처리하라고 넘겼다. 이미 화가 날 대로 난 거래처 사람은 급기야 전화로 욕을 했고, 죄송하다고 연신 사과하고 끊자, 사장은 일 처리를 왜 그렇게 하냐며 요원이를 탓했다. 본인이 잘못한 거에 대해 혼나는 건 인정하지만, 사장이 일 처리를 거지같이 해놓고, 일을 넘겼으면서 요원이 탓을 하자, 요원이도 화가 났다.

"전화를 그렇게 끊으면 어떡해?"

라며 사장은 소리 지르며 화를 냈고

"그걸 왜 저한테 그러세요? 사장님이 저한테 일 넘기실 때부터 이 분이 화가 나 있었는데, 제가 인제 와서 뭘 어떻게 해요?"

라며 반박했고, 사장은 입을 다물었다. 맞는 말만 골라 했기 때문이다. 너무 화가 난 요원은 참았던 성추행과 이런 일이 반복적으로 일어나자 그날 퇴근하면서 일을 그만두겠다고 했다. 사장은 놀란 눈치였고, 이제까지 일 잘 적응했는데 왜 그러냐며, 달래기 시작했다. 그도 그럴 것이 한국이랑은 거래를 안 하던 해외 거래처까지 뚫은 요원이었고, 일도 괜찮게 했기 때문에 지금 놓치기엔 아까웠을 거다. 하지만 화가 머리끝까지 난 요원이는 냉담했다.

"다른 사람 구하세요. 인수인계는 해드리고 나갈게요."

그 말을 남기고 바로 퇴근했다. 뒷일은 생각하지도 않았다. 윗사람이라고 하는 갑질에 당하며 노예 취급을 받으려 일하는 게 아니었기 때문이다. 요원이가 먹여 살려야 할 부양 식구가 있는 것도 아니고, 계속 붙어있는 한 스멀스멀 올라오는 성추행과 다혈질을 다 받아내야 했다. 잘한 선택이라 생각했고, 다음 날부터 회사에는 면접을 보러 여러 명이 왔다 갔다. 여러 면접 끝에 직원이 뽑혔고, 요원이보다 한 살 어린 여자였다. 집이 의정부인데도 서울 중심까지 출근하는 게 대단하게 느껴졌다.

요원이는 회사를 위해서라기보다 그 직원을 위해 열심히 가르쳐 주고, 똑같은 걸 또 물어봐도 친절하게 답해줬다. 여직원은 역시 강의하다 온 사람은 틀리다며, 계속 같은 걸 물어봐도 잘 가르쳐주는 걸 신기해했다. 새로 온 여직원과도 친해졌고, 한 달은 금방 흘러갔다. 일을 그만둔 후에도 새 여직원은 모르는 걸 틈틈이 연락해서 물어봤고, 그때마다 다 답변을 해줬다. 덕분에 요원이는 몇 년이 흐른 지금도 그 직원과 연락을 하며 지낸다. 일을 그만두고도 그 여직원과 만남도 몇 번 가졌다.

얼마 지나지 않아 원래 있던 여직원도 퇴사를 결심했다. 역시 이유는 그 여직원에게도 지속적으로 성추행을 해오던 사장 때문이었다. 열 받았던 여직원은 신고를 결심했지만 결국 진행할 수 없었다. 신고하려면, 증거가 있어야 했고 카메라 없는 사무실에서 증거를 수집하기란 여간 어려운 게 아니었다. 더 거지 같은 건 신고를 하면 사장과 삼자대면을 하는 것도 모자라, 계속해서 인터뷰를 해야 했다. 피해자에게 곱씹게 만드는 못된 시스템 때문에 성추행당하는 여자들은 거의 진행을 포기한다고 했다.

도대체 이 나라는 국민을 위해 제대로 된 시스템이 있기는 한 걸까. 성폭행, 술 먹고 한 성범죄에 솜방망이 체벌인 나라. 국가는 국민을 위해 존재하여야 하는 거 아닌가. 한국살이가 빡빡하단 이야기는 들었지만, 새삼 더 느껴졌다.

엎친 데 덮친 격

요원이는 무역 회사를 그만두고, 좀 쉬다가 다행히 호주에서부터 하고 싶어 했던 유학원 상담직으로 들어갈 수 있었다. 요원이가 가기 싫어하는 강남역에 위치한 회사였지만, 호주 전문 유학원이기 때문에 호주에 살았던 경험을 바탕으로 일을 수월하게 할 수 있을 것 같았다. 친구들과 얘기하거나, 상담하기를 좋아했던 터라 상담직에 관심이 있었고, 호주에서 다양한 비자로 오랫동안 있었기에 워킹홀리데이나 유학을 가는 학생들에게 조언도 해줄 수 있었다. 사장님과 실장님, 여직원 한 명 그리고 요원이까지 총 4명이 일했는데, 요원이는 영어를 할 수 있었기 때문에 전반적인 유학 프로세싱을 맡았다. 옆의 여직원은 인터넷에 유학 정보를 매일 올려야 했는데, 매일 다른 내용을 몇 개씩 올려야 하니, 그것도 여간 힘든 게 아니었을 거다.

아쉽게도 여직원은 요원이가 입사한 지 한 달 만에 그만두었다. 이유는 역시 사장님이었는데 처음에 했던 말과 다르게 요구하는 게 점점 늘어났고, 기분이 안 좋다거나 하면 조곤조곤한 목소리로 직원에게 상처를 줬다.

여직원이 그만두고 새로운 여직원이 왔다. 역시 인터넷에 정보를 올리는 일을 맡았는데, 예쁘장하게 눈웃음을 치고, 인상도 좋아 요원이랑도 금방 친해질 수 있었다. 여자끼리는 통하는 게 있으니까. 하지만 그 직원 역시 한 달 만에 그만두었다. 여직원이 하루 아파서 무단으로 못 나왔고, 다음 날 출근한 여직원에게 처음 말했던 급여와 다르게 앞으로 계속 깎아서 주겠다고 하셨단다. 물론 무단결근한 여직원도 잘못이 없잖아 있었다. 아픈 여직원도 이해가 갔다. 친해졌다고 생각했던 여직원도 그만두고 또 한 명의 여직원이 들어왔다.

요원이도 입사한 지 얼마 되지 않았는데 계속 옆 사람이 바뀌자, 정신이 없었다. 이번에 들어온 여직원은 인터넷에 글 올리는 사람이 아닌 프랑스 유학을 다녀온 사람으로, 프랑스 유학 프로세싱을 맡을 사람이었다. 덕분에 옆 사람이 했던 인터넷에 정보 올리는 일은 요원이가 맡게 되었다. 솔직히 일이 더 늘어나 기분이 좋지는 않았다. 일을 배울수록 하는 일이 느는 건 당연하지만, 입사한 지 얼마 되지 않아 이러니 요원이도 짜증이 났다. 유학 업무에 인터넷까지 신경 써야 하니 여유 시간도 없었다.

공식이라도 되는 것처럼 또 한 달 만에 여직원이 그만두었다. 중간에 말을 바꾸는 사장님 때문이었다. 그렇게 그 여직원도 그만두었고, 그 프랑스 일까지 요원이가 맡게 되었다. 근본 없는 시스템에 요원이는 멘붕이 왔고, 프랑스의 '프'자도 관심 없었던 요원이는 모든 걸 인터넷 정보에 의지하며, 일 처리를 해야 했다. 그렇게 정신없는 와중에 사장은 요원이를 불러서 또 잔소리를 해댔다. 인터넷 정보를 하루에 기본 2개는 올려야 하는데 하나밖에 올리지 않은 날이 있어서였다. 매일 새로운 정보를 올려야 하는데, 그걸 찾느라 시간도 많이 할애해야 했고, 무엇보다 요원이가 처리해야 할 일이 너무 많아졌다.

어느 날, 사장은 커피숍으로 요원이를 불렀고, 요원이가 하는 일이 없다고 불만을 표했다. 열 받은 요원이는 급기야, 흥분해서 언성까지 높였다.

"모든 유학 프로세스 일까지 맡고 있고, 인터넷도 원래 제 일이 아니잖아요. 하지만 그것도 저한테 넘기시고, 이제 프랑스 분야까지 저한테 맡기시는데 하는 일이 없다는 말은 좀 아니지 않나요?"

라며 따져 물었더니, 그건 또 아니란다. 도대체 뭐가 아니란 건지…….

이대로 가다간 고생은 고생대로 하고, 대우도 못 받을 게 뻔했다. 전혀 미안한 기색이 없었다. 그 자리는 다행히 그렇게 마무리되고, 기분 안 좋게 퇴근을 했다. 다음날이 됐다. 사장은 밥 먹으러 간다며, 요원이에게 메신저로 뒤끝 있는 메시지 하나를 보내놓고 나갔다. 장문의 글이었는데, 일 처리를 그딴 식으로 하지 말라는 내용이었다. 그 한마디에 요원이도 더 참을 수 없었다. 그리고 실장님에게 그 메신저를 보내주고 그만두겠다고 했다. 참고 다닐 수 없을 정도로 몸도 안 좋아졌는데, 모든 일을 맡아 하는 직원에게 격려는커녕, 사기 떨어트리는 말만 계속해대는 사장도 야속했다.

사실 얼마 전부터 출근길에 버스에서 아찔한 경험을 몇 번 한 적이 있는 요원이었다. 갑자기 숨이 안 쉬어지고, 서 있지도 못할 것 같은 괴로운 느낌이었다. '사람이 죽는다는 게 이런 거구나.' 라고 느껴질 정도였다. 별거 아니려니 하고 넘겼지만, 그 주기는 점점 짧아졌고 요원이도 무서워지기 시작했다. 그리고 증상을 검색하니 공황장애라는 정보가 나왔다. 공황장애로 유명하다는 한의원에 급하게 예약을 하고 찾아갔다. 가자마자 검사를 하니, 스트레스가 극에 달해, 공황장애 발작 증상을 경험한 거라고 했다. 지금은 초기이지만 초기에 치료하지 않으면, 나중에는 만성 공황장애로 발전할 수 있다고 했다. 비싼 돈을 들여 한약을 지었고, 그 약까지 먹으며 일해 왔지만, 스트레스는 잠식되지 않았다. 그 병명도 가족에게는 말하지 못했고, 가장 친한 정화에게도 좀 지나서 말할 수 있었다. 스트레스의 근원을 없애야 치료되는 병이지만, 나아질 것 없는 이 직장에서 더 버티다가는 요원이가 죽을 것 같았다.

점심을 먹고 온 사장에게 바로 그만둔다고 하고 나왔다. 가끔 사무실에 놀러 오던 사장님 지인들도 그 소식을 듣고, 연락이 왔다. 요원이를 옆에서 봐왔던 실장님도 그 지인들도 모두 요원이를 이해했다. 4개월간 버틴 요원이가 그 회사에서 가장 오래 버틴 사람이라고 한다. 물론 실장님은 부양해야 할 가족이 있기에 버티고 있지만, 웬만한 직원들은 금세 못 버티고 그만둔다고 했다.

요원이는 후회했다. 미련하게 왜 참았을까. 병까지 얻어가며 열심히 일한 직장 생활에 뭐가 남았을까. 지금까지 진득하게 한 직장에 못 있던 요원이도 '이번에는 버텨야지'라고 생각했던 것 같다. 하지만 버티고 나니 남은 건, 만신창이가 된 마음과 몸뿐이었다.

하루아침에 직장도 없어지고 몸까지 안 좋아진 요원이는 일단 집에서 쉬기로 했다. 감기처럼 단기적으로 약을 먹어 좋아질 수 있는 증상이 아니었기에, 일단 마음에 안정을 취하는 게 필요했다. 한약을 먹으며, 주기적으로 한의원에 가서 침도 맞았지만, 증상은 나아지지 않았고, 계단 오르는 것조차 힘들어진 요원이는 집 앞 내과에 가서 증상을 말했다. 즉시 피검사를 했고, 결과는 갑상선 항진증이었다. 물론 공황장애가 오진은 아니었다. 공황장애 증상이 점점 짧아지는 텀으로 계속 나타나고 있었지만, 치료는 되지 않았기에 의사는 일단 갑상선부터 치료해보자고 했다.

요원이는 이해할 수 없었다. 평소 주변에서 건강염려증이라는 말을 듣고 살 만큼 건강에 신경 써서, 검사도 자주 받기 때문이다. 국가에서 검사받게 해주는 자궁뿐만 아니라, 가슴 검사에 피검사까지 추가로 할 정도였다. 가슴 검사를 하러 갈 때는 의사가 통증이 있냐며 물었고, 그냥 왔다니까 의사도 놀라 했다. 보통 가슴 검사는 잘 하러 오지 않는다면서 잘하고 있다고 칭찬도 들었었다. 가슴 검사를 할 때 갑상선도 초음파로 봤었는데, 그때는 갑상선도 정상이었다. 불과 1년도 안 돼서 급속도로 안 좋아진 것이다. 갑상선 호르몬이 과다 분비되는 게 항진증 증상인데, 요원이는 너무 심해서 수치도 측정이 안 된다고 했다. 그 부작용으로 눈까지 튀어나오는 증상도 경험했는데, 안 그래도 살짝 돌출이었던 눈이 그레이브스병으로 더 튀어나오니 몰골은 못 봐줄 정도로 변했다. 살까지 쭉쭉 빠지는 증상에 어떤 사람은 살 빠져서 좋겠다고 생각할 수 있지만, 예쁘게 살 빠지는 게 아닌 보기 안쓰러울 정도로 사람이 불쌍해진다.

요원이를 본 친구들과 지인들은 불쌍해 보인다며, 안타까움을 금치 못했고 계단도 못 오를 정도로 약해진 체력 탓에 더 우울한 날만 보내고 있었다. 서너 계단만 올라도 숨이 안 쉬어졌기 때문에 길에서 계단만 보면, 겁부터 먹어야 했다. 일단 약으로 치료를 하기로 했다. 하루에 6알의 약을 먹어야 할 정도로 심각한 상태였다.

친했던 언니가 갑상선이었을 때는 그 병이 뭔지 잘 몰랐었는데 그 언니도 눈이 좀 많이 튀어나와 있었다. 그때는 갑상선이 그 이유인지 몰랐었다. 요원이는 그때부터 이상하게 TV나 누가 다른 사람 사진을 보여줄 때마다 눈을 먼저 보게 됐다. 그리고 눈이 조금 튀어나왔다는 느낌이 들면

"이 사람 갑상선인 것 같아. 검사해 보라고 해봐."

라며 쓸데없는 남 걱정을 시작했다. 모든 사람이 고질적으로 가지고 있는 피곤함이 증상인데, 모르고 지나가다가 요원이처럼 심해질 수 있으니 괜한 오지랖까지 부렸다.

가족들에게는 갑상선이라고 말했고, 집에서 쉬게 되었다. 일을 쉬어서 좋다는 기분도 느껴지지 않았다. 몸 회복이 우선이었다. 돈 때문에 무리해서 일하면, 나중에 병원비가 더 든다는 생각으로 쉬고는 있지만, 몸도 마음도 피폐해졌다. 집에서 쉬니 자괴감에 빠지게 됐고, 쉬면서 할 일도 없었고, 뭘 해야 할지도 몰랐다. 몸이 아파 쉬어도 쉬는 게 아니었다. 집에서 눈치를 주지 않아도, 알아서 눈칫밥 먹는 나이가 됐으니 말이다. 연인인 승윤이에게도 체면이 서지 않았고, 친구들에게도 아파서 쉰다고 했지만, '다들 날 뭐라고 생각할까'라는 쓸데없는 생각만 가득한 하루를 보냈다.

'그저 또 일하기 싫어서, 끈기 없이 일 그만두고 쉬고 있겠지'라며 날 생각할까?

'안 힘든 사회생활은 없는데 요원이만 유독 못 참네'라며 날 비웃을까?

'호주까지 다녀왔으면서, 일은 진득하게 못 하네'라고 날 폄하할까?

사람들의 기대에 못 미치게 산다는 생각에 미칠 것 같은 나날은 계속됐다. 왜 나에게만 이런 일이 생길까. 정말 못 버티는 게 내 문제일까? 사장 복이 없는 걸까? 아니면 한국에는 좋은 사장이란 존재할 수 없는 걸까? 다들 이러면서 한국에서의 사회생활을 견디고 있나. 한국에서의 삶은 사는 게 아니라, 버틴다는 느낌마저 들었다. 호주로 돌아가고 싶었다.

호주에 있을 때면 힘들 때마다 '그래도 난 돌아갈 가족과 나라는 있어'라는 생각으로 버텼지만, 막상 그런 한국에 오니 요원이가 돌아갈 곳이 없어져 버린 것이다. 다들 출구가 필요할 땐 어디로 갈까?

꿈이 이루어지나?

얼마나 시간이 지났을까……. 몇 개월간 집에 틀어박혀, 쉬었더니 몸도 차츰 괜찮아지는 것 같았다. 갑상선 치료를 하면서 공황장애 증상도 사라졌고, 빨리 회복해야겠다는 마음으로 빼먹지 않고, 약을 먹었더니 약 먹는 양도 줄어갔다. 이제 새로운 일자리를 또 구해야 한다.

'도대체 한국에 와서 몇 번의 구직 생활을 더 해야 내가 둥지 틀 수 있는 곳을 찾을까. 어떤 곳을 가야 내 날개를 펼칠 수 있을까?' 생각하며 요원이는 또다시 취업 사이트를 열었다. 당장 취업이 되리라는 보장도 없었기 때문에 금세 까먹어버린 영어 학원에 다니기로 했다. 일반 회화 코스는 지겨웠지만, 그냥 강사들의 강의 스타일을 보고 싶어, 회화와 작문 클래스 등 몇 개의 수업을 신청했다. 회화는 어느 정도 자신이 있었기에, 레벨이 쉬웠지만, 그냥 재미로 다녀보고 싶었다. 회화는 두 군데 학원을 등록해 다녔는데, 둘 다 요원이가 원하는 스타일은 아니었다. 뭔가 올드한 방식. 학원에서 나오는 자체 교재로 수업을 해서 강사들의 강의에는 한계가 있었지만, 십 년 전에 다녔던 영어회화 학원과 똑같은 방식이었다. 식상한 회화책에 두 사람이 대화하면, 역할을 바꿔 읽든지 아니면 단어 공부하는 식? 요원이가 가장 싫어하는 스타일이었다.

그러던 중 어학원 프로그램에서 강사 양성 프로그램이라는 수업이 개설되는 걸 봤고, 테솔이랑 비슷하게 강사로 일할 수 있는 교육을 해주는 수업이었다. 요원이는 그걸 보자마자 바로 신청했고, 다음 달은 수업이 열리지 않고, 두 달 후에 개강한다는 소리에, 전 급하다고 당장 다음 달부터 수업을 열어달라고 강사님께 졸랐다. 그렇게 다음 달부터 강사 양성 프로그램을 듣게 되었지만, 학생은 요원이밖에 없었다. 두 달 후에 개강할 생각으로 홍보가 아직 안 된 상태여서, 아직 요원이밖에 없었고, 혼자 수업 들으면 집중적으로 들을 수 있다는 생각에 더 좋았다.

어떤 과목을 잘 가르칠 수 있을지 아직 모르기 때문에 토익, 회화 등 여러 수업을 청강해보고, 남은 시간은 요원이가 직접 수업해보는 식으로 실전에 강해질 수 있는 신박한 수업이었다. 기존의 학원은 외우기 식의 주입식이었는데, 호주에서 배웠던 테솔 강의처럼 실제로 앞에 나가 가르쳐 보니 떨리기도 하고, 뿌듯하기도 했다. 어디에서 토익을 가르치고, 회화를 가르쳐 보겠나?

수업은 재밌었고, 수업이 끝난 후 강사님의 좋은 평가로 어학원에 회화 강사로 일할 기회가 왔다. 그 어학원은 보통 강사들이 자신만의 교재를 만들어서 수업했기 때문에, 요원이도 자신만의 커리큘럼과 교재를 만들어야 했다. 바로 수업하는 게 아닌 두 달 정도의 시간이 있었고, 그동안 어떤 커리큘럼과 교재를 만들지 곰곰이 생각해 봤다. 수업 준비는 쉽지 않았지만, 그 시간만큼은 행복했다. 핑크빛 미래를 꿀 수 있던 마지막 시간이었으니까.

역시 겪어보지 않으면 말을 말랐던가. 그때까지만 해도 대형 어학원에 들어가서 강의를 하면, 돈도 많이 벌고 재밌는 삶을 살 수 있을 거로 생각했다. 누가 요원이에게 그런 말을 해줬던 것도 아니다. 하지만 누가 봐도 좋은 직업에 좋은 직장이니, 요원이도 그런 착각에 쉽게 빠지게 됐다. 스타 강사나 학원의 간판 강사가 되는 것도 상상해 봤다. 수많은 학생 앞에서 마이크를 들고, 열정적으로 강의하는 모습에 학생들도 재밌어하는 상상을 하니 밤에 잠도 못 이룰 정도였다.

프로필 사진을 찍기 위해, 사진도 잘 찍으면서, 포토샵의 신이라고 불리는 스튜디오를 여기저기 검색해, 연락해 보고 하나를 골라서 프로필 사진도 찍었다. 수업하는 날은 점점 다가오고 있었다. 날이 다가올수록 떨리고, '내가 과연 잘 할 수 있을까?' '학생들이 난감한 질문을 하면 어떡하지?' 여러 상상을 하며 주변에도 기쁜 소식을 알렸다. 부모님에게는 나중에 말했는데, 평소 영어 공부에 관심 많던 아버지가 제일 좋아하셨다. 요원이도 기뻤다. 모든 게 잘될 것 같았고, 한국에 온 지 몇 년 만에 드디어 제대로 된 직장에 들어간다는 생각에 설레었다.

수업 커리큘럼에도 자신 있었다. 전에 일했던 학원에서 커리큘럼도 혼자 다 짰고, 쉬면서 다닌 어학원에 '난 저렇게는 가르치지는 말아야지'라며 다짐하기도 했다. 요원이는 무작정 외우기 식이 아닌, 회화를 쉽게 접근하는 방식으로 교재를 만들었고, 학생에게도 아는 단어로 쉽게 말하라고 강조할 생각이었다.

처음으로 성인을 가르쳐 봤지만, 학생들의 실력이 너무 없어도 난감하다는 걸 알게 됐다. 그리고 생각보다 동사, 명사조차 모르는 학생들도 많았다. 한국 사람은 십 년 넘게 받은 주입식 교육 탓에 단어는 많이 알지만, 말은 못 하는 아이러니한 실력을 갖추고 있었다. 막상 영어로 말을 시키면, 직역하려는 사람도 많았고, 직역하려니 그 많은 단어를 다 외우고 있을 수도 없는 상황이었다. 호주에 가면서부터 영어 공부를 시작했던 요원이보다 오히려 단어를 더 많이 아는 학생도 있었다. 하지만 단어만 알지 어떻게 활용하는지 공부 방법을 모르는 사람이 대부분이었다.

"나 모쏠(모태솔로)이야."

이 말을 영어로 말해보라 시키면 백이면 백

"모쏠? 모쏠을 초록 창에 치면 뭐라고 나오지?"

라고 생각하며, 초록 창에 모쏠을 검색해 봤다. 모쏠이라는 단어가 명사처럼 쓰이니, 영어로도 명사로 '모쏠'이 있는 줄 아는 것이다.

요원이는 한국인의 이런 고질병을 고쳐주고 싶었다. 원어민처럼 영어를 잘하지는 않아도, 쉽게 접근할 수 있는 커리큘럼으로 자신감 하나는 충만했다. 수업을 열기 전에 만든 교재를 부원장님에게 소개할 때도 어깨에 뽕이 가득할 정도로 뿌듯했고, 식상한 기존의 회화 수업이랑 차별화를 뒀다고 생각하며, 자신 있어 했다. 수업이 등록됐고, 어학원 책자에 요원이 얼굴과 수업이 실렸다. 손가락 두 개를 합친 것 같은 크기의 협소한 칸에 소개됐지만, 그 자체만으로도 행복했다.

드디어 수업이 열렸고, 첫 달 회화반을 등록한 학생은 4명이었다. 눈으로 보고도 믿을 수 없었다. 대한민국 최고 수준에 버금가는 어학원에 달랑 4명? 물론 회화 강의가 하나만 있는 건 아니었지만 요원이가 생각했던 것보다 훨씬 충격적인 결과였다. 한 수업에 학생 한 명을 놓고 가르치기도 하고, 많아 봐야 두 명이었다. 나머지 수업은 폐강해야 했고,

'첫 달이니 이러겠지'라는 생각으로 끔찍한 한 달을 보냈다. 하지만 다음 달이 와도 사정은 마찬가지였다.

'뭐가 문제지? 나만 이러나?'라는 생각으로 학원에서 걷는 것조차 부끄러워진 요원이는 자신감이 땅끝까지 떨어졌다.

텅 빈 교실에 혼자 있으면서 여러 생각에 잠겨있을 때, 몇몇 선생님과 친해져서 수다를 떨었는데 혼자만의 상황이 아니었다. 오래전부터 어학원에서 성인을 가르쳐 온 강사도 힘들어했다. 학원가의 상황은 점점 나빠져 학생이 학원으로 오지 않는 실정이었고, 더군다나 회화나 문법처럼 비 시험 종목은 졸업할 때 필수로 점수가 필요한 토익에 비교하면 말도 안 되는 학생 수로 수업을 해야 했다. 토익 수업은 계단까지 줄이 늘어설 정도로 사람이 많았지만 회화는 교실 자체도 휑했다. 달마다 교실이 바뀌는데 토익 강의실을 배정받는 달은 민망하기 짝이 없었다. 운동장만 한 교실에 학생은 달랑 4~5명이라니……. 차라리 작은 교실을 주면 꽉 차 보여 이렇게 부끄럽지도 않았을 거다.

매달 새로운 학생이 등록해 왔지만, 처음 교실에 들어올 땐 너무 적은 학생 수에 대부분의 학생도 놀랐다. 사실 한 수업 당 최소 인원이 안 되면, 그 수업을 폐강해도 되지만, 요원이는 한 명이 와도 무조건 수업을 열어 놨다.

'언젠가는 내 마음을 알아주는 학생이 있겠지, 언젠가는 소문이 나겠지.' 첫술에 배부르랴 라는 생각으로 참았다. 겨우 버텼다는 표현이 더 맞을지 모르겠다.

교실을 바꿔 쓰기 때문에 전 타임에 수업했던 선생님들과 가끔 마주칠 때가 있는데, 그럴 때마다 서로 어색한 인사를 나눴고, 어떠냐는 안부를 묻는다. 선생님들끼리 궁금한 건 단 하나였다. 이번 달 학생은 얼마나 등록했는지…….

만났던 선생님들은 나처럼 거의 앓는 소리를 냈다. 그런데 도대체 어떻게 몇 년씩 버티는 거지? 라는 의문이 들 정도였다. 친했던 한 선생님과는 시간이 날 때마다 청계천을 걸으며, 이야기를 나누었지만, 상황은 요원이와 똑같았다. 물론 모든 강사가 그런 건 아니었다. 스타 강사나 잘 되는 강사는 행복한 비명을 지르고 있겠지.

문득 강사 양성 과정을 들을 때 강사님이 해주셨던 말이 생각났다. 강의를 잘한다고 학생들이 많이 몰리는 것도 아니고, 학생이 적다고 그 강사가 실력이 없는 것도 아니라고……

그땐 그 말을 잘 이해 못 했다. 물론 요원이의 노력이 부족했는지도 모른다. 하지만 그걸 누가 평가할 수 있을까. 죽도록 노력했다고 세상이 알아주는 것도 아니고.

부원장님과 면담의 시간이 왔다. 무서웠다. 학생이 많으면, 당당하게 면담을 하겠지만 혹시 잘리려나? 라는 생각으로 지레 겁을 먹고 부원장님을 만났다. 요원이만 하는 게 아니라, 주기적으로 강사들과 면담을 한다고 했고, 그 날이 요원이 차례였다. 수업의 커리큘럼도 이야기하고, 학생이 없다는 문제점을 얘기하자, 광고가 부족하다고 했다. 학원에 소속돼 있어도, 광고는 강사의 몫이었다. 말 그대로 학원은 강의실만 빌려주는 형태였다.

SNS나 블로그를 하지 않던 요원이는 앞이 캄캄했다. 어떤 식으로 어디부터 광고를 시작해야 할지 막막했다. 급한 대로 SNS를 개설해, 학습에 관한 내용도 올려보고, 했지만 성과는 크게 미치지 못했다. 스타 강사를 보며, 그 강사는 어떻게 광고하는지도 유심히 봤지만, 뭐가 부족한지 몰랐다.

결국, 벽에 부딪힌 요원이었다.

실패한 사랑

잠시 요원이의 사랑 이야기를 해보자면, 앞에서 얘기한 것처럼 요원이는 한국에 들어와 오스카와 헤어지고, 첫사랑인 승윤이를 다시 만났다. 다시 만나게 된 승윤이는 이모부가 하는 인테리어 일을 잠시 돕고 있다고 했다.

한국에 들어와 다친 다리 때문에 취업을 미루고 쉬는 동안 승윤이와 자주 만나게 됐고, 승윤이는 그때마다 요원이에게 맛있는 걸 사주면서, 자기 친구들도 소개해 주곤 했다. 한국에 오기 전엔 죽도록 미웠던 승윤이가 이제 다시 좋아지기 시작했지만, 오스카와 헤어진 걸 승윤이에게는 비밀로 했다. 그렇게 미워하고, 욕해왔던 승윤이에게 다시 좋은 감정이 생겼단 걸 인정 하고 싶지 않았다. 잠시 스쳐 지나가는 감정일 수도 있다며 자기 위안을 했지만, 사랑과 기침은 역시 숨길 수 없다는 말처럼 둘은 결국 다시 만나게 됐다. 십 년 만에 다시 만난 사랑인 만큼 둘은 애틋했고, 종일 메시지를 보내며, 설레는 시간을 가졌다. 두근두근 감정을 언제 느껴봤던가. 아마도 사랑보다는 이런 설렘을 더 원했던 것 같다.

둘이 다시 만난다니, 요원이의 친구들은 충격을 받은 듯 보였다. 그렇게 싫어하며, 욕했으면서 어떻게 다시 만나느냐고, 더군다나 호주까지 다녀온 네가 뭐가 부족해서 굳이 만났던 사람을 또 만나느냐고 모두 부정적인 목소리를 냈다. 하지만 사랑에 빠지면 귀머거리가 되듯 아무 말도 들리지 않았다. 아랑곳하지 않고 둘은 잘 만났다.

명절이 다가왔고, 승윤이는 명절에 본인 집에 인사 오기를 원했다. 사실 결혼할 사이도 아닌데, 인사드리고 집에 자주 들락날락하는 게 마음에 내키지는 않았지만, 여자인 요원이네 집과 달리 승윤이네 집은 쿨했다. 십 년 만에 만나 다시 집에 인사드리러 갈 때는

'예전의 일로 날 떨떠름해 하실까, 아니면 날 반가워하실까.' 이 생각 저 생각 다 들었다. 빈손으로 가기도 민망해서, 뭘 사갈지 고민하다, 마트에 들러, 굴비 세트를 샀다. 지레 겁을 먹었던 것과는 달리, 어른들은 요원이를 반겨주셨고, 승윤이의 여동생도 요원이를 반갑게 맞이했다. 마음이 놓였지만, 역시 불편한 건 어쩔 수 없었다. 승윤이를 좋아하긴 했지만, 관계가 한 계단 진전됨을 느끼자, 마음에 부담이 생겼다. 고등학생 때 승윤이네 집에 놀러 갔을 때는 어릴 때라, 별생각이 없었지만, 나이를 먹은 만큼 신중해졌나보다.

승윤이네 집에는 할머니가 계셨는데, 어렸을 때는 치매 끼가 너무 심하셔서, 요원이가 집에 올 때마다 욕하고, 나가라며 밥통까지 던지시곤 했다. 치매가 올 나이치고는 굉장히 젊은 나이셨는데, 지금 생각해보면 의아했다.

이유는 모르겠지만 할머니는 냄비 뚜껑을 집안 곳곳 숨겨놓으시기도 했다. 소파 밑에도 몇 개 숨겨놓으셔서, 승윤이 어머니가 매번 고생하시는 걸 봤는

데, 나이가 들고 생각해 보니, 승윤이 어머니가 정말 대단하다고 느꼈다.

이번 명절에 승윤이네 집에 가서 할머니를 뵀을 때는, 기력이 많이 약해지신 상태였고, 요원이를 기억하지 못하셨는지 보자마자,

"승윤이 색시냐, 예쁘다."

할머니의 첫 애정 어린 말씀에 요원이는 기분도 좋았고, 안심도 됐다.

둘은 집이 가까워 항상 근처 쇼핑몰에서 만났는데, 대형 마트를 구경하면서 맛있는 걸 먹거나, 저녁이 되면 친구들과 함께 술을 마셨다. 초반에는 둘이 술을 마시는 걸 즐겼지만, 시간이 갈수록 친구나 친구 커플과 함께하는 자리가 많아졌다. 자주 만났던 승윤이의 친구 커플은 여자 친구 나이가 어렸는데, 항상 요원이를 부러워했다.

"언니, 승윤이 오빠가 언니 정말 사랑하나 봐요."

그렇게 보였나 보다. 그 친구 커플은 장수 커플로 승윤이의 전 여자 친구와도 많이 봤다고 했다. 하지만, 승윤이가 전 여자친구에게 성질내는 모습도 몇 번 봐와서, 요원이를 공주 대접하는 승윤이를 보고 놀랐다고 했다. 기분이 좋았다. 얼굴도 모르는 전 여자 친구를 이긴 것 같다는 혼자만의 성취감이었달까. 전 여자 친구 이야기가 듣기 싫었지만, 그렇게라도 자기 위안을 삼았다. 정작 그 여자는 요원이를 알지도 못할 텐데. 역시 애인의 전 사람은 알아도 몰라도 싫어하는 게 공식인 것 같다.

둘은 사귄 지 얼마 되지 않아, 삐걱댔다. 이모부의 인테리어 일을 돕던 승윤이는 그만두게 됐고, 일자리를 알아보기 위해, 직업인 양성 학교에 등록했다. 컴퓨터 쪽에 관심이 많았던 승윤이는 학교에 다니게 됐고, 요원이는 학원에 취업하게 됐다. 적은 월급이었지만, 계획을 세워 적금을 부었고, 쇼핑할 돈과 유흥비까지 계획을 세워 월급을 알차게 썼다. 그러면서 데이트 비용은 당연히 요

원이가 많이 내게 됐고, 시간이 지날수록 요원이도 짜증이 났다. 역시 돈 앞에 장사 없듯 사랑이 중요하다고 늘 외쳐왔던 요원이도 승윤이를 만나면, 짜증 섞인 말투가 절로 나왔고 그러면 싸움이 일어났다. 승윤이는 미안해하긴 했지만, 바꿀 수 있는 건 없었다. 요원이가 이해 안 가는 건, 취업하기 이른 나이도 아닌데, 도대체 지금껏 준비도 안 하고 뭘 하고 살았는지, 이에 부모님은 아무런 터치도 안 하셨는지 원망까지 생겼다. 요원이는 승윤이에게 학교가 끝나면, 저녁 시간이 여유로우니, 저녁 아르바이트라도 하라고 말했다. 하지만 알아보겠다는 말뿐, 승윤이는 아무런 노력도 하지 않았고, 둘은 남들 다하는 데이트도 맘껏 할 수 없었다.

처음에는 이모부 인테리어 일로 돈을 벌고, 돈도 잘 쓰는 승윤이었지만, 이제 태세가 바뀌어버린 것이다. 물론 요원이도 처음부터 짜증이 났던 건 아니다. 처음에는 승윤이도 돈을 많이 썼으니, 이제 요원이가 써도 됐고, 둘 중 있는 사람이 쓰면 된다는 생각이었다. 하지만 승윤이가 노력하는 모습을 보이지 않자, 점점 요원이도 화가 났다. 집에서 돈 받을 여력이 안 되면, 이럴 때를 대비해서, 돈을 모아뒀던가 아니면, 아르바이트라도 해야 할 텐데 아무것도 없는 제로 상태였다.

만나면 항상 돈 문제로 둘은 싸웠고, 싸우는 이유는 또 있었다. 야구를 좋아하는 승윤이는 야구를 모르는 요원이와 만나도, 신경 안 쓰고 핸드폰에서 눈을 떼지 않았다. 요원이는 야구가 그렇게까지 오래 하는 줄 그때 처음 알았다. 커피숍을 가도, 둘이 당구를 치러 가도, 당구대 위에 핸드폰을 올려두고, 야구를 보면서 당구를 치는 승윤이었다. 요원이는 그럴 때마다 승윤이에게 따졌다.

"야, 이럴 거면 만나자고 하지 마. 사람 불러놓고 앞에서 핸드폰만 볼 거면, 도대체 왜 불러? 내 시간 아깝게."

이렇게 따져도 그때뿐 변하는 건 없었다. 요원이 친구 나리도 야구를 좋아했는데, 하필 승윤이와 나리가 같은 팀의 팬이었다. 그래서 셋이 만나면, 둘은 항상 요원이를 빼고, 오늘 야구가 어땠느니, 야구 선수 이야기로 해설위원이라도 된 듯 평가를 해댔고, TV로 둘이 야구 중계를 봤다. 요원이가 싫어하는 티를 내자, 나리도 승윤이에게 말했다.

"요원이가 야구를 싫어하는 건 너 때문이야, 야구장 가면 재밌으니, 야구장도 데리고 가보고 해야, 요원이도 야구를 좋아하지."

라고 말하자, 승윤이는

"얘는 가자고 해도 귀찮다고 안 가는 애야."

라며 일축했다. 야구장 티켓이라도 끊어보고 말을 해보던가. 알지도 못하는 야구를 누구 때문에 싫어하게 됐는데…….

항상 이런 식으로 둘은 싸웠다.

만남을 지속할수록 둘은 서로 할퀴기밖에 안 했다. 요원이는 그때마다 정말 헤어지고 싶었다. 헤어지자며 커피숍에서 소리를 지르며 박차고 나오거나, 일부러 친구들 앞에서 독설을 뿜은 적도 있었다. 하지만 다혈질이었던 승윤이도 참지 않았다. 그때마다 크게 싸우고, 드디어 헤어졌다고 생각하면, 며칠 있다 꼭 찾아와서 비는 승윤이었다. 마음을 모질게 먹지 못했던 요원이도 처음에는 튕기다가, 못 이기는 척 받아주었다. 이제 승윤이를 사랑하는지조차 헷갈릴 정도였다.

둘은 헤어지고 붙고 반복하는 민폐 커플이었지만, 끈질기게 사랑을 키워나갔다. 키워나간 게 사랑이었는지 증오였는지 모르겠다.

함께하면 서로 상처 되는 인연이 있다는 걸 그때 처음 알았다. 헤어지고 싶고, 주변에서 헤어지라고 말해도 왜 그렇게 못할까. 요원이는 이제 자기 자신도 싫어졌다. 독하게 이 사랑을 밀어내고 싶었지만, 찾아와서 비는 승윤이를 볼 때마다 무너지는 자신도 미웠다. 애정보다 애증이라는 말이 더 잘 어울리는 커플이었다.

고분고분한 성격이 아니었던 요원이는 싸울 때마다 욕을 하고, 독설을 내뿜었는데 그때마다 승윤이도 크게 상처받았다. 싸움은 승윤이가 취업한 뒤에도 그치지 않았다. 급기야 서로의 친구를 앞에 두고 상대방을 계속해서 까는 행동도 서슴지 않았다. 둘은 함께 있으면 더 힘든 사랑을 할 뿐이었다. 다행히 둘은 결국 헤어지게 됐고, 친구들은 요원이에게

"네가 지금껏 한 일 중, 제일 칭찬해주고 싶다. 잘했어."

라며 요원이 결정이 틀린 게 아니었음을 확신시켜주었다. 물론 처음에는 힘들었다. 만날 땐 그렇게 헤어지고 싶어 죽겠더니, 헤어지니 그 빈 자리가 못 견딜 정도로 괴로워 항상 친구를 불러냈다. 혼자 있으면 그 외로움이 더 커지기 때문이다. 집순이 나리도 그때만큼은 부를 때마다 나와 주었고, 이내 요원이도 안정을 찾고 자기 생활을 찾았다.

문득 든 생각인데, 승윤이와 사귈 때, 승윤이가 항상 했던 말이 있었다.

"넌 나랑 헤어지면, 절대 나 못 잊을걸? 나처럼 고기 잘라주는 남자가 어디 있어?"

라며 이별하면 요원이만 힘들어질 거라는 겁 아닌 겁을 주곤 했다. 그땐 바보같이 '정말 그럴까?'라는 의문이 들었지만, 헤어지고 나서 요원이는 큰 깨달음을 얻었다. 고기 잘라주는 남자는 승윤이만 있는 게 아니었다. 그리고 알았다. 사랑하는 여자에게 떨 허세가 없어서 고기 잘라주는 거에 허세 떠는 남자는 만나지 말아야 한다는 걸.

그리고 승윤이가 겁줬던 것만큼 승윤이와의 좋은 기억이 떠오르지도 않았

다. 오히려, 승윤이가 했던 못된 행동이 더 선명해질 뿐이었다.

시간이 갈수록 헤어지길 잘했다는 생각을 넘어, 욱해서 먼저 헤어지자고 해준 승윤이에게 평생 감사함을 느꼈다.

힘든 사랑을 하는 사람들에게 꼭 말해주고 싶다. 지금 그 사람과 잘돼도, 평생 힘들어해야 하니, 시간 낭비하지 말고 그만 헤어지라고. 사람은 고쳐 쓰는 거 아니랬다고, 변할 거라는 생각보다 새로운 사람 찾는 게 더 쉬우니, 당장 때려치우라고.

'이 사람 아니면 누가 날 이만큼 사랑해줄까'라는 생각? 천만에. 당신은 당신 생각보다 훨씬 괜찮고, 사랑받아야 할 사람이다. 지금 괴로운 이 사랑에 만족하지 말라고 말해주고 싶다. 힘든 사랑은 안 하는 게 훨씬 낫다고.

밤마다 눈물

다시 일 얘기로 와서, 학원 강사 일을 하며, 벽에 부딪힌 요원이는 급기야 우울증 증세까지 왔다. 병원에 가서 진료를 받은 건 아니지만, 정신과 상담이라도 받아보고 싶었다. 하지만 용기가 나지 않았다.

그 시기에 요원이는 타로점이며, 사주며, 신점이며 용한 데가 있다 그러면 발 벗고 찾아갔다. 이 불안정한 생활이 언제까지 계속될지, 내 길이 맞는 건지 어떤 이야기라도 듣고 싶었으니까. 학원 쉬는 시간에 길거리 산책을 하며, 타로 카페를 보게 되면, 요원이는 망설임 없이 들어갔다. 타로점은 주제 하나마다 돈을 따로 받았는데, 사랑에 관한 것도 궁금하지 않았다. 궁금할 여력이 없었던 거겠지. 뭐가 궁금해서 왔냐는 질문에

"제가 지금 강의를 하고 있는데, 학생이 언제쯤 많아질까요?"

라며, 단도직입적으로 물었다. 신점이나 사주는 자세하게는 안 나오지만, 타로점은 앞으로 6개월 정도까지의 점괘가 나온다고 한다. 그러니 질문은 자세

할수록 좋다고 했다. 요원이의 물음에 타로 카드 봐주시던 분은

"3개월 후부터, 잘 될 거예요."

라는 말을 했다. 기분이 좋아진 요원이는 남은 달을 기대감에 버틸 수 있었다. 다음 달이 되고, 또 학생 수가 없자, '아직 2개월 남았으니 기다려보자'라며 다짐하면서도, 또 다른 타로 집을 찾아갔다. 이번에는 동네에 있는 타로 카페였는데, 유명한 곳이라고 했다. 역시 똑같은 질문을 했고, 그분은

"2개월만 있으면, 돼요. 기다려 봐요."

라며 요원이를 안심시켰다. 신기했다. 저번 달에 봤을 때는 3개월, 이번 달에 보니 2개월. 두 군데 점집 다른 데서 봤지만, 좋아지는 시기가 똑같이 나오다니, 정말 2개월 후면 뭐가 될 것 같은 마음이었다.

다음 달이 됐다. 역시 변한 건 없었다. 하지만 아직 그 시기가 안 왔으니, 기다려보겠다며 버티고 또 버텼다. 기다렸던 3개월 후의 월초가 왔다. 등록 학생 수는 변함이 없었다. 이럴 거면 그 타로 카페들은 뭐였지? 마치 농락당한 기분이었다. 지금껏 타로 카드나 사주를 보면, 항상 좋은 말만 해줬고, 그럴듯해서 맞는 것 같았다. 그래서 계속 여기저기 점집을 찾아다녔던 것 같다. 하지만 두 군데나 점괘가 틀리게 나오다니, 타로 카드를 이제야 불신하게 된 요원이었다. 솔직히 재미로 보는 게 맞겠지만, 지난 3개월간 그 바보 같은 타로점에 미래를 맡기고, 의지하고 있었다니 허탈감에 자기 자신도 미워졌다. 그리고 그때 다시는 타로점을 보지 않겠다고 다짐했다. 하지만 몇 달 있다 역시 또 타로 카페를 찾는 요원이었다. 재미로 받아들이지도 못하면서 왜 자꾸 찾게 되는지 모르겠지만, 궁금한 건 못 참으니, 그냥 즐기며 받아들이기로 했다.

시원하게 물 먹은 요원이는 더 버틸 기력도 없었다. 하지만 그만두기엔 뭔가 패배자 같았다. 꿈의 직장인 곳에 들어왔는데, 이렇게 빨리 그만두면 남들이

날 뭐라고 생각할지 그게 무서웠다. 요원이는 자기 자신보다 남의 이목이 더 겁났던 거다.

아침에 일어나 출근을 하고, 수업할 땐 애써 웃으며, 수업했지만 집으로 돌아가면 우울해지는 기분은 어쩔 수 없었다. 참고 참았던 설움은 밤에 혼자 방에 누워있을 때 터지곤 했다. 동영상 사이트에서 힐링 강의를 구독해서 보곤 했는데, 그 강의가 내 마음을 대변해주는 것 같아 소리 죽여 울곤 했다. 호주에서 살 때도, 먼 타지지만 이 정도로 힘든 적은 없었다. 내 조국에 와서, 열심히 노력했는데도 왜 아무도 날 알아주지 않을까. 뭐가 부족한지 어떻게 이 상황을 극복해나가야 할지 말해주는 사람도 멘토도 없었다. 그저 숨죽여 어두운 방 안에서 우는 게 이 상황을 버틸 유일한 해소법이었다. 지금 생각해보면 그때 밤마다 눈물을 흘리지 않았다면, 하루도 못 가 포기하고 말았을 거다. 보통 자기 계발서 책을 보면, 이 정도쯤에서 버티고 어떻게든 이 난관을 뚫어 지금은 대성한 스타 강사가 될 스토리가 나와야겠지만 요원이의 인생에 그런 반전은 없었다.

남들이 부러워할 만한 성공이 그 혹독한 시련을 견뎌서라면 요원이도 끝까지 버틸 수 있었을 거다. 하지만 계속되는 우울감과 자괴감에 요원이는 이제 선택을 해야만 했다. 버틴다고 잘 될 수 있는 상황이 아닌 건 이미 인지한 상태였다.

지금까지도 요원이는 시련을 왜 견뎌야 하는 건지 모르겠다. 아니면 빨리 발을 빼야지, 썩은 물에서 계속 발 담근다고 발이 깨끗해지는 것도 아닌데 말이다. 어른들이 하는 말 중에 '젊었을 때 고생은 사서도 한다'라고 하지만, 어찌 보면 미련한 말이다.

신은 요원이를 버린 듯, 수업은 여전히 많이 없었고, 오전과 저녁에 수업 하나씩만 있으니, 중간에 남는 시간은 달리 때울 길이 없었다. 매일 커피숍을 가자니 부담이었고, 밥도 사 먹어야 하는데 그러면, 학원에서 일하며 버는 돈보다 지출이 오버될게 뻔했다. 그럴 때마다 30분 거리의 집에 다녀오곤 했다. 집이 가까워서 그나마 다행이었지, 한 시간 정도 걸리는 거리였으면, 날마다 길거리에서 정처 없이 떠돌아다녔을 거다.

몸이 안 좋아서 쉴 때 다녔던 번역 학원 덕에 심심찮게 번역 일까지 했던 요원이는 번역 일이 있으면, 폐강된 시간에 커피숍에서 시간을 때우며 보내기도 했다. 그럴 때는 그나마 심적으로 괜찮았다. 할 일이라도 있었으니까.

번역과 수업을 같이 한다고 하면 투잡이니, 돈을 많이 벌 거라는 편견을 가지고들 있지만, 직업이 하나인 사람보다도 못한 수입에 그마저도 들쭉날쭉했다. 번역이 아니었다면, 입에 풀칠하기도 힘든 실정이었다. 진작에 번역을 배워둔 게 지금의 구세주 역할을 하는 것이다. 이마저도 직업 하나에만 만족하는 삶을 지향했더라면, 배워두지도 않았을 거다. 번역을 메인 직업으로 하기에는 어려울 걸 미리 알았기에, 원래 프리랜서로 할 생각으로 배워둔 번역이었다. 물론 이 일을 하기도 쉽지는 않았다. 번역시장은 수요도 많고 공급도 많지만, 거래처들은 보통 일을 주던 번역가에게만 일을 주는 경향이 있기 때문에, 새로운 번역가가 밥 먹고 살 정도로 일을 받는 건 쉽지 않다. 번역을 배울 때도 요원이는 괴로워했었다. 애초에 프리랜서로 하려고 했지만, 진입 장벽이 높자 '실력 부족인가'라는 생각에 괴로워했고, 마음처럼 일이 들어오지 않는 것도 스트레스였다.

어학원에서 일한 지도 벌써 6개월을 향해 가고 있었다. 하지만 더 버티는 건 소용없다는 판단을 내렸다. 또다시 취업 사이트를 뒤지기 시작했고, 피땀 흘려 몇 달 내내 고생해서 만들었던 교재와 커리큘럼이 아까워 다시 강의 쪽으로 알아보게 됐다. 하지만 힘이 나지 않았다.

이제 설렘이나 기대감도 뇌에서 다 소진된 걸까. 이곳보다 더 최악인 곳은 있을 수 없다는 생각으로 모든 걸 내려놓고, 매일 취업 사이트를 뒤지는 것도 하루의 일과가 됐다. 그러면서도 요원이는 밤마다 동영상으로 힐링 강의를 보며, 눈물로 밤을 지새웠다. 어떤 동영상을 시청하면, 그 관련 동영상이 쭉 열거되는데, 그걸 타고 들어가자, 요원이가 구독하는 힐링 강의 채널도 몇몇 생기게 됐다. 그들이 해주는 얘기와 위로, 나만 힘든 게 아니라는 말이 왜 그렇게 위로가 됐는지. 웃긴 건 그렇게 좋아했던 친구들에게조차 요원이의 심정을 털어놓을 수 없었다. 왠지 머릿속에서 들려오는 것 같았다.

"또 그만뒀어?"

"왜 그렇게 인내심이 없어? 너만 힘들어?"

"다들 직장 생활 힘들어해. 너만 못 버틸 뿐이야."

라는 말들이 가슴에 꽂혔다. 아무도 요원이에게 그런 말을 한 적이 없어도, 스스로 상처 주는 말을 만들어내서 괴로워하고 동굴에 갇혀버린 바보가 된 것이다. 버틴다고 과연 이 시기가 지나갈까? 물론 이 글을 쓰는 지금이야 용기내서 말할 수 있다. 함부로 누구를 평가하지 말라고. 내 상황을 겪어보지 않았으면, 그 누구도 날 평가할 수 없다고.

요원이는 바로 부원장에게 전화를 걸어, 그만둔다고 노티스를 주었다. 속이 후련해지는 기분이었다. 물론 그달의 남은 날은 수업은 해야 했지만, 혼자 속으로 싸워온 그간의 시간이 그만두겠다는 말 한마디에 뻥 뚫린 느낌이었다. 요원이를 그 동굴에서 빼낼 방법은 역시 요원이만 알 수 있었다. 그리고 요원이가 한 그 판단은 지금에서도 말할 수 있지만 정말 잘한 일이었다.

남이 뭐라고 하던 내 인생은 내가 판단하자. 그 누구도 너의 인생을 대신 살아줄 수 없으니…….

아무것도 오지 않던 시간

요원이 손에는 아무것도 없었다. 직업, 옆에서 응원해줄 연인, 친구에게 마음 터놓고 말할 용기, 한국에 들어올 때의 패기, 열정, 자신감마저 모든 게 땅속으로 꺼져버린 듯했다. 가족이 있지 않냐고 할 수도 있지만, 오히려 힘든 일일수록 가족에게는 입이 안 떨어진다. 말해봤자, 용기는커녕 또 끈기 없게 그만뒀다는 핀잔만 들을 뿐…….

요원이에게는 핀잔도 위로도 필요치 않았다. 그런 게 다 소용없다는 걸 이제 알았으니까.

실패에 대해 막연한 상상만 하다, 실제로 일어나자 받아들일 준비가 안 된 것이다. 기대 속에 들어온 한국은 너무 가혹했다.

자신의 실패가 아니면 절대 모를 이 패배감은 실제로 맞닥뜨리기 전까지는 절대 알 수 없다. 하지만 내 속도 모르는 사람들에게 내 상황을 털어놓고,

'나 힘들다'라고 앓는 소리 낸다고 내 심정을 알아줄까? 그저 가벼운 위로에 부딪혀주는 술잔뿐. 물론 그 술자리가 좋았던 적도 있다. 내 이야기를 널어놓고, 사람들은 어떤 생각을 하며 살까 궁금하고, 그저 사람과의 이야기가 좋았다. 그게 내 삶에 무슨 소용이라고. 무슨 필요가 있다고 그걸 그렇게 재밌어했을까?

내가 했던 모든 게 다 쓸모없는 일이라는 생각이 들었고, 그걸 증명해주듯 요원이 손엔 아무것도 없었다.

그때는 '만나는 연인이라도 있으면, 데이트하며 기분이라도 풀었을 텐데.'라고 생각했지만 지금 생각해보니, 그때 남자친구가 있었어도, 그에게 기댄들 해소되지 않는 이 패배감에 더 고통스럽고, 자격지심만 더해졌을 거다.

승윤이와 헤어진 지 얼마 되지 않아, 요원이는 동호회에 들었다. 그리고 곧 얼마 뒤에 헤어질 남자친구를 만들었고, 다시 잘해보고 싶었던 승윤이도 배신감을 느끼며, 곧 같은 회사 여직원과 만난다고 했다. 그의 소식을 듣고 싶지도 않았지만, 워낙 친구들끼리 같은 동네에 살아 뭘 하고 사는지 다 들리게 됐다.

1년쯤 지났을까, 잘난 여자 만났다고 자랑하고 다녔던 승윤이는 그 여자와 결혼한다고 했다. 솔직히 별로 궁금하지도 않았지만, 친구들은 열심히 그의 소식을 물어다 줬다. 여자 친구를 실제로 봤는데, 어떻다는 둥. 그때 알았다. 요원이는 승윤이를 더 이상 사랑하지 않는다는 걸. 오히려 그와 결혼해준 그 여자에게 감사했다. 그 여자가 없었더라면, 또 붙어서 또 싸우고 있을 게 뻔했으니까.

언젠가 듣게 될 그의 결혼 소식에 힘들어할 줄 알았던 요원이는 이상하리만큼 아무렇지 않았다. 솔직히 잊지 못할까 봐 겁도 났었는데, 오히려 기분이 좋았다. 사람은 사람으로 잊는 게 쉽다고 하지만, 그건 맞는 말이긴 하다.

하지만 누구를 빌려 잊은 게 아닌 오로지 혼자서 이별의 후폭풍도 맞고, 견뎌냈더니 거짓말처럼 괜찮아졌다. 역시 시간이 약이라는 말은 맞는 말인가 보다.

그렇게 일도 연인도 없는 건조한 생활은 요원이를 숨 막히게 했다. 소개팅도 여기저기 많이 들어왔다. 아니 소개해달라며 주변 사람들을 조른 게 맞다. 하지만 그 많은 소개팅에 동호회에 연인을 만날 기회는 많았지만, 이상하게 잘되지는 않았다. 마음에 들었던 사람도 없었고, 몇 번의 소개팅 후에 눈이 바닥으로까지 내려갔다.

'그래, 요즘 세상에 정상인이기만 하면 돼.' 라는 생각으로 기대 없이 나가도 역시 사람 재는 건 어쩔 수 없나 보다. 눈을 아무리 낮췄어도 급하다고 아무거나 먹으면 체한다는 생각으로 굳이 억지로 사귀지는 않았다. 아닌 사람을 만날 시간이 아까웠기 때문이다. 나이가 들수록 돈도 중요하지만, 시간이 더 소중한 걸 알았다. 돈은 있다가도 없고, 다시 벌면 되지만 시간은 다시 되돌릴 수 없으니까.

평소 아무것도 안 하고, 가만히 있는 걸 좋아하는 요원이는 그 쉬는 시간만큼은 아깝지 않았다. 모든 시간을 실용성 있게 쓴다면 좋겠지만, 그건 요원이가 추구하는 삶이 아니었다. 쉴 땐 쉬면서 재충전해줘야 힘차게 다음 일을 할 수 있기 때문이다.

마음은 저렇게 먹어도, 불안한 현실은 어쩔 수 없었다. 호주에서 모아온 돈에, 일할 때는 열심히 적금을 부어놔서 당장은 걱정이 없지만, 또 돈이 있기에 나태해질 수도 있는 상황이었다.

마음도 일관성 없이 왔다 갔다 했다. 누구의 어떤 위로도 필요치 않았지만 요원이를 잡아줄 누군가는 필요했다. 살면서 멘토를 가져본 적도 없고, 없어도 지금까지 잘 살아왔지만, 지금은 누구보다 요원이를 구해줄 누군가 절실했다.

하지만 주변에는 없었다. 요원이처럼 직업을 많이 바꿔본 사람도, 막다른 길에 부딪혀 보이는 사람도 없어 보였다. 친구에게 얘기하기엔 한탄하는 것처럼 들릴 테고, 이해를 못 해줄 것 같았다. 호주도 다녀왔는데 왜 이렇게 인 풀릴까 하며 안타까워할 모습도 차마 요원이 눈으로 볼 수 없었다. 그런 위로는 필요치 않으니까.

요원이에게는 위로보다 앞으로 살아가야 할 조언이 더 필요했다.

"삶이라는 게 너에게만 가혹한 게 아니야. 나도 예전에 실패를 맛봤지만 봐. 이렇게 잘살고 있잖아. 난 그때 어떻게 견뎌냈고 이렇게 했더니 마음에 안정이 왔어"

라는 말이 필요했다. 하지만 요원이 옆에는 아무도 없었다.

어떤 것도 손에 잡히지 않는 이 삶이 싫어지기 시작했고, 자신뿐만 아니라 주변의 모든 걸 탓하기 시작했다.

성공한 사람의 스토리는 이제 내 삶과 관계없는 이야기일 뿐이었고, 어떻게 성공했는지 그 비결은 중요하지 않았다. 요원이는 예전부터 그랬다. 성공을 좋아했지만, 그 결과가 생기기 전에 어떤 이야기와 삶이 있었는지 그게 더 재밌었다. 하지만 누구나 성공담을 듣고 싶어 하지, 실패담을 듣고 싶어 하지는 않는다. 성공이라는 단어는 그저 독자들을 끌어들이기 위한 미끼랄까 실제로 성공할 확률은 낮다.

실패한 사람의 실패담은 누가 관심이라도 가질까? 사실 성공보다 실패가 우리에게는 더 현실적인 이야기인데도 말이다. 실패한 사람이라고 그 사람의 노력과 삶이 비하되어서도, 또 사람들에게 등한시되어서도 안 된다. 같은 노력을 했지만, 성공했다면 모두가 그 이야기를 들으며, 감탄하겠지만 실패했다면, 얘기는 달라진다. '저렇게까지 해도 안 되는구나' 혹은 '저러니 실패했지'라는 핀

잔만 들을 뿐. 이 사회는 결과에 집착하는 사회다. 1등만 기억하는 이 사회에 요원이까지 물들어버린 것이다. 2등의 노력은 대단하지만 기억되지 않는다.

요원이가 오래전 수능학원에 다닐 때, 같은 학원에 다녔던 제인 언니가 요원이에게 편지를 써준 적이 있다. 수능 치기 바로 직전이었고, 그간 맨날 사람들과 몰려다니면서 공부를 하지 않았다. 막판에 요원이는 불안감에 혼자 동네 독서실을 등록하고, 수업이 끝나면 바로 독서실로 가서 공부하기 시작했다. 하지만 그러면서도 1년 내내 놀았다는 생각에 불안감은 더 심해져만 갔고, 성적이 오르지 않자, 초조해하는 게 제인 언니 눈에도 보였나 보다. 제인 언니가 써준 편지에는 이런 말이 쓰여 있었다.

"수능이 20일밖에 안 남았네, 난 작년에는 일만 하면서 재수는 생각도 못 했어. 작년이 정말 좋았어. 하고 싶은 것만 하고, 사고 싶은 것도 사고. 근데 지금 생각해보면 지금도 나름대로 좋아. 목표가 있으니까. 작년에는 내가 뭐 때문에 돈을 버는지도 몰랐어.

내가 저번에 말한 적 있지? 사람은 살면서 세 번의 기회가 온다고. 나는 그 첫 번째가 지금이 아닐까 생각해. 좋은 대학을 갈 기회가 아니라, 음……. 뭐랄까, 더 넓게 살아갈 기회? 물론 기회라는 건 자기가 만드는 거겠지만.

나는 요원이가 공부를 열심히 해서 참 좋아. 너는 성적이 안 오른다고 속상해하지만, 사실 성적 같은 건 그다지 중요한 건 아닌 거 같아. 좀 진부한 얘기 같지만, 결과보다도 최선을 다하는 과정이 더 중요한 거 같아. 그리고 너는 너무 조급해. 민구가 그러더라. 너는 이제 조금만 있으면 성적이 오를 텐데. 너무 성적에 신경 쓴다고. 솔직히 지금은 그냥 열심히 하라는 말밖에 해줄 말이 없다. 나한테 하는 말이기도 하고. 우리 요원이는 열심히 하니까, 앞으로 남은 동안만 지금까지 한 것처럼 열심히 하면 꼭 멋지게 될 거야.

요원아, 우리 그냥 무작정 열심히 하자. 적어도 시험 끝나고 후회하진 말아야지."

갑자기 그 편지가 생각났다. 시험은 얼마 안 남았는데, 성적은 오르지 않고, 조급하기만 했던 그 시절. 그때 제인 언니가 써준 편지를 보고 정말 큰 힘이 났었다. 이미 다 아는 진부한 얘기였지만, 그렇게 힘들 때, 그 말을 써준 언니에게 정말 감사했고, 그 편지는 15년이 지난 지금도 내 침대 첫 번째 서랍에 고이 간직하고 있다. 그리고 그때 했던 다짐도 생각난다.

'힘들 때마다 이 편지 보고 힘내야지.'

서랍에 고이 모셔뒀던 그 편지를 다시 보니, 15년 전에 받은 편지임에도 묘하게 힘이 솟았다. 누구의 그 어떤 위로도 다 튕겨내고 싶은 지금. 15년 전에 나에게 힘을 줬던 그 편지가, 아직도 나에게 힘을 주는구나. 제인 언니와는 아직도 연락하고 만나지만, 그때 그냥 아무 생각 없이 써준 그 편지가 한 사람의 인생에 얼마나 큰 위로가 되는지, 그리고 안심이 됐었는지, 신기하게도 아직도 그 편지에 그 힘이 있다는 게 믿기지 않았다. 지금 그 말을 해줄 누군가 필요했지만, 아무렴 어떤가. 역시 글에는 누구도 알 수 없는 막강한 힘이 실려 있다는 걸 느꼈다.

지금 내 옆에 아무도 없으면 어떤가. 나에게는 그 말을 해준 누군가 존재했고, 그 말에 아직도 이렇게 힘이 실려 있는데. 서러웠던 모든 마음이 그 한 장의 편지에 묘하게 안심되고, 내려놓을 수 있게 되었다. 요원이는 조급해하지 않기로 했다. 여담이지만 며칠 전에 제인 언니를 만나서 물어봤다. 그 편지 기억하냐고. 제인 언니는 자기가 써준 그 편지를 기억하지 못했다. 준 사람은 기억도 못 하는데, 받은 사람은 그 편지로 힘을 내가며 살아간다니. 역시 글에는 힘이 있다. 쓴 사람도 모르는 그런 힘.

제3장
자존감이란 무엇인가

나의 거울 보기

조급해하지 않기로 마음을 내려놓은 요원이는 상황을 객관적으로 보기로 했다. 타로카드를 보며, 터무니없는 기대를 했지만, 한편으로는 그 기대감으로 버틸 수 있었기도 했다. 로또를 사는 사람들이 되진 않을지언정, 그 기대감으로 살아간다는 말이 이 상황과 딱 맞았다. 로또 번호를 맞춰보고 나서는 꼭 이런 말을 한다.

"내가 다시는 이놈의 로또 사나 봐라!"

라고 말하지만, 몇 주 지나면 로또 가게를 그냥 지나치면 왠지 운을 놓치는 것 같다는 생각에 또 사고는 했다. 점도 마찬가지였다. 점집을 나오면, 항상 기분 좋고, 행복해질 수 있다는 기대감에 살지만, 역시 그때뿐이다.

수많은 소개팅에도 연인이 생기지 않자, 점집에 단골 질문도 생겼다.

"저 남자친구 언제 생겨요?"

라고 물어보면 신기하게 점집마다

"여름에 생길 거야. 이번 겨울은 글렀어. 다 지나가는 사람들이니 넘기고."

라는 말을 들어 정말 여름에 생길 건가 보다 했었다. 하지만 역시 생기지 않았고, 사귀더라도 한 달도 못 가 헤어지게 되는 말 그대로 스쳐 가는 사람들만 있었다. 역시 점은 맞을 때도 있고, 틀릴 때도 있나 보다. '지금은 때가 아니겠지.' 라는 생각으로 단념하기로 했다. 아니, 단념이 저절로 된 거겠지만.

객관적으로 생각해 보면, 수업에 학생이 없었던 가장 큰 문제 중 하나는 광고였는데, 광고를 위해, 업체도 알아보고 SNS를 해보기도 했지만 광고 효과가 크게 나타나지는 않았다. 아무래도 마케팅을 스스로 하기에는 역부족인가 싶었다.

그리고 바로 끈기. 요원이의 취약점이자 큰 단점이었다. 하지만 아닌 상황을 끝까지 버티는 것도 미련한 것 같았다. 요원이를 마음대로 취급했던 회사의 오너들과 더 버틴다고 나아지지 않을 이 상황에 잘 그만뒀다고 스스로 위안 삼았지만, 이건 지금 생각해도 요원이의 선택이 맞았다. 나중에 잘될지라도, 지금 당장 정신적으로 죽을 것 같고 우울한데, 버틴다 한들 무슨 소용인가? 요원이는 지금까지의 과감했던 선택을 정말 잘했다고 생각했고, 후회도 하지 않는다. 그만두고 당장 돈 문제와 주변의 시선이 감당하기 어려워도, 그 어려움을 선택하는 게 훨씬 나았다.

일을 그만두기는 했지만, 지금까지 만들어놨던 교재와 커리큘럼이 너무 아까웠다. 친한 친구들에게 이야기를 해줘도 그런 식의 강의라면, 정말 괜찮다고 말해줬고, 수업을 들었던 학생들도 딱 자신이 원하는 방식이라며 좋아했다. 하지만 입소문이 나기에는 마케팅이 관건이니, 역시 마케팅 시대라는 말이 맞나 보다.

곰곰이 생각해봐도 요원이의 문제점은 마케팅밖에 없었다. 회사 생활을 할 때의 요원이는 일 잘 한다는 말도 들었고, 잘못한 게 없다는 게 요원이 생각이었다. 잘못한 게 없는데 굳이 자신을 비하해, 없는 잘못을 만들어 낼 필요도 없었다. 객관적으로 상황을 판단해야 하니까.

요원이도 그렇지만 대부분 사람이 보통 일이 잘 안되면, 제일 먼저 자기 자신을 비하하는데, 그건 잘못된 판단이다. 앞서 말했듯 면접을 볼 때도 호주에서는 겸손하면 자신감 없는 사람으로 평가한다. 자신감 있게 행동하는 건 당당한 거지 건방진 게 아니다. 한국은 사람의 자신감을 짓누르는 문화가 깔린 것 같다. 요원이의 경우도, 회사를 그만뒀을 때는 분명 회사의 오너가 잘못한 게 확실함에도 사람들은 그만둔 요원이를 비판했다. 구멍 난 배에서 열심히 노를 저으면 뭐하겠는가. 어차피 가라앉을걸. 빨리 해결책을 마련해, 배를 탈출해야 목숨도 살릴 수 있을 텐데 그저 끈기니, 요새 젊은이들은 고생을 안 하려고 한다느니, 취업 못 하는 이유도 눈이 높다는 이유로 젊은이들만 욕먹는 세대다.

친구들의 상황만 봐도 그렇다. 결혼해서 아이를 낳은 친구와 만난 적이 있는데, 이런 말을 했다.

"아이를 어린이집에 보내면, 나도 일해야 할 텐데 뭘 할 수 있을지 모르겠어. 경력도 너무 단절됐고……."

사실 그 친구는 유학 다녀와서 좋은 회사까지 잘 다니던 친구다. 하지만 아이를 낳아서 경력이 단절됐다는 이유. 그리고 나이가 많다는 이유로 취업문을 통과하기에는 하늘의 별 따기가 됐다. 한국 사회가 받쳐주지 않는데, 왜 비판은 이들에게 하지? 나도 결혼해서 아이 낳으면 저렇게 되겠지?

실제로 강의도 번역도 며칠만 쉬어도, 금방 까먹어 다시 일하려면 처음엔 어색해진다. 결국, 계속해야 한다는 말인데 아이 낳고, 몸도 성하지 않은 상태에 기억력까지 요지부동일 것이다. 또 아이가 아프면 급하게 조퇴해야 하니 젊은 사람을 선호하는 회사가 많을 것이다. 양쪽 다 이해가 가지만, 해결되지 않는 이런 사회 시스템에 대해서도 강구책이 필요하다.

요원이는 조급해하지 않기로 했지만, 시간이 남아돌자 생각하는 시간도 많아져, 이 생각 저 생각 하면서 무서워지기 시작했다. 며칠만 번역 일이 안 들어와도 불안해하고, 급 우울해지는 증상이 나타나는데 아이를 낳으면 오죽할까.

프리랜서라면 성수기와 비수기를 초연하게 견뎌내야 하는데, 요원이는 아직 그런 면에서도 부족했다. 하지만 일이 들어오면, 거래처에서도 요원이의 작업에 만족해했고, 마감을 놓친 적이 한 번도 없는 의외의 완벽주의 성격에 일을 계속 주는 거래처도 생겼다. 테스트를 통과하기 어렵다는 큰 번역회사에서도 당당하게 통과하고, 업체에서부터 테스트 정말 잘 보셨다고, 앞으로 좋은 번역 부탁드린다는 말도 들었다. 그때의 기분이란 말로 표현할 수 없었다. 몇 년 동안 가뭄에 콩 나듯 들어오던 번역에 '포기해야 하나'라는 생각도 밥 먹듯 했지만, 그 시간을 보상받은 것 같았다. 하지만 첫 번역에서는 거의 재번역 수준의 수정을 받고 좌절하기도 했었다. 번역에서도 희로애락을 다 느껴본 것이다. '이까짓게 뭐라고 이렇게 나를 울고 웃기나'라며 괴로워도 하고, 행복해하기도 했다. 물론 일을 할 때는 고됐지만, 하고 나서의 그 뿌듯함에 지금까지 손을 놓지 못하고 있다. 하지만 강의에서는 뿌듯함이 전혀 보이지 않았다. 수업을 들었던 소수의 학생은 좋아했지만 매달 새로 학생을 받는 입장에서 학생은 한 달짜리 고객일 뿐이었다.

영어는 공부가 아니라, 언어이기 때문에 재밌고 빡세지 않게 가르치는 게 요원이의 모토였지만, 오히려 빡세지 않아 싫어하는 학생도 있었다. 언어는 단기간에 확 올릴 수 있는 게 아니라, 시험용으로 공부해서는 안 된다. 빨리 지쳐 다 내팽개칠 수도 있기 때문이다. 평소에 할 수 있는 만큼 꾸준히 하는 게 중요하다. 실제로 첫 수업 날에 오면, 가방에서 펜과 종이를 꺼내 들고, 비장한 각오를 하며 받아 적을 준비를 하는 학생들의 모습이 눈에 띈다. 그럴 때면 요원이는 말했다.

"제 수업에서는 적지 않으셔도 돼요. 이 수업은 시험이 아니라, 언어를 흡수하는 수업이기 때문에 배우고 까먹어도 계속 반복되니, 저절로 기억되실 거예요."

이렇게까지 말해도 학생들은 안심하지 않는다. 그리고는 열심히 필기한다. 과연 집에 가서 저 필기를 다시 보기는 할까? 무조건 외우는 식의 암기 습관 때문에 회화를 할 때 많이 부딪히는 한국 학생을 많이 봐왔다. 그 방식을 바꿔주고 싶은 게 요원이의 마음이었지만, 한국인의 뇌리에 깊게 뿌리박힌 주입식 교육을 몇 달 만에 바꾸기란 쉽지 않았다.

요원이는 호주에 있을 때 단어를 외우지 않았다. 사람들이 외우던 토익 단어는 사용해도 현지인들이 알아듣지 못하기 때문에 필요성을 전혀 느끼지 못했기 때문이다. 한 문장 가지고 이리저리 응용해야 하는데, 한국 사람들은 외우지 않은 게 나오면 자동으로 안 배웠다고 생각하기 때문에 응용이 불가능하다. 자동으로 입에 붙게 해주고 싶지만 저렇게 말해도 거부하고 펜을 드니, 속수무책이었다. 더 괜찮은 교육 방법으로 학생들이 바뀌는 걸 연구하는 게 요원이의 남은 몫 같았다.

요원이의 수업방식을 알아주는 이가 없으니, 스스로 잘못을 생각해 보기도 하고, 필요한 보완점을 생각해 보기도 하니, 그 자체만으로도 성숙해진 기분이었다. 보통 이런 난관에 부딪히면, 무조건 자책하곤 했던 요원이지만 이제 그러지 않기로 했다. 잘못했으면 스스로 비판도 하고, 잘한 거에 대해서는 칭찬도 해주면서 객관적으로 자기 자신을 바라보기로 했다.

그러던 중 연말이 다가왔고, 친구들과 송년회를 한답시고, 모여서 술을 마시게 됐다.

요원이는 친구들에게 물었다.

"이번 해에 잘한 거랑 잘못한 게 뭐야?"

"난, 결혼을 잘한 것 같아."

"난 열심히 살았어."

애들이 요원이에게도 물었다. 그리고 요원이는 처음으로 이런 대답을 했다.

"잘한 건 그 어학원에 들어간 거고, 또 잘못한 건 그 어학원을 나온 거야. 그 어학원에 안 들어갔다면, 막연히 꿈만 꾸고 있었을 테니까. 하지만 거길 나온 것도 잘 한 것 같아. 정말 힘들었는데, 그 시기를 잘 견뎌줘서 내가 자랑스럽고 기특해."

몇 달이 지나고 나서야 친구들에게도 말할 수 있었다. 밤마다 울며 지낸 시간과 힘들었단 이야기에 친구들은 어떻게 너 같은 애가 울기까지 하냐며 놀라했지만, 그날 요원이는 친구들과 이야기하며 자신의 어깨를 스스로 토닥여줬다.

정말 잘 견뎠다고. 잘 견뎌줘서 너무 고마웠다고.

상처를 무서워하지 말기

요원이는 살면서 상처받지 않기 무던히도 노력해왔다. 그 노력 중 하나가 먼저 다가서지 않기였다. 언니나 아는 여자 동생에게는 친해지면, 먼저 연락도 자주 하고 만나자고 조르며, 만남을 이어갔지만, 이상하게 남자들에게만 유독 철벽을 쳤다. 지금 생각해보면, 남자들에게도 열린 마음으로 대할 걸 그랬다.

결혼할 나이라고 구분 짓기는 그렇지만 이 나이가 되다 보니, 무조건 많이 만나보는 게 좋다. 물론 소수의 사람을 진득하게 만나온 요원이로서는 이것도 나쁘지 않다고 생각한다. 짧게 여러 사람을 만나는 것보다는 더 깊고 진솔한 관계였을 테니까. 하지만 살면서 결혼을 몇 번이나 하겠는가. '그 전에 양껏 만나볼걸'하며 후회도 하는 요즘이지만, 지금에 와서 후회한들 지나간 시간은 오지 않을 테니까.

요원이는 조금이라도 상대방이 마음에 들지 않으면 만나지 않았다. 사람은 누구나 단점이 있기 마련인데, 그 사람을 잘 알지도 못하면서 단점만 큰 장애

물처럼 봐왔기 때문이다. 나중에 생각해보면 별거 아닌 단점인데도, 그때마다 왜 그랬는지 모른다. 이유도 다양했다.

"소개팅 어땠어?"

"말이 너무 없어."

"재미없어."

"그 사람은 흐뭇하게 날 바라봤는데, 내가 느끼기에는 그 시선이 더러웠어."

등등. 이 중 제일 답 없는 이유는 바로 이거다.

"느낌이 안 와."

그놈의 느낌은……. 본인조차 그게 뭔지 모르는 감정인데, 느낌이라는 이름으로 포장된 "이유 없이 마음에 안 들어."라는 답. 하지만 의외로 사람들은 그 말에 더 이상 별 토를 달거나 묻지도 않는다.

친구가 요원이에게 이런 말을 한 적이 있다.

"넌 사회생활을 잘하는 것 같아."

"그게 무슨 말이야? 나야말로 프리랜서라 사회랄 게 없는데."

"인맥 관리를 잘하잖아. 먼저 연락도 잘하고."

요원이는 지금껏 여자 세계에서만 사회생활을 해온 것이다. 사실 여자들의 우정이 남자들의 우정보다 얕다는 말도 들어봤고, 그때마다 요원이는 안 그럴 거라는 자신감이 있었다. 그때는 무슨 패기로 그렇게까지 믿었을까. 지금 생각해보면, 오랜 친구들 말고는 그때 했던 인맥 관리도 많이 빈약해졌다. 거의 없다고 보면 된다. 어느 순간 깨달은 것이다. 이 관계는 나만 먼저 연락해야 유지되는 관계였다는 것을. 그리고 그 후로 요원이도 사람들에게 연락을 안 해봤다. 그래도 언젠가는 연락이 오지 않을까 싶었지만, 오랜 시간이 지난 지금까지도 먼저 연락을 해온 사람은 없었다. 처음에는 서운했다. 만나면 그렇게 친하고, 속 이야기도 잘 털어놓던 사이였는데, 헤어지면 동굴로 들어가는 건지 노크하기 전까지는 통 나오질 않는 사람들이었다. 물론 그건 그만큼 끈끈한 관계가 아니었단 거다. 이때부터 '인간관계도 풍부해 봤자'라는 생각이 들었다. 물론 어느 정도 필요에 의해 인맥을 유지하기도 했지만, 서로에게 바랄 것 없는, 이유 없이 보고 싶고, 얘기하고 싶은 관계를 원했건만 상대방은 그게 아니었나 보다. 이게 설마 여자 세계만의 일은 아닐 것이다. 남자 세계에서도 서로 거르고 걸러지겠지.

요원이는 궁금해졌다.

'내가 연락을 안 해서, 끊어진 관계는 내가 거른 걸까, 걸러진 걸까.'

분명 먼저 연락하면, 반갑다고 먼저 연락해줘서 고맙다고 답장은 하겠지만, 요원이는 손을 내밀 마음이 없어졌다. 상처받지 않기 위해 더 이상 연락하지 않게 된 걸까? 먼저 연락하면 어때서? 라고 생각할 수도 있다. 이래도 흥! 저래도 흥! 인 사람들은 그런 거 신경 안 쓰겠지만, 요원이는 그런 부류의 사람이 아니다. 서운한 상황에서는 티내야 하고, 기쁜 상황에서는 좋아하는 솔직한 부류이다. 감정을 다 드러내는 거에 꼭 이렇게 말하는 사람들이 있다.

"소심하게 뭘 그런 거에 일일이 신경 쓰며, 감정 소비를 해? 그럴 수도 있지."

이런 사람들이야말로 꼰대인 거다. 나이만 들었다고 꼰대가 아니다. 마인드가 꼰대면 꼰대다.

내가 그런 사람이라고 상대방도 그럴 거라는 생각을 버리고, 나와 다르다고 이방인 취급하는 건 아직 덜 성숙한 인간 아닐까.

십 대와 이십 대, 삼십 대의 인간관계는 역시 달랐다. 십 대는 항상 학교에서 보는 친구들이기에 이 우정이 영원할 것 같고, 시험 기간에 몰래 나쁜 짓을 한 추억에 깊은 우정이 깃들어 있는 것으로 보였다. 물론 고등학교 때 친구들이랑은 최근까지도 친하게 지내왔지만, 별거 아닌 일로 사이가 틀어지는 걸 보고, '이 우정도 종잇장처럼 얇았구나.'라고 느꼈다.

이십 대의 우정? 요원이는 이십 대 초반까지는 십 대 때와 비슷하게 놀았고, 호주에 가서도 여러 인간관계를 맺어왔다. 요원이가 가보지도 못했던 한국의 여러 곳에서 온 사람들과 만날 수 있었고, 여러 사람을 접하게 됐다.

사회를 처음 느껴본 게 언제냐고 물으면 '호주에서'라고 답할 수 있을 정도로 한국의 친구들과는 다른 세계였다. 그곳에서도 한인 사회가 발달해 있어서, 여러 한국 사람들과 만나왔고, 이상한 사람이 정말 많다는 걸 알았다.

위에 말한 것처럼 나와 다르다고 이상하다고 생각하는 게 아니라, 정말 말 그대로 이상한 사람도 많았다. 거짓말 안 해도 될 일을 거짓말하는 사람, 수학자인 줄 착각할 정도로 계산적인 사람, 앞뒤 틀린 사람까지. 요원이는 그걸 일일이 따지기보다는 '저 사람은 원래 저런가 보다'하고 넘겼다. 특히 허언증은 남이 뭐라 한들 고쳐질 수 없는 병 같은 거니까.

허언증 있는 사람을 남자친구로 둔 적이 있었는데, 정말 가족까지 동원해서 거짓말하는 남자였다. 하지만 병신같이 알고도 헤어지지 못했고, 나중에는 급기야 그 사람의 말을 어느 정도는 걸러 들을 수 있는 능력까지 생겼다. 그거 거를 시간에 그놈이나 거르지…….

그 남자가 허언증이라는 사실은 요원이 뿐 아니라, 그의 측근들까지 다 알고 있었다. 하지만 오랜 친구들조차 그에게 고치라고 말해주는 사람은 없었다. 모두 알면서 쉬쉬하는 느낌? 요원이도 그중 하나였다. 정의로운 사람이랍시고, 그걸 일일이 다 고쳐주려는 사람도 있을 것이다. 하지만 그런 사람 만나서 상처받지 말고, 그냥 깨끗이 인연 끊는 게 답이다. 그게 내가 상처 덜 받는 방법이다.

'이번에는 거짓말 아니겠지, 사실이겠지. 속는 셈 치고 한 번만 믿어보자.'

천만에! 절대 사실일 리 없다.

삼십 대의 인간관계는 뭐랄까. 나이가 들수록 인간관계는 빈약해진다. 인맥 관리 잘한다고 들었던 요원이도 만나는 사람들만 매번 만난다. 솔직히 매번도 아니다. 가장 친한 친구도 일 년에 한두 번 볼까 말까 한 상태이다. 결혼해서 아이를 낳아서? 물론 그런 게 걸림돌이 될 수도 있지만, 여행가고 어디 가고, 이럴 시간은 있는 거 보면, 관계를 유지하는 건 그 사람의 의지 문제이다.

물론 우정이 하루아침에 무너지지는 않는다. 하지만 금이 가기 시작하면, 나중에는 허물어지고 만다. 그리고 다시 붙이기 힘들어진다. 의지가 결여된 만남은 한쪽만 노력해서는 절대 이어갈 수 없다.

이렇게까지 인간관계를 포기한다는 게 상처받았다는 증거일까. 아니면 더 이상 상처받지 않기 위해 이제 내가 먼저 피하는 것일까.

상처에 대해 얼마나 쓸 말이 있겠느냐고 생각했는데, 인간관계 이야기를 써보니, 생각보다 인간에게 받은 감정의 골이 깊었나 보다. 다들 나이가 들어가면서 사는 게 바빠 대부분 이러고 살아가겠지만, 날 아프게 하는 관계는 그만해야겠다. 그 사람과 관계가 끊어지는 게 겁나고 무서워? 무서워하지 말자. 세상엔 인간 말고도 내가 관심 가지면 재밌어질 무언가 기다리고 있다. 끊어도 되는 관계는 과감히 끊어버리자. "넌 왜 내 마음을 몰라줘?" 라며, 벽에 대고 말하며 감정 소비나 하지 말고…….

다음 사람이 누구일지, 또 내가 무엇을 잡을지 기대하며, 앞으로만 나아갈 거다. 상처받아서 이러냐고? 아니! 난 상처받지 않았어. 세상의 당연한 이치를 배워가는 것뿐이야.

그 사람은 날 평가할 수 없다

요원이는 사장과 불미스러운 일이 있거나, 맞지 않으면 그만두고 새로운 일을 찾았다. 하고 싶은 일을 하기 위해서였다지만, 하기 싫은 일을 하면서 살아가는 남들과 다른 생활을 하겠다고 다짐해왔다. 하지만 결과의 잣대는 남의 기준으로 세워놔서 자신을 더 힘들게 했다.

'왜 난 안 되지. 이렇게 노력하는데 왜 아무도 안 알아봐 줄까?'

아마 그 결과의 잣대는 돈이 아니었나 싶다. 분명 여유로운 이 생활을 좋아하지만, 돈은 쓸 만큼은 버니, 스스로는 만족해도 누군가 "투잡이면 돈 좀 많이 벌겠다. 얼마 정도 벌어?" 라고 물어볼까 무서웠다. 요원이는 일에 대해서는 자부심도 있었고, 즐거웠지만 돈 적인 부분에서는 자신이 없었기 때문이다.

사람은 각자 지향하는 삶이 다르다. 어떤 사람은 빡세게 살아도, 돈이 중요한 사람이 있고, 또 어떤 사람은 돈은 적게 벌어도 널널한 생활에, 자기 시간이 많은 삶을 추구한다. 둘 다 물론 장단점이 있지만, 모든 잣대는 돈으로 평가되는 시대이다. 돈 많이 버는 능력녀를 상상해 왔던 요원이도, 어느 정도 현실과 타협하고, 돈은 버리기로 했다. 스트레스로 공황장애를 겪어보니, 마음의 안정이 제일 중요해 보였고, 나 자신을 혹사하며 돈을 벌기보다는 내려놓고, 적게 벌면 적게 쓰기로 했다. 친구들에게도 이렇게 말했다.

"적게 벌어도 다 살아지게 돼. 안 먹고 안 사더라도 좋아하는 일 하고 싶어."

자기 합리화라고 말할 수도 있겠지만 저렇게 정신승리라도 하니 마음이 편해졌다. 덕분에 남는 시간은 끝없이 도전하고 싶은 욕망으로 채워갔다.

요원이는 예전부터 습관처럼 친구들에게 뭘 같이 하자고 했었다. 그 종류도 다양했다. 회사 1층의 토스트 가게가 잘 되는 걸 보고, 친구에게 토스트 가게 하자고도 해봤고, 수학 강사 하는 친구에게 난 영어, 넌 수학으로 같이 학원을 하자고도 했었다. 또 커피숍이나 공인중개사 따서 부동산을 같이 하자는 등. 매일 바뀌는 꿈에 친구들도 웃어넘기곤 했지만 정작 요원이의 꿈은 뭐였을까? 혼자 뭘 새롭게 할 자신은 없는 그냥 꿈만 사장인 여자. 내년에는 또 뭘 꿈꾸고 있으려나?

그때는 '왜 난 하나에 진득하지 못할까'라는 생각으로 자신을 비판하기도 했지만, 지금은 오히려 좋게 받아들이는 중이다. 하고 싶은 게 없는 삶이야말로 더 괴롭지 않을까. 좋아하는 일이 뭐냐고 물었을 때, 하고 싶은 일이 뭐냐고 물었을 때 바로 답할 수 있는 사람이 얼마나 될까. 요원이는 그게 너무 과해서 문제이긴 하지만…….

언제는 이런 생각도 했다. 각기 다른 직업을 체험해 보는 직업 체험 교실 같은 게 있으면 좋겠다는. 물론 어린이들에게 주어진 직업 체험 교실이 있다는 말을 얼핏 들은 것 같지만, 어른들도 직업 체험을 할 수 있을까?

온갖 종류의 직업이 있는 컴퓨터 창 안에서 자기가 예전부터 해보고 싶었던 일을 골라서 체험해 본다면, 얼마나 좋을까. 흔히 사람들은 자기가 안 해봤기 때문에 그 일을 좋아하는지 싫어하는지 알 수가 없다.

삼십 대 중반인 요원이도 친구들과 이야기 하다 보면, 다른 친구를 만나도 주제는 늘 비슷하다. 이 나이가 되니, 나중에 뭘 먹고 살아야 할지 걱정하고 이제라도 제2의 직업을 가져야 하는 건 아닌가 하고 모두가 고민하고 있었다. 그 친구들이 지금까지 일을 안 해온 것도 아니고, 분명 지금 돈을 벌고 있지만, 자신의 미래에 불안해하고 있다는 건 확실했다. 지금 잘 살고 있어도, 모두가 앞날을 걱정한다는 거다.

호주에서 살 때 좋았던 점은 서로를 신경 쓰지 않는다는 거였다. 길거리에 돌아다닐 때도 찢어진 옷에 맨발로 다니는 사람이나 검정 스타킹은 버려야 할 정도로 여기저기 다 구멍이 나도 입고 다니는 사람들이 부지기수였는데, 처음에는 신세계였다. '거지도 아니고 왜 저러고 다니지'라고 생각했지만, 아무도 그들을 이상하게 쳐다보지 않았다. 덕분에 장애인들도 아무렇지 않게, 쇼핑센터를 돌아다니고, 즐기는 모습에 호주가 좋긴 좋은 나라라는 생각을 한 적도 있다.

팔뚝이 우람한 요원이도 주변의 시선 때문에 한국에서는 여름에 민소매 옷을 입어본 적이 없다. 호주에서는 슈퍼 뚱땡이도 탑을 입고, 짧은 치마를 입고 당당히 다니는데 그 모습이 추하다기보다는 당당한 모습이 오히려 예뻤다. 그래서 호주에서는 입고 싶은 민소매 옷도 입을 수 있었지만, 한국에서는 왠지 욕먹을 것 같아 엄두가 나지 않았다. 남들이 뭐라 그러건 말건 신경 안 쓰면 되지만, 시선도 폭력이라고, 시선 폭력을 견뎌낼 자신이 없기 때문이었다.

한국 사람들이 옷을 잘 입는다고? 무슨……. 한국 사람들은 옷이 아니라 남의 시선을 입는다. 지금 생각해보니, 진정한 패션쇼장이야말로 자유롭게 남 신경 안 쓰고 입는 호주였다.

한국은 사람을 평가할 수 있는 기준이 점점 늘어나는 추세다. 외모, 돈, 키, 학벌, 스펙, 집안 등등. 한국 여자들은 남자의 키를 많이 보는데, 외국 여자가 이걸 듣고 기막혀했다. 키 같은 게 사람을 만나는 기준이 될 수 있냐는 거다. 물론 키 큰 걸 선호할 수는 있다. 이건 개인 취향이니까 얼굴이 안 예뻐서, 면접에서 항상 탈락하는 여자도 처음에는 '설마 얼굴 때문은 아니겠지.'라고 계속 도전했지만, 결국 면접 성형이라는 말이 나올 정도로 성형도 한 트렌드가 된 것이다.

동영상 사이트에서 강의를 듣다가, 한 강사가 한 말이 있다. 여자들이 남자들의 매력을 찾을 때 은근 목소리를 많이 본다고 했다. 중저음과 촐싹댈 정도로 앙칼진 목소리의 남자 중 누가 더 좋냐고 물어보니, 여자들은 당연히 중저음 남자를 선택했다.

"그럼 남자는 중저음 여자를 좋아할까요. 톤 높은 여자를 좋아할까요?"

라며 물었다. 관객들은 이 대답 저 대답 다양하게 했고, 강사는 말했다.

"남자는 그냥 예쁜 여자를 좋아해요"

사람들은 폭소를 터트렸다. 맞는 말이기 때문이다. 물론 누구나 취향이라는 게 있고, 각자 선호하는 타입도 다르다. 실제로 요원이가 소개팅 제의를 받은 적이 있는데, 만나기 전에 메시지를 몇 번 주고받았다. 그 남자는 요원이에게 직업이 뭐냐고 물었고, 영어 강사라고 대답하니 그 남자의 답은 이랬다.

"강사면, 돈 많이 벌겠네."

무슨 논리지? 그 말을 듣고, 기분이 뭔가 이상했다. 돈을 많이 벌지도 않는데, 왜 저런 생각을 하지? 언제부터 강사가 돈을 많이 버는 시대가 된 거지? 뭐, 그때는 대수롭지 않게 넘기고, 그 남자를 만났다. 그리고 그 남자는 요원이의 소개팅 남중에서 최악으로 손꼽히는 남자가 됐다.

"사람을 만날 때 뭘 보세요?" 라는 질문에 그 남자의 답은

"경제력 있는 여자. 난 여자가 결혼해도 일을 했으면 좋겠어. 하지만 살림도 했으면 좋겠어."

"여자가 집안일도 하고, 일도 해야 해요?" 라고 물어보니

"살림은 원래 여자가 하는 거니까, 그리고 요새 여자는 사회생활도 필수야."

따져봤자, 답이 없는 남자인 걸 알고, 소개해준 친구를 생각해서, 그날은 좋게 마무리했다. 자기 불리할 때는 전통 끄집어내고, 실익 따지려고 요새 트렌드라며 끼워 맞추는 모순적인 남자. 그리고 만나자는 연락이 왔지만, 계속 까자, 결국 연락은 안 왔다. 돈 밝히는 한국 여자를 '김치녀'라고 부르는 남자들이 있지만, 전통과 모던함을 동시에 밝히는 남자는 처음 만나본 것이다. 그것도 당당하게, 아주 당연한 듯이.

당당하게 집안일에 사회생활까지 요구하는 남자들. 너네는 도대체 뭐라고 불러야 하니? 여자는 칭하는 단어도 많지 않은가. 맘충, 된장녀, 김치녀까지. 신조어 탄생시키는 것도 유행인가? 한국은 쓸데없는 게 다 유행이다.

돈 밝히는 그 남자와의 만남 후, 오랜 시간이 지난 후 소개팅 주선자의 어머니가 돌아가셔서 장례식장에 갔더니, 그 남자가 와 있었다. 물론 멀리 떨어져 있어서 아는 척은 안 했지만, 그날 이후 영화나 보자고 대뜸 연락이 와서 황당했던 기억이 있다.

강사면 돈 많이 버는 줄 아는 것은 평가일까, 편견일까? 생각하지 않기로 했다. 어찌 됐든 둘 다 반갑지 않기 때문이다. 요원이도 한때는 남들의 평가에 무서워, 하고 싶은 일을 하면서도 당당하지 못했지만, 이제 생각을 고쳐먹기로 했다. 남이 하는 평가와 그들의 잣대에 내 삶을 대입해서, 자책하지는 말자. 그들은 내 삶을 평가할 수 없으니. 칫. 지 따위가 뭔데 감히!

남들과 난 다르다

요원이는 항상 남들과 다른 삶을 살 거라는 생각을 해왔다. 하지만 현실의 벽에 부딪히니, 그냥 수많은 찌질이 중 하나에 불과했다. 남들과 다른 꿈. 그저 돈 많이 벌겠다는 대찬 꿈도 어느 정도 타협하며, 밑으로 내려오는 중이다. 당찬 꿈은 곧 남들처럼 평범하게 사는 꿈으로 바뀌었지만, 그 속에서도 남들과 다른 걸 찾고 싶었다. 요원이가 남들과 다른 건 뭘까.

호기심이 왕성해, 하고 싶은 일이 너무 많다는 거? 주변에서는 한심하다는 듯 한소리 해댔었다. '끈기가 없다. 하나만 파라' 등. 하지만 백세 시대에 한 가지만 파는 게 불안했다. 한 가지에 만족 못 하는 유전자를 타고난 걸까. 언니와 너무 다른 삶을 살고 있었다. 요원이의 언니는 한 회사를 오랫동안 다니며, 돈도 많이 모아 시집갈 때, 이미 자기 명의 아파트가 있었다. 물론 그 시대는 지금과 달라 집값이 폭등하기 전이었지만, 지금 월세 꼬박꼬박 받으며 사는 게 부러웠다. 한 가지만 파야 성공하는 시대인 걸까?

하고 싶은 게 많아 계속 도전한다는 건 계속 실패를 맛본다는 뜻이다. 처음부터 잘하는 사람은 없으니까. 그 실패에 초연해질 때도 됐는데 요원이는 도무지 실패에 적응되지 않는다. 항상 아파하고, 속으로 울며 실패를 온몸으로 감당해 냈다. 그중에서 잘한 걸 굳이 꼽자면, 동굴로 들어가지 않고, 항상 실패에서 벗어나기 위해, 스스로 힐링하는 방법까지 찾아왔다는 거? 힐링도 별거 없었다. 책을 읽는다거나, 잔잔한 일본 영화를 한 편 보는 거, 커피 한 잔에 괴로운 마음이 눈 녹듯 녹았다. 물론 힐링 방법이 너무 소소해 그때뿐이었지만. 어차피 문제가 근본적으로 해결되지 않는 한, 다 마찬가지 아닐까. 잔잔한 영화 한 편에도 행복해지는 건 지금 내 삶이 불행해서일까. 아니면 지금껏 이 소소한 행복의 소중함을 몰랐기 때문일까.

실패 덕분에 알게 된 소소한 행복. 이 행복을 알아채기까지 얼마나 오랜 시간이 흘렀는지. 이 별거 아닌 시간이 요원이에게는 가장 소중한 시간이 되어버렸다. 요원이는 항상 생각이 너무 많았다. 사람들이 물어본다.

"넌 취미가 뭐야?"

"난 상상 놀이."

"상상 놀이? 그게 뭐야?"

"그냥 아무거나 상상해, 좋아하는 연예인과 러브 스토리를 상상하거나, 행복한 일, 불행한 일, 이것저것 다 상상해 보는 거야. 시간도 엄청 잘 가고 자기 전에 매일 똑같은 상상을 해도 재밌어."

요원이는 상상 놀이를 하는 시간이 많았다. 옆에 친구가 있어도 순식간에 멍해지곤 했는데, 요원이를 잘 아는 친구도 그걸 알기에 장난스럽게 말한다.

"저기 옆에 나 있거든? 또 상상 놀이 하냐? 이제 너 표정만 봐도 알아."

"표정? 내가 상상할 때 표정이 있어? 어떤 표정인데?"

"멍 때리다가 슬며시 웃어. 겁나 웃겨."

처음 알았다. 상상하면서 나도 모르게 웃는다는 걸. 기분 좋은 상상을 했나 보다. 갑자기 친구에게 고마워졌다. 정신병자라고 생각할 수도 있었을 텐데 이해해줘서. 사실 요원이는 '내가 약간 이상한 애 아닐까?' 라고 생각한 적이 있었는데 20살 때 같은 학원에 다니며 몰려다니는 사람들이 있었다. 어김없이 수다를 떨고 있는데, 그중 한 명이 갑자기 제안을 했다.

"우리 중에 제일 이상한 사람 지목해 보자."

그 말과 동시에 그 자리에 있던 모든 사람이 요원이를 가리켰다. 그리고 말을 이어갔다.

"요원아, 네가 나쁘게 이상한 게 아니라, 가끔 하는 짓 보면, 나사가 빠진 것 같기도 하고, 뭔가 좀 특이해. 근데 그게 나쁘진 않아."

처음 알았다. 남들은 날 이상하게 보는구나. 하지만 그 말이 기분 나쁘지 않았다. 남들과 다르다고 느꼈을 뿐이었다. 특징 없는 사람보다는 나을 수도 있다며 자기 위안을 삼았던 걸까. 이렇듯 요원이는 생각이 너무 많았다. 사람과의 관계에서도 지나가는 말 한마디 한마디에 상처를 받기도 하고, 너무 깊이 받아들이기도 했다.

이래도 흥! 저래도 흥! 하는 성격의 좀 무딘 친구와 친해졌는데, 어떨 때는 그게 부러웠다. 나도 저런 성격이 되고 싶다며. 남들과 달라지고 싶다며, 남들과 다른 점에 대해서는 깊은 고민에 빠지는 요원이는 모순덩어리일 수도 있다. 차라리 남들처럼 똑같이 평범하게 살고 싶다고 말하지.

인간관계에서도 혼자 기대하고 상처를 잘 받았던 탓에, 자기가 하는 만큼 남들이 해주지 않으면, 그게 그렇게 서운했다. 기대하지 말자. 내려놓자고 마음먹어도 잘 안 되는 것들이 있다. 바로 인간관계. "간단하네, 기대를 하지 마."

라고 말하는 사람도 있겠지. 상대방에게 기대하지 않으면 실망도 없겠지만, 기대하는 바가 없으면 내 옆에 없어도 될 사람이겠지. 난 상대방이 원했던 적 없는 기대를 하고 또 나 혼자 실망했다.

그러면 그럴수록 계산적인 관계만 된다는 걸 왜 알지 못했을까. 예전에 만났던 승윤이와의 관계도 그랬다. 한 대 맞으면 두 대는 때려야 하는 심보를 가졌기에, 승윤이에게는 먼저 손을 내밀기 싫었다. 밀당? 전혀 아니다. 그저 그 사람에게 호의를 베푸는 것조차 싫은 애증의 관계였던 거다. 그러니 항상 승윤이가 먼저 다가와 주길 바랐고, 한 성깔 하는 승윤이도 먼저 표현하는 법이 없었다. 이미 미워하는 사이가 됐으니, 서로 뭔들 해주고 싶은 게 있을까. 이 못된 성깔을 버려야, 제대로 된 연애를 하려나. 요원이는 먼저 다가와서, 손 내밀어주는 사람을 원했다. 아무리 요원이가 토라지고 성을 내도, 사랑스럽다는 듯 예뻐해 주는 사람.

그런 사람이 지구상에 존재하려나? 아니면 요원이의 이상형을 바꿔야 하나? 요즘 세상에 바보같이 착한 사람을 바라는 게 바보겠지. 하지만 세상에 맞춰서 이상형을 굳이 바꿀 필요가 있나? 맞춤형도 아니고. 없으면 없는 대로 혼자 살면 되는 거지. 괜히 급해서 아닌 사람 만나는 것보다는 혼자가 나아.

한국 사회에서 여자는 결혼하면, 일하기 힘들다고 한다. 친구만 봐도 그렇다. 결혼하기 전에 잘 나가던 친구는 결혼해서 아이를 낳았고, 오랜만의 모임에 남편도 같이 나왔다. 한 친구가 그 남편에게 물었다.

"애는 몇 명 생각하세요?"

"셋이나 넷은 낳아야죠."

라고 말하는데, 어이가 없었다. 친구에게 들었을 때 그 남편은 육아는 일절 하지 않고, 결혼 전과 똑같은 삶을 산다고 했다. 그 이야기를 듣고 친구가 불쌍

했는데, 저렇게 말하니 그 남편 주둥이를 때려주고 싶었다. 애 더 낳고 싶으면, 육아를 해! 이러니 비혼족이 늘어나지. 솔직히 내 남편이 저러면, 남편이 아닌 그냥 돈 벌어오는 머슴쯤으로 생각할 것 같다.

저 친구는 얼마 전 아기가 어린이집 가면 무슨 일을 해야 하나 고민하던 친구였다. 그래서 내가 하는 프리랜서 일은 어떠냐고 물어봤었다. 솔직히 내가 하는 번역일은 아기가 있으면 좋은 직업인지는 모르겠다. 다들 집에서 하니, 괜찮겠다고 하지만, 온종일 작업해야 하는데, 애 오는 시간에 딱딱 맞춰 일이 안 끝나면, 마감에 늦거나 완성도 낮은 번역이 나올 수밖에 없다. 이 일도 안전지대에 있지는 않다는 거다. 아무리 다른 꿈을 꿔도 결혼하고 아이가 생기면, 애만 보며 살아갈 수밖에 없는 걸까. 그때쯤이면, 현실과 타협하고 남들과 다르게 살고 싶다는 꿈은 상상 놀이에만 그치게 될까?

커피숍에 앉아서 작업하다 보면, '이 대낮에 커피숍에서 수다 떠는 저 사람들은 직업이 뭘까? 어떻게 살고 있을까?'라는 상상을 하며 부러워한다. 이 세상에 나 빼고, 모든 사람을 다 부러워하는 내가 비정상인 것 같기도 하고. 번역 일한다며, 날 부러워하던 번역 꿈나무도 본 적은 있지만, 그런 걸 보면 나도 누군가 부러워하는 삶일 텐데, 남의 떡이 더 커 보인다고, 왜 남의 삶이 궁금하고 부럽기만 할까.

SNS만 봐도 행복함을 자아내는 사진에 또 부러워하고 있는 1인 여기 추가요! SNS를 끊어야 하나? 뭔가 남들과 달라 보이고, 특별해 보이는 삶에 볼 때마다 상대적 박탈감을 느끼면서도 못 끊는 나. 그래도 괜찮다. 남들도 다 이러고 살 테니까. 나중에 남들과 똑같은 삶을 살지라도, 내면은 남들과 달랐으면 좋겠다. 이 내면의 열정만큼은 남들보다 뛰어났으면 좋겠어. 이것조차 꿈이지만 꿈은 크게 가져야지. 안 그래?

나를 찾는 여행

삶에서 실패를 겪으면, 자신에 대해 돌아보게 된다. 요원이도 다르지 않았다. 자기 자신을 곰곰이 되짚어 보기로 했다. 무조건 행복을 향해 달려왔다고 생각했지만 나 자신을 먼저 알아야 할 것 같았다.

흔히들 여행을 가면서, 안목을 넓게 틔운다고 하지만, 요원이는 여행을 좋아하지 않았다. 꼭 차표를 끊어 새로운 장소에 가야만 여행이 아닌, 나를 찾는 여행을 떠나보기로 했다. 요원이는 예전부터 남들에게 물어보곤 했다.

"네가 보기에 난 어떤 사람 같아?"

라고 물었다면, 이제 물어보는 게 달라졌다.

"내 장점이랑 단점이 뭐 같아?"

자세히 알고 싶었다. 자기 자신을 알려면, 남이 보는 나도 중요하니까.

"넌……. 단점은 끈기가 부족한 거?"

역시 요원이의 예상대로였다. 하지만 그것에 대한 반박이나 변명할 마음도 없었다. 아닌 일에도 그놈의 끈기로 끝까지 참는 게 다 능사는 아니라는 걸 말해주고 싶었지만 남이 생각하는 나도 받아들여야 하니까.

"장점은 너랑 얘기하면, 생각할 수 있게 돼."

뜻밖의 기분 좋은 말이었다. 호기심이 많은 요원이는 어떤 상황을 가정해서, 이따금 친구들에게 물어보곤 했었다. 특히 번역에 대해 많이 물어봤는데, 번역하다가 표현이 완벽하게 마음에 들지 않으면, 작업을 넘기고도 곰곰이 생각하고, 친구들에게 물어봤다.

"너라면, 이런 상황에서 어떤 표현을 쓸 것 같아?"

무릎을 탁! 칠 듯한 맛깔 나는 번역을 하고 싶었고, 요원이의 상상력과 표현보다 더 뛰어난 표현이 있을 수도 있기에 여기저기 물어보고 다녔다. 또는

"만약 빨간 머리 앤처럼 다 최악인 상황에서 그렇게 긍정적인 생각을 할 수 있을까?"

이처럼 요원이는 뭔가 사람들의 생각이 궁금했다. 이런저런 질문을 하다 보면, 친구들은 이따금씩 생각에 잠기며, 입을 열었고 별생각 없어 보였던 친구도 너와 만나면 오래간만에 생각할 수 있는 시간을 가진다니 기분이 좋아졌다.

상상 놀이를 좋아하는 요원이에게는 이런저런 상상이 일상이지만, 다른 사람들에게는 이런 자그마한 조각 상상조차 할 수 있는 여유 따위도 없는 걸까. 아니면 여러 상상을 할 생각조차 못 하는 걸까. 아무래도 중요하지 않았다. 요원이는 그들의 생각을 들을 수 있었고, 그들은 잠시 넣어두었던 상상력을 펼칠 수 있으니까.

끈기 없지만 생각하게 만드는 사람이라……. 나쁘지 않았다. 끈기 없다는 건 좋은 표현으로 바꾸면, 호기심이 많아서, 도전해보고 싶은 일이 많다는 거니까. 사람들이 생각하는 내 단점을 굳이 바꿔야 할 필요는 없지, 그 단점을 장점

으로 승화시키는 것도 좋은 방법 아닐까?

사람은 행복할 때는 자기 자신을 돌아볼 여유가 없다. 모든 걸 다 이룰 수 있을 것만 같으니까. 하지만 시련에 닥치면, 처음엔 무너지지만, 그 시기가 지나가고, 뭐가 문제였는지 하나하나 짚어보게 된다. 그러면서 자신을 아는 여행을 떠날 수 있게 되는 것 아닐까. 상상 속의 여행도 일종의 여행이라고 단정 짓고 싶다. 커피를 마시면 커피 여행. 맛있는 걸 먹으면 맛집 여행 이렇게 내 마음대로 내 삶의 이름표를 붙이면 재밌지 않을까?

또 다른 나 자신을 위한 여행은 뭐가 있을까.

과거에 실패했다고, 현재 그리고 미래까지 실패한 삶을 살아야 할 필요는 없다. 일단 현재의 삶에 실패했다 성공했다고 규정짓는 건 너무 칼 같고 잔인하다. 현실의 결과를 단정 지을 수는 없지만 잘 해내고 있다는 건, 나 자신을 꾸준히 돌아보는 삶을 살고 있다는 거? 이것만으로도 실패한 삶은 아니라고 말할 수 있지 않을까? 좋아하는 걸 찾고, 잘하는 걸 찾고 나 자신을 돌아본다는 거. 지금이라도 하니 얼마나 다행인가? 내년에 실패해서, 내년에 이런 시간을 가지는 것보다 지금이 훨씬 나을 수도 있으니 말이다. 그러니 지금 실패하고 불행한 걸 너무 괴로워하지 말자. 어차피 올 시간이었으니, 매도 빨리 맞는 게 낫지.

그러니 실컷 힘들어하되, 너무 긴 시간 힘들어하지 말고, 빨리 빠져나와 인정할 건 인정하자. 남들에게는 나중에 올 불행이 나에게 좀 일찍 온 것뿐이니, 빨리 훌훌 털어내자고.

나를 돌아보는 김에 과거에만 연연하지 말고, 미래의 삶도 한번 그려보자. 미래의 나는 어떤 삶을 살고 있을지. 그러기 위해서는 내가 무얼 해야 하는지. 일단 요원이가 그렸던 미래의 요원이는 잘나가는 커리어우먼에 깨끗한 오피스텔에서 혼자의 삶을 누리는 골드미스였다. 쌔끈한 연하 남자친구에 멋진 차까지 소유하고 있는 드라마 속 캐릭터였다.

직업은 집에서 일하는 프리랜서로 잠시 쉴 때는 비 오는 날 커피 한 잔을 들고, 창밖을 내다보며, 생각에 잠겨있는 장면을 오래도록 상상해왔다. 이래서 드라마의 폐해라고 했던가. 역시 TV를 너무 많이 봐도 문제였다. 물론 저런 삶을 사는 사람들도 많겠지만 요원이의 현실과는 거리가 멀었다. 저 상상 속의 요원이와 같은 점이 있다면…….

집에서 번역 일을 하고 있다는 것 정도? 하지만 한 지 얼마 안 되는 신입에 불과해, 돈을 많이 벌지는 못하는 상황이었다. 그러니 골드미스는 아닌 그냥 스댕미스? 실버미스도 아닌 것 같았다. 이제 시작인 초보 번역가에 불과했기 때문이다.

집은? 부모님 집에 얹혀사는 신세. 남자친구는? 패션 피플을 연상하며, 날렵하게 생긴 멋진 연하는 아니지만, 4살 어린 천사처럼 웃는 모습이 예쁜 연하 남자친구가 있다는 것. 비 오는 날 커피 한 잔을 들고 창밖을 내다보며 생각에 잠기는 나?

"비 오는 날은 집 밖은 위험해." 라며 이불 뒤집어쓰고 핸드폰과 물아일체.

커피 한 잔이야 매일 할 수 있다고 쳐도, 창밖을 보며 생각에 잠기기엔 요원이의 방은 창문을 열면 부엌이랑 연결되는 베란다가 있는 탓에 자기 방 창문을 절대 열지 않았다. 그 베란다에는 음식물 쓰레기통과 세탁기, 김치 냉장고 등 온통 잡동사니가 있는 곳으로 열자마자 상상의 나래는커녕 현실의 암울함을 절묘하게 보여주는 곳이었다.

그래도 상상 속의 요원이와 같은 점은 약간, 아주 조금이라도 있으니 다행인 건가. 오늘도 이 사실만으로도 위안 삼는 현실의 여자. 언제까지 만족 아닌 위안만 해야 하는 걸까.

예전 상상 속의 요원이가 현실감과 동떨어져 있다면, 이제 조금은 현실을 인정하기로 했다. 꿈은 좋다지만, 너무 동떨어진 꿈은 이루기 힘들잖아. 그러니 조금이라도 쉬운 상상을 하며, 하나하나 이뤄가는 맛도 누리기로 했다.

새로운 나. 아직 상상해보지는 않았지만, 이제부터라도 내 이상향을 맞춰 봐도 되겠지.

6개월 후의 나. 1년 후의 나. 5년 후의 나. 10년 후의 나.

이렇게 세분화시켜서 꿈을 키우고 이뤄가는 재미는 어떨까? 너무 막연한 상상은 언제 이룰지 모르고 만약 이루어지더라도 다 늙어서 죽기 바로 직전에 이루면 무슨 소용이랴? 그때라면 멋쟁이 연하 남친도 못 만들 텐데…….

내가 6개월 후에 할 수 있는 게 뭐가 있을까? 일이 언제 끊길지 모르는 프리랜서의 삶이라, 6개월 때까지도 우선 이렇게 일하는 거. 커리어는 차근차근 쌓아가지 뭐. 느리게 가도 옳게만 가면 되니까.

또 뭐가 있으려나? 내가 세상에서 제일 예쁘고, 멋진 여자인 줄 아는 귀여운 연하남과는 절대 헤어지고 싶지 않으니, 지금처럼만 싸우지 않고, 알콩달콩 잘 지내는 거.

집은 6개월 내로 독립은 불가능하니 과감하게 패스. 이 꿈은 5년 안에는 이루어지길. 차는 면허만 있지 운전도 못 하는 내가 무슨 차? 집에서 일해서 출퇴근 안 해도 되고, 유지할 유지비도 없다. 연수받는다고 해도 갈 데도 없고. 사랑스러운 연하남의 붕붕이가 있으니 일단 차도 패스. 솔직히 멋지게 운전하는 사람들이 부럽지만 쫄보인 요원이는 그저 무섭기만 하다. 역시 안 해봐서 무서운 걸 수도 있지만 아직은 필요한 것도 아니니까. 폼으로 차 사기에는 스댕미스라 이것도 과감히 패스!

비 오는 날, 창밖을 내다보며 커피 한 잔에 상상 놀이라……. 거실 베란다는 한강이 보여 그나마 봐줄 만은 하니, 거실로 나가, 커피 한 잔 정도는 폼 내면서 들고 있을 수 있지.

상상은 뭐 24시간이라도 풀가동 할 수 있으니 이렇게 적고 보니, 6개월 후의 내 목표는 결국 지금의 삶과 달라진 게 없었다. 그저 유지하는 게 목표. 하지만 이것도 어디야? 사람이 언제 어디에서 무슨 일이 벌어질지도 모르는데, 무탈하게 잘 지내는 것만으로도 감사한 세상이다.

그다음에는 1년 후의 나. 5년 후의 나. 10년 후의 나.

물론 꿈은 언제 바뀔지 모르고, 언제 또 새로운 걸 배우고 싶은지 모른다. 하고 싶은 일이 또 생기면? 그땐 계획을 다시 세우면 되지. 생각하는 대로 인생이 흘러가는 건 아니니까. 내 삶의 진로나 이상향이 바뀐다고 해도 그대로 밀고 나가자. 뭐 어때? 내 인생은 내가 정할 특권이 있는걸.

이런 상상을 하며 나를 알아가는 여행을 떠나보는 것도 나쁘지 않다. 새로운 장난감이 생긴 기분이다. 상상 속의 나를 현실로 바꿔보는 거. 물론 아주 작은 것부터…….

네 모습도 자존감이다

요원이는 꾸미는 걸 좋아했다. 명품으로 휘감거나, 화려하게 보다는 꾸민 듯 안 꾸민 듯 자연스럽게 꾸몄다. 별거 아닌 것 같지만, 일상복에 그저 새로 장만한 귀걸이, 팔찌, 반지 그리고 귀엽게 바른 매니큐어에 그날 기분이 달라졌다. 왠지 그렇게 걸치면 평소보다 더 자신감이 생기는 것 같았다. 하지만 액세서리를 빼놓고 그냥 나온다거나 맨손으로는 왠지 모르게 챙겨올 걸 빠트린 기분이었다. 마치 화장을 안 하고 나온 기분이랄까?

사람은 내면의 모습과 외면의 모습이 있다. 취향 차이기는 하지만 어렸을 때는 못생긴 사람은 쳐다도 안 봤던 요원이었다. 그렇다고 요원이가 뛰어나게 예쁘지는 않았지만 어디 가서 못생겼다는 말은 안 듣는 정도?

요원이는 연하 남자친구를 만나기 전까지, 1년 반의 공백기 동안 수많은 소개팅을 하고, 동호회 가입도 해서 남자도 만났다. 대부분 얼굴은 못생겼지만, 잘 생긴 사람도 있었다. 하지만 어쩐 일인지 그 많던 소개팅남과 길게 가지 못

했다. 아니 시작도 안 됐다. 그놈의 느낌이 문제였나? 자신도 설명 못 할 그놈의 느낌은 매번 사람 관계를 방해한다. 그만큼 끌리는 사람도 없었고, 상대방에게 애프터가 들어와도 돈 밝히는 사람, 변태 눈빛을 가진 사람 등등 혼자 지내는 게 나을 정도였으니, 외롭다고 그중에서 마지못해 사귀지 않은 요원이를 이제 와서 새삼 칭찬해 주고 싶다. 아마 느낌은 안 와도 호감형 외모에 적극적인 남자가 나왔더라면 분명 만나봤을 텐데. 누군들 외로움이 극에 달했을 때 공략해야 쉽게 넘어가는 법! 하지만 그 극에 달한 외로움도 그놈의 느낌은 이길 수가 없다. 역시 그 모든 건 얼굴 때문이었던 걸까?

1년 반 솔로면 얼굴은 포기할 만도 한데……. 모든 걸 얼굴 탓으로 돌리고 있을 때, 지금의 연하남을 만났다. 매주 만나 함께 술을 마시던 친구에게 남자친구가 생겼는데, 남자 하나 소개해달라고 요원이가 노래를 불렀다. 결국, 그 자리에 그 연하남이 왔고, 처음에는 별생각 없었다. 잘 생기지는 않았지만 못생기지도 않은. 뭐랄까……. 웃으면 귀여운? 웃으면 눈이 없어지는 하회탈 느낌의 연하남이었다. 그 연하남은 첫 등장에 민망했던 건지 아니면 자신의 장점을 잘 알았던 건지 하회탈 표정을 지으며 술집에 등장했다. 노란 후드티에 청바지가 하회탈과 잘 어울렸다. 내 옆에 앉아서 얼굴은 자세히 볼 수 없었지만 2차에 갈 때까지도 별 느낌은 없었다. 노래방에 가자 그 하회탈은 요원이에게 말을 걸었다.

"어떤 남자 스타일 좋아하세요?"

부터 해서 기억은 안 나지만, '나 너한테 관심 있어.'라는 듯한 질문.

싫지 않았던 요원이는 시끄러운 노래방에서도 질문에 다 대답해주었고, 곧 둘은 연락처를 교환했다. 그리고 다음 날부터 둘의 핸드폰은 쉴 틈 없이 울려댔다. 얼굴만 봤던 어릴 때는 몰랐던 새로운 느낌? 요원이의 이상형은 줄곧 바보처럼 착한 남자였다. 저렇게 말하면 '바보처럼'이 아닌 꼭 진짜 바보 새끼들이 들이대더라.

얼굴만 봤다면, 이런 착한 남자를 못 만났을 거라고 하루도 빠짐없이 생각하는 요원이다. 물론 외모도 착하고, 성격도 착한 남자도 당연히 있겠지. 하지만 요원이의 팔자에 그런 건 없다는 걸 지금은 인정한다. 백마 탄 왕자님은 없다는 걸 이제라도 알게 된 건지 아니면 현실과 타협한 건지는 중요하지 않다.

'기다리면 운명처럼 백마 탄 왕자님이 올 거야.' 라는 상상을 하기엔 자신이 엄청 예쁘지 않은 걸 인정해버린 요원이었다.

겉모습도 중요하지만, 그만큼 내면의 모습도 중요하다. 나이가 들어가면서 내면의 모습을 볼 수 있게 된 게 기특할 나름이다. 하지만 자신을 꾸미는 건, 자신을 표현해내는 가장 빠른 방법이다. 내면을 알려면 그 사람을 오래 봐야 하고, 겪어봐야 하지만 외면은 첫인상이니만큼 자기 자신을 꾸미는 일에 소홀히 하면 안 된다. 앞서 말했듯 작은 액세서리에도 자신감이 이렇게 뿜뿜이지 않은가. 자신감 회복은 생각보다 쉽다. 평소 걸치는 옷에 조금만 힘주면 된다. 길거리 자판에서 파는 만 원짜리 귀걸이 하나에도 행복하고, 이걸 하고 나가서 노는 상상만으로도 나 자신이 그렇게 예뻐 보일 수가 없다.

먼저 남자친구가 생긴 친구와는 매주 금요일에 만나 까맣게 불태웠는데, 다른 사람이 더 끼는 것도 아니었다. 항상 둘이 만나는데 둘은 목요일 저녁에 매니큐어를 바르고, 서로에게 메시지로 확인시켜주었다.

"예쁘다."

"오, 이런 스타일도 괜찮네."

하면서 서로 칭찬하고, 다음날 둘이서 놀 때면, 눈에 들어오는 예쁜 손톱에 손짓 하나에도 자신감이 생기더라. 여자들은 봐주는 사람이 없어도 자신이 예뻐야 당당하고, 자기만족을 위해 투자한다. 물론 남들이 예쁘게 봐주면 금상첨화다. 길거리에 지나다닐 때도 남자는 여자를 쳐다보지만, 여자는 여자를 쳐다본다. 다들 어떻게 하고 나왔는지, '오, 저렇게 입으니 예쁘네, 어디에서 샀지?' 라고 속으로만 생각하며…….

물론 사람을 만날 때 예쁘고 잘생긴 사람만 만나라는 건 아니다. 오히려 난 비추다. 잘생긴 남자를 만나면 얼마나 불안하고 매일 전전긍긍하며 지낼까. 생각만 해도 숨이 턱턱 막힌다. 하지만 얼굴이 예쁘지 않아도, 몸매가 예쁘지 않아도 자신을 꾸밀 줄 아는 사람이 되라고 말해주고 싶다. 꾸미게 되면 남들이 몰라봐도, 뭔지 모를 당당함에 걸음걸이도 활기차지고, 고개도 빳빳이 드는 자신을 발견하게 될 거다. 오랜 시간 걸리지 않는다. 당장 나가서 자판에서 마음에 드는 귀걸이 하나를 사라. 그 만원의 행복은 여자라면 누구나 누릴 수 있는 특권이다.

요원이가 집착하는 게 하나 더 있다. 바로 빨간 입술. 입술이 지워졌는데, 모르고 립스틱을 챙겨 나오지 않은 날은 빨리 집에 가고 싶고, 연신 입술을 포개 안으로 넣었다가 빼기를 반복한다. 그래야 핏기가 돌아 잠시라도 입술이 빨개 보일 테니까. 언제부터 빨간 입술에 집착했는지 모르지만, 여름에 가방조차 들기 더운 날은 핸드폰 하나만 들고 나가도, 주머니에 립스틱은 꼭 챙겨나갔다. 입술에 색이 없으면 왠지 병든 닭처럼 시들시들해 보였고, 그런 모습을 용납할 수 없었다.

요원이 친구 윤희도 비슷한 정신병이 있는데, 윤희는 립밤이었다. 하루는 윤희가 술에 만취해 요원이네 집에서 재웠는데, 다음 날 일어나보니, 윤희가 없었다. 그리고 메시지가 와 있었다. 취기가 돌아서인지 중간에 일어나서 담요를 둘러쓰고 택시 타고 집에 갔다고 한다. 거기까지는 괜찮은데 가방은 또 집에

놓고 갔었다. 택시비는 누가 어떻게 계산한 지 아직도 의문이다. 윤희는 다음 날 연락해서

"너희 집에 혹시 내 가방 있어?"

"응? 잠깐만……. 응, 있어."

"거기에 집 열쇠 있나 봐줘."

확인 차 가방을 열었는데, 손바닥만 한 가방 안에는 똑같은 브랜드의 립밤이 세 개나 들어있었다.

"야. 넌 무슨 똑같은 립밤을 세 개나 들고 다니냐."

"정신병이야."

둘이 술에 취하면 가관이었다. 하나는 빨간 립스틱을 계속 발라 입에서 피가 날 것처럼 빨간데도 계속 빨간색을 덧칠했고, 또 하나는 반들반들 빛나는 입술에 계속해서 립밤을 발랐다.

사실 요원이는 자신과 같은 증상의 사람을 만나 기뻤다. 동지가 생긴 것 같아서일까? 겉모습을 꾸미는 건 어렵지 않다. 스타일리스트나 연예인들이야 남을 꾸며주고 나를 꾸밀 때, 메이크업만 해도 3시간 정도에 이 옷 저 옷 갈아입지만, 그렇게 꾸미라는 게 아니다. 적어도 자신이 포기할 수 없는 무언가 하나 만드는 건 어떨까? 아무리 취해도, 정신 줄을 놓아도 포기할 수 없는 그 무엇. 립스틱이나 귀걸이처럼. 이 작은 거 몇천 원짜리에도 자신이 얼마나 당당해지는지 모두 한 번쯤 누려봤으면 좋겠다.

그렇다면 내면은? 인생을 많이 살아온 건 아니지만, 정말 '못'된 사람이 있다. 남이 잘되는 꼴을 못 본다거나 피해의식 등등 이런 내면을 가진 사람은 고칠 수 없다. 굳이 고치려고 하지 말고, 그냥 쌩까자. 전에 한 번 돈 없는 사람을 만나본 적 있다. 없는 것까지는 이해하는데, 거지 마인드에 자격지심까지.

어휴! 돈 없으면 자격지심과 염치없는 건 옵션으로 따라붙는 공식이다. 그건 절대 고쳐지지 않는다. 내면과 남을 대하는 태도가 건강한 사람을 만나야 하고, 자신 또한 그러한 사람이 돼야 하는 건 유행 타듯 변하지 않는 사실이다. 남을 하대하거나, 남을 짓밟으면서 자신을 돋보이게 하는 사람이 되지는 말자. 내면이 건강한 사람이 되는 것도 전혀 어렵지 않다. 삶이 힘들 때 부정적인 생각하는 거? 그런 시기는 누구에게나 온다. 내가 부정적이라고, 내면이 건강하지 않은 건 아니다. 요원이도 항상 부정적인데, 부정을 바라는 게 아니라 걱정이 좀 많은 타입이라 그렇지, 내면이 건강하다는 건 자부한다.

어떤 게 건강한 내면일까? 공식이 있는 건 아니다. 이 기준은 자신 스스로 세우되, 먼 훗날 내 행동을 생각해봤을 때 부끄럽지 않으면 건강한 거다.

누구나 부끄러운 흑역사는 존재하지만, 나이 들어가면서 당당한 외면과 내면은 지키자. 요원이도 사실 몇 년간 나이 들어간다는 생각에 괜히 슬프고, 지금까지 이루어놓은 게 없다는 생각에 불행하다고 느꼈지만, 이제 당당해지기로 했다.

내 나이여야 아는 것도 있으니까. 이 나이니까 도전할 수 있는 것도, 생각할 것도 더 많다는 건 오히려 영광 아닌가? 현실의 외면과 내면, 내 위치도 지금이니까 생각할 수 있는 거다.

내가 잘하는 거 찾기

요원이는 대형 어학원 일을 그만두고, 곧 다시 강의를 할 수 있었다. 이번에는 학원 같은 곳은 아니고, 카페에서 수업할 기회였다. 요원이가 사는 곳은 왕십리였지만, 잠실 카페에서 수업을 했고, 자신이 만든 커리큘럼에 프리토킹을 접해, 암기식이 아닌, 대화하면서 써먹을 수 있는 시간을 더했다.

카페 수업이라 한 수업 당 학생이 많지는 않았지만, 요원이는 그게 더 좋았다. 학생과 진솔한 이야기도 할 수 있고, 어떤 삶을 살고, 또 고민하는지 얘기해볼 수 있었다.

어학원 수업과 달랐던 점은 나이 지긋하신 분도 참여하신다는 거였다. 어학원에는 젊은 사람들이 보통 오지만, 카페는 여러 연령층이 왔고, 접해볼 기회가 없던 학생이라 흥미롭고, 배우겠다는 열정이 대단했다.

카페에서 수업할 때는 뭔가 마음이 더 편했다. 다른 강사들과 마주칠 일도 없고, 커리큘럼이나 모든 걸 강사 마음대로 할 수 있었다. 그래서 그런지 학원에 출근할 때보다 마음이 가벼웠고, 수업도 더 즐거웠다. 기존 커리큘럼에 프리토킹을 더한 형식이라, 프리토킹을 계속 이어가야 하는 어려움이 있기도 했다. 처음에는 학생들이 수줍어하고, 특히 외국이 아닌 한국에서 영어로 이야기하는 게 주변 사람들의 시선으로부터 자유롭지는 않았을 거다.

한 번은 갓 스무 살 된 학생이 수업을 들으러 왔다. 아무래도 요원이 세대와 다르기 때문에 영어를 잘하리라 예상했지만, 의외로 많이 부족한 실력이었고, 쑥스러워했다. '

요원이는 곧 자신이 좋아하고 잘 하는 걸 수업에 접목했다. 바로 '대화'였다. 남과 이야기 나누는 걸 좋아하고, 그들의 삶이 궁금해 죽겠는 요원이는 술자리나 카페에서 서로의 삶을 이야기하는 걸 즐겼는데, 그걸 수업에 접목해 보기로 했다. 수업에 이야기하는 시간이 있기 때문에, 어렵지 않아 보였지만 은근히 사람들의 입을 열기가 힘들었다. 더군다나 영어로 해야 하니, 부족한 표현법과 부끄러움에 처음에는 진행이 매끄럽게 되지는 않았다. 하지만 매시간 만나는 사람들과 친해지며, 서로 무슨 일을 하는지 또는 일에서 오는 스트레스나 고민을 이야기하기 위해, 끊임없이 질문을 만들어내고 사람들과의 소통을 끌어냈다. 덕분에 재수강률은 높아졌고, 요원이의 수업방식을 좋아해 주는 학생도 많아졌다.

서로 다른 직종에 종사하는 사람들과 만나 이야기하니 얼마나 재밌겠는가. 수업 분위기는 좋았고, 처음 오는 사람들은 부끄러워하지만 이내 적응하는 사람도 많아졌다. 물론 사람들이 열심히 대화하고, 참여하자 본인의 영어 실력이 부끄럽다고 여겨 다음 수업을 안 오는 학생도 있었다. 100%를 만족시킬 수는 없다고 생각한다. 하지만 학생의 의지가 결여된 수업은 아무리 강사가 노력해도, 얻을 수 있는 게 없기에 이탈하는 학생이 생겨도 속상해하지 않았다. 처음에는 학생이 재수강을 신청하지 않으면, 불안해하고, 전전긍긍했지만 곧 현실을 받아들이고 인정했다. 계속 재수강을 듣는 학생들도 있으니, 그분들께는 고마웠고 수업 준비도 더 열심히 했다.

그러던 중 갑자기 한 강사가 그만두게 되어, 그 자리를 요원이가 채웠는데 예전부터 해보고 싶었던 드라마로 수업하는 강의였다. '언젠가 드라마로 수업해봐야지'. 라는 생각으로 전부터 커리큘럼을 짜왔던 요원이는 그 소식이 반가웠다. 그리고 그 수업을 진행하기 전에 청강을 들어봤는데, 요원이도 못할 게 없다는 자신감도 들었다. 다음 날부터 틈만 나면 열심히 수업 준비를 했고, 반응이 좋아 학생들이 늘어나자, 카페 스터디룸이 꽉 차기까지 했다. 그래서 수업을 하나 더 늘리기도 했다. 반응이 좋아지자, 덩달아 요원이도 기분이 좋아졌고, 더 열심히 해야겠다고 느꼈다. 물론 수업 준비를 하려면, 오랜 시간 공들여야 하지만 그 시간마저 즐거웠다. 프리랜서로 영상 번역도 했던 터라, 수업 자료도 얻기에 더없이 좋았다.

비로소 요원이가 좋아하는 걸 모두 수업에 적용할 수 있게 된 것이다. 좋아하는 일을 하니, 어렵지 않게 일을 풀어나갈 수 있었다. 수업하러 오는 게 아닌, 공감하고 생각해볼 수 있는 질문으로 오랫동안 잊고 지냈던 과거 이야기도 나눴다. 가르치는 시간이 아닌 공감하는 시간이라고 생각하니, 수업 시간은 지루하지 않게 흘러갔다.

돈벌이는? 사실 수업을 하면서 버는 돈은 어학원 때와 비슷하거나 약간 더 많아졌다. 하지만 번역도 하고 있던 터라, 번역 수입도 점점 느는 상황으로 전보다 더 좋아졌다는 생각에 만족할 수 있었다.

성공한 건 아니지만, 좋아하는 방식으로 수업을 할 수 있다는 것과 늘어난 번역일 자체만으로도 행복해졌다. 만약 처음부터 이랬다면 어땠을까? 아마, 실패를 경험해보기 전에 저 정도 돈벌이를 했다면 만족 못 했을 테지만, 바닥으로 곤두박질쳐 조금씩 기어 올라오다 보니, 전보다 나아진 상황 자체만으로도 삶의 질이 달라졌다. 행복했다.

좋아하는 일을 한다는 게 얼마나 행복한지 그때야 느꼈다. 돈을 좇는 게 아닌, 하고 싶은 일을 하는 거. 여유 시간도 많았다. 빡센 삶을 지향하지 않던 요원이에게 지금 상황만큼 좋을 수는 없었다. 물론 마감이 빠듯한 번역일이 들어오면, 수업을 빼고 싶을 정도로 바쁘기도 했지만, 마감 지키는 것도 실력이니, 무슨 일이 있어도 최선을 다해 일했다. 덕분에 번역 회사에서의 평가도 좋았다. 요원이가 처음 번역을 시작할 때 일을 줬던 번역회사도 신설 회사였었다. 함께 성장해 가는 걸 알기에, 회사의 일이 점점 다양해지고, 많아질 때마다 요원이도 점점 바빠졌다. 인정받는 것 같아 좋았다.

어학원에 다닐 때도, 똑같이 번역하고, 똑같이 수업했는데 왜 이렇게 다르지? 그때는 자신이 루저 같았고, 어학원 근처에 있는 자신이 비참하기 그지없었다. 처량한 시간이었다. 시간은 남아돌지만, 연락할 사람도 없었고, 번역 일마저 없을 때는 뭘 해야 할지 몰라 빈 교실에서 노트북만 보며, 시간만 보냈다. 인터넷도 잘 끊기는 어학원에서 아무리 노트북이 있다고 한들, 할 수 있는 게 없으니 그 시간은 끔찍하기만 했다. 하지만 카페 수업은 수업이 있을 때만 시간 맞춰서 나가면 됐다. 많아봤자, 수업은 하루에 2개까지만 열었다. 빡빡한 스케줄은 싫었고, 번역이 언제 들어올지 몰랐기 때문에 남은 시간은 수업 준비에 할애하며, 자유 시간을 즐겼다.

오랫동안 학원 강사를 해오던 친구도 예전보다 수업에 대한 자신감이 보인다면서 칭찬해 주었다. 칭찬에 인색한 친구였는데, 그런 친구에게 좋은 말을 들으니 더 인정받는 것 같았다.

물론 마냥 행복한 건 아니었다. 하지만 요원이가 느끼는 삶의 질이 상대적으로 달라진 건 맞고, 또 걱정하는 것보다는 이 상황을 행복해하고, 즐기기로 마음먹었다. 내가 좋아하고 잘하는 걸 하는 꿈의 삶을 언제까지 지속할 수 있을까? 언제 무슨 일이 생겨 그만둘지 모르는데……. 행복 속에서도 여전히 걱정을 찾아 헤매는 요원이었다.

술을 마실 때면, 습관처럼 지난날의 불행이 곱씹어졌고, 프리랜서의 삶에 빼놓을 수 없는 불안감은 역시 지워지지 않았다. 습관성 자책인가? 너무 강도가 센 불행이었나? 마치 각인된 것처럼 행복해도 마음 한쪽에서는 걱정과 불안이 스멀스멀 올라왔다. 하지만 이것도 나니까. 받아들이기로 했다.

모든 사람이 사는 동안 계속 행복할 수는 없는 것처럼. 행복 속에 숨어있는 불안감은 오히려, 날 앞으로 전진시켜주는 촉매제 같은 역할을 해준다. 저 불안감이 없다면, 열심히 해야 할 이유도 없었을 테니까. 사람들과 공감, 사람의 생각 끌어올리기 말고 내가 잘하는 걸 또 하나 발견했다. 바로 나 자신을 놓지 않는 것.

항상 걱정하고, 불안에 떨면서도 날 내버려 두지 않는 거 하나는 기똥차게 잘하는 것 같다. 이런 것도 잘하는 거라고 할 수 있는 건가? 도태돼가고 있는 느낌을 받으면 못 견뎌 하는 요원이었다. 항상 새로운 걸 찾고, 배우고 싶은 게 자주 생기는 거. 모두가 요원이에 대해 지적하는 의지박약. 이것 때문이라도 본인을 그냥 내버려 둘 수 없다. 의지가 약해, 참는 걸 못하고 곧바로 새로운 걸 찾아 헤매지만, 그 때문에 또 힘들어하고, 자책할 걸 알면서도 계속 무언가 찾아다니는? 과연 이게 나쁜 건가?

이렇게 된 이상, 요원이는 해보고 싶은 거 다 해보고 죽기로 했다. 물론 현실에 제약을 받겠지만, 할 수 있는데 안 하는 것과 안 되는데 해보는 건 전혀 다르다. 이제 남들에게 말할 수 있다.

"난 이것도 해봤고, 저것도 해봤어."

덕분에 이렇게 글까지 쓰고 있으니, 이 삶이 꼭 헛된 건 아니지 않을까?

이제부터 남들이 의지박약이라고 끈기 없다고 하면, 한마디 던져줄 거다.

"너나 잘하세요. 난 원하는 걸 찾아 모험이라도 떠나지, 넌 제자리에서 행복해? 난 내 삶이 행복하니, 내 모험심을 네 정체된 삶과 비교하며, 깎아내리지 마. 무슨 일이 생길지 모르는 내 인생이 앞날 훤히 보이는 정해진 네 삶보다 더 기대되고, 흥분돼."

제4장
나를 안아주는 시간

상처를 그냥 두지 마라

"넌 잘 될 거야."

"원래 그런 거야. 다들 참으면서 살아."

"다음 직장에서는 좀 진득하게 견뎌봐."

우리나라 사람들은 못된 습성이 있다. 남들이 고민을 털어놓으면, 위로의 말과 함께 꼭 충고까지 곁들인다. 충고는 요청한 사람에게만 해야 하는 거 아닌가? 쓸데없는 충고는 상대방을 더 주눅 들게 만들고, '내가 왜 이 사람한테 이걸 얘기했지?'라는 후회까지 덤으로 주니까. 누군가 요원이에게 고민을 말하면, 안 그래도 복잡한 마음에 더 보태지는 말자고 다짐했다. 이런 부류의 사람도 있다.

"나 있지……. 요즘에 어떤 일이 생겼었는데……."

라고 말하면,

"맞아, 맞아, 나도 그런 적 있었는데……. 글쎄 말이야, 난 그때 이렇게 했다?"

라며, 자신은 그런 일이 일어났을 때 시원하게 해결했다는 등의 정의로운 말을 한다.

'저기, 내 고민을 들어달라고. 네가 해결사인 걸 알고 싶은 게 아니라.'

이 말을 내뱉어주고 싶다. 사람은 가끔 알면서도 그러지 못할 때가 많다. 어른을 공경해야 한다고 늘 가르침을 받아왔지만, 실상 내 식으로 해석하면,

'어른이 말하면, 닥치고 복종해!' 딱 이 느낌이다. 어른도 어른 나름이다. 노약자석에 아픈 사람이 앉았어도, 노인들은 그런 거 신경 안 쓴다. 일단 닥치고 비키라고, 큰소리치며 난동을 피운다. 노약자석에 앉은 임산부도 노인의 삿대질에 안전하지 못한 이 세상. 노인을 공경하라? 내세울 건 나이밖에 없는 노인들이 당연하듯 남의 권리까지 뺏는 세상에 무슨 공경을 더 해야 하나?

전에 글에도 썼듯, 분명히 아닌 직장을 때려치워도, 근성 없다고 욕을 먹는다. 잘못은 내가 아닌 회사에서 하고, 상사가 잘못해도 그만둔 내가 욕먹는 사회. 아닌 걸 참는 게 능사인가? 이런 걸 참는 게 근성이라고 할 수 있나? 왜 상처받은 사람이 욕먹어야 하지? 못 견디면, 나약하다고 욕하고, 손가락질하는 걸 즐기는 사람들은 살면서 도대체 얼마나 끈질기게 살았길래, 남의 포기를 이리도 쉽게 판단하는 거지?

누구도 내 상처의 깊이를 판단할 수 없다. 내 상황을 겪어보지 않았으니. 다 그러면서 사회생활 한다고? 다? 참는 걸 끈기인 줄 착각하는 사람들만 모아놓은 집단인 건가? 이런 세계에서는 상처받아도 티를 낼 수 없다.

그렇다고 상처받은 적 없던 것처럼 자신을 포장하고, 밝게 지내면 그 상처가 지워지나? 아니면 그 상처를 잊을 수 있나? 요원이는 지난 상처를 말하고, 오히려 마음이 더 가벼워졌다. 친구들은 이런 말을 했다.

"네가 울었다고? 전혀 그렇게 보이지 않는데. 잘 지내 보였어."

당연하지. 티를 안 냈으니까. 상처를 그냥 둬서는 안 되지만, 상처를 열 시기는 자신이 정하면 된다. 그게 상처받은 직후였든, 오랜 시간이 지나서였든.

그건 남이 정해주는 게 아닌 내가 정하는 거다. 내 삶이니까 누구든 이래라 저래라 할 수 없다. 내가 말하기 편한 시기가 오면, 언제든 괜찮다.

전에 잠깐 스쳐 지나가듯 만났던 남자가 있다. 모임을 통해 나간 자리에서 요원이가 첫눈에 반했고, 참다가 좋아한다고 고백해버렸다. 계획했던 고백은 아니었지만, 상대방도 의외로 흔쾌히, 받아들였고, 만남을 이어가게 됐다. 모임 사람들에게 자랑하고 싶었던 요원이는

"이 남자 내 남자야. 우리 이제부터 사귄다."

라고 떠벌리고 싶었지만, 그 오빠는 사귀는 걸 오픈하기 싫어했다. 모임 회원들끼리 관계가 이상해질 수도 있어서라고 했다. 지금 생각해 보니, 정말 좋아한다면, 남의 이목 신경 안 쓰고, 자랑하고 싶어 미치겠는 게 정상이었다. 그때는 그 오빠를 너무 좋아해 아무렇지 않게 넘겼다.

결국, 한 달도 못 가 헤어졌지만, 끝까지 오픈을 하지 않았고, 헤어지고 요원이가 탈퇴하고 나서야 말한 것 같았다. 사귀는 동안에도 그 오빠는 미적지근했고, 헤어질 때도 어이없게 헤어졌다. 데이트하기로 약속한 전날 모임 사람들과 술을 진탕 마신 오빠는 다음 날, 종일 연락이 되지 않았다.

차라리 "오늘 못 만나겠다."라는 연락이라도 했어도, 그렇게까지 걱정은 안 했을 텐데, 아무 연락도 없고 전화도 안 받으니, 처음에는 황당하다가 나중에는 '무슨 일이 생긴 거 아닐까'하는 걱정이 되기 시작했다. 결국, 그 오빠 친구에게 연락해, 오빠 무슨 일 있는 거 아니냐고 물어봤고, 원래 술 마시면 다음 날 온종일 잔다며, 별일 없을 거라고 내가 하는 걱정을 덜어주었다. 그렇게 하루가 지나고, 다음 날이 되자 오후 4시쯤 돼서야 메시지가 왔다. 그 오빠였다.

"미안해. 여자로 안 느껴진다. 좋은 오빠 동생 사이로 지내자."

헤어져도 괜찮지만, 이런 방식으로는 아니었다.

'갑자기? 연락도 없이 데이트 펑크도 모자라, 개똥 매너로 나를 차?

솔직히 그때까지도 많이 좋아했고, 오랫동안 그 오빠를 못 잊었지만 매달리고 싶지 않았다. 아닌 사람인 걸 알았으니까. 요원이는 그 메시지를 그냥 씹었다. 그리고 바로 모임도 탈퇴했다. 모임에서 만난 친해진 언니는 왜 탈퇴했냐고, 연락하면서 계속 만나자고 했지만, 이내 연락을 하지 않았다. 역시 모임에서 만난 사람이랑은 짧고 굵은 인연인가? 사람마다 다르겠지만, 나름 소중한 인연이 생겼다고 생각한 요원이는 그 오빠에게보다 그 언니에게 더 서운한 감이 컸다. 요원이가 만나자고 연락을 해도, 그 언니는 나중에 연락 주겠다며 일축했다. 결국, 연락이 오지 않자, 얕은 인연에 내가 상처받을 필요는 없다는 생각에 곧 괜찮아졌다.

좋아하는 사람이 내 진심을 안 받아주는 거? 차라리 그게 낫다. 사귀다가 여자로 도저히 안 느껴진다고 까이는 것보다는. 그렇게 여자로 안 느껴졌으면, 처음부터 만나질 말던가. 이래서 사람들에게 비밀로 했나? 확신이 안 생겨서? '일단 만나보고 아니면 끝내면 되지.' 이런 생각이었을 수도 있다.

요원이가 그 오빠를 좋아한 건 진심이었지만, 그 오빠가 선택한 이별도 진심이었으니, 받아들일 수밖에 없었다. 고집부린다고 마음대로 되지 않는 게 역시 사람 마음인가보다. 날 좋아해달라고, 또는 날 좋아하지 말아 달라고 부탁한들 무슨 소용이 있겠는가. 물론 짧은 사귐이었지만, 후폭풍은 거셌다. 기간이 짧다고, 그 사랑이 가벼운 건 아니니까.

아닌 사람이니 마음을 잡자고 마음먹어도, 요원이는 쓸데없는 기대를 했다. 그 기대는 오랫동안 떨쳐지지도 않았다. 그리고 갈대처럼 혼란스러웠다.

'그래도 며칠 있으면, 잘못 생각했다며 연락 오지 않을까?'

'지 따위가 감히 날 차? 나 같은 애 놓치면 지만 손해지.'

'길 가다가 한 번이라도 마주치면 좋겠다.'

이런저런 생각으로 혼자 후폭풍을 맞이할 땐 길에서 만나는 우연 따위 절대 일어나지 않는다. 일부러 그 모임이 자주 열렸던 동네에 매주 가서 놀아도 신기하게 한 번도 마주쳐지지 않았다. 하지만 시간이 약이라는 말처럼 역시 시간이 지나자, 요원이도 차츰 괜찮아졌고, 이별의 상처가 다 아물자, 그토록 원해왔던 우연이 일어났다. 새로운 연하 남자친구와 밥을 먹으러 간 자리에 그 오빠가 있었고, 우연히도 바로 앞뒤 테이블로 앉았다. 요원이는 처음에 보지 못했지만, 화장실을 다녀오면서 누가 손을 흔들어서 무심결에 봤다. 그 오빠였다. 그 오빠와 헤어졌을 땐 맨날 우연히 만나는 상상을 하며,

'우연히 만나면, 이렇게 해야지. 아니야, 그건 쿨하지 못해. 차라리 저렇게 하자'라며 몇 번이고 곱씹고 그 상황을 곱씹어왔는데 새 남자친구와 함께 맞닥뜨리다니. 이건 절대 요원이의 상상 속에 없던 시나리오였다.

하지만 그 오빠를 발견하고 신기하게 말했다.

"어머! 오빠 오랜만이에요. 여기 웬일이세요? 잘 지냈어요?"

라며 아무렇지 않게 인사했다. 사실 정말 반가웠다. 이상하게 그 오빠가 밉기보다는 반가운 마음이 선뜻 튀어나와 버린 것이다. '뭐 하는 거야, 이년아! 뒤 테이블에 내 남자친구 있잖아!'라며 스스로 생각했지만, 이미 반가움은 튀어나왔고, 짧게 인사하고 자리로 돌아왔다. 신기하게 아무렇지도 않았다. 남자친구에게는 좀 미안했다. 남자친구에게 전에 만나던 여자가 전화해서 심기가 불편한 상태였다. 그래서 화내고 있었는데, 난 전 남자친구를 만나 반갑게 인사나 했으니. 못된 년은 나였다. 다행히, 천사 남자친구는 개의치 않아서 그 자리는

잘 넘겼다. 게다가 그 오빠가 나가는 걸 보면서, 서로

"잘 가."

라며 인사까지 했다. 그 오빠는 내 남자친구에게 고개 숙여 인사까지 했다. 뭔가 이상한 상황이었지만 묘한 기분이었다. 쿨하게 인사한 나 자신에게 속으로 말해줬다. '자연스러웠어. 너 많이 발전했다?' 그때 나에게 상처 줬던 그 오빠도 이제 못 잊는 사람이 아닌, '그냥 아무나'가 돼버린 게 신기했다.

내가 스스로 상처를 열든, 시간이 해결해주든, 내가 치유되고 있다는 그 느낌은 모두가 꼭 느껴봤으면 좋겠다. 생각보다 나쁘지 않은 느낌이거든.

살면서 오는 상처는 막을 수 없다. 언제 넘어질지 모르고, 누가 때리기도 해서 생긴 상처를 저항하고 피한들, 어떻게 다 막을 수 있겠는가. 난 상처받지 않기로 했다? 헛소리. 사람은 누구나 상처를 받는다. 하지만 치유의 방법을 스스로 찾아내고 극복해 나가는 게 삶 아닐까?

내 삶의 주인은 나다

그런 날이 있다. 며칠 전부터 친구들을 만나는 날 때문에 들떠 있던 요원이는 그 날 뭘 입을까, 어떤 귀걸이와 팔찌를 하고 나갈까. 신발은? 가방은? 몇 날 며칠을 즐거운 상상을 했다. 그날은 분명 날씨가 좋을 테니, 여신 콘셉트로 해볼까? 청순해 보이는 하얀 색 옷? 깨끗해 보이겠지? 이런저런 생각으로 뭘 먹고, 항상 가던 단골 술집에 가는 상상과 몇 벌의 옷과 다른 콘셉트로 상상을 마치면, 드디어 그날이 온다.

약속 시간보다 일찍 나가는 요원이는 항상 30분 정도 여유 있게 준비를 시작한다. 하지만 이상한 게 있다. 분명 집에서는 상상 속의 예쁜 여자가 있었지만, 밖에 나가 유리창에 비친 모습을 보면, 웬 오징어 한 마리가…….

분명 아까 화장 잘 먹었는데, 코 밑에 수염이 있는 것처럼 인중 부분이 시퍼레 보인다거나, 볼륨 뿜뿜이었던 머리카락은 문어 머리에 비닐봉지를 씌운 것처럼 착 가라앉아있다.

여리여리해 보였던 느낌의 옷은 뚱뚱이처럼 보였고, 신발은 오래간만에 신어서 그런지, 발뒤꿈치가 까졌다. 아니나 다를까 항상 지갑에 챙겨뒀었던 밴드도 그날따라 보이지 않는다. 급하게 주변에 약국이 있나 두리번거린다. 그날따라 흔하게 보였던 가게나 슈퍼조차 없는 길거리. 약속 장소만큼이나 먼 편의점을 절뚝거리며 걸어가 밴드를 붙이고 나면, 비 오듯 흐르는 땀에 화장은 다 번지고, 머리카락은 얼굴에 이리저리 달라붙는다. 머리카락을 떼고 나니, 파운데이션에 머리카락 자국까지……. 가지가지 한다. 약속 장소에 도착하기 전부터 망한 느낌. 친구들을 만나 지금까지의 긴 여정을 늘어놓으면,

"정말? 평소랑 똑같아 보이는데?"

남들 눈에는 똑같다는데 왜 내 눈에는 나 자신이 이리도 찌질해 보이는 걸까. 내가 오던 길에 봤던 유리창의 그 오징어는 내가 아니라, 내가 나를 보는 시선이었던 걸까? 그러고 보니 그랬다. 예뻐 보이던 날 친구들에게 물어봐도

"평소랑 똑같아 보이는데?"

왜 남들 눈에는 똑같아 보이는 내가 날 볼 때는 이렇게 다른지. 남들은 모르는 나만의 눈이 하나 더 있는 걸까? 생각보다 사람들은 나를 신경 쓰지 않는다는 사실을 왜 혼자만 자각하지 못하는 걸까? 남에게 안 보이는 내 찌질함에 혼자 주눅 들고, 종일 고개를 숙이고 다니며, 빨리 집에 가고 싶어 전전긍긍하는 모습을 다른 사람이 알면 얼마나 우스워할까.

생각해 보면, 요원이는 지금까지의 인생을 내 것이 아닌 타인의 시선으로 살아왔다. 아이러니한 사실도 발견한다. 남자친구와 데이트 하는 날도 중요하지만, 꼭 여자 친구를 만나는 날에 유독 더 신경 쓴다는 사실을 남자들은 알까? 그 이유는 꿀리지 않고, 남의 시선 앞에 당당하기 위해서이다. 여기까지는 좋다. 당당해야 무슨 일이든 잘 풀릴 테니까. 하지만 당당하고 싶은 욕망이 지나쳐서

오히려, 예쁜 자기 자신을 바닥으로 까는 건 아닐까.

생각해 보니, 남의 시선과 남이 나를 어떻게 생각하는지가 인생의 주였던 것 같다. 얼마를 버는지도 내가 만족하면 되는 건데, 남이 들었을 때 조금이면, 물어봤을 때 대답하면서도 꼭 이유를 단다.

"돈은 얼마 안 되는데, 내 시간이 많아."

"돈은 얼마 안 되는데, 집에서 가깝고, 하는 일도 별로 없어."

"돈은 얼마 안 되는데, 밥이 잘 나와."

"돈은 얼마 안 되는데, 사람들이 잘해줘."

이런 식으로 말하면, 나 자신이 조금이라도 위안되나? 오히려 말하고 나니 더 작아지는 느낌. 하지만 딱 한 번 이유를 달았는데도, 사람들이 부러워했던 적이 있다.

"돈은 얼마 안 되는데, 내가 하고 싶었던 일이야."

모두 이 말에 돈이 얼마 안 된다는 사실은 잊은 것 같았다. 다들 하고 싶은 일을 못 하면서 사는 걸까? 그들보다 조금 버는데도, 부러워하는 얼굴. 왜 남이 지어주는 저 표정 하나에 안도해야 하는 걸까.

자신이 하고 싶어 하는 일 하면서 행복한데, 남의 눈치 보느라 조마조마해 하는 거지? 내가 행복하면 된 거 아닌가? 역시 남의 시선에 초연해지기에는 아직 멀었나 보다.

요원이는 어제 오래간만에 만난 친구와 얘기를 나누었는데, 그 친구도 어렸을 때는 같이 어울리는 친구 무리가 있었다. 하지만 그중 한 명과 트러블이 일어나서 사이가 나빠졌고, 그 친구는 그 무리에서 아예 나와 버렸다. 신기했다. 이십 대 중반까지 아니 삼십 대 초반까지만 해도, 친구들이 소중했고 인생의 전부인 것처럼 큰 존재였다. 하지만 이십 대에 저런 결정을 한다는 게 쉽지 않았을 텐데…….

요원이는 친구에게 물었다.

"그때는 친구들이 되게 큰 존재였을 텐데, 그 친구하고만 안 어울리면 됐잖아. 어떻게 그 무리에서 빠져나올 생각을 했어? 모두랑 멀어지는 게 겁나거나 그러지는 않았어?"

"어차피 그때 나도 경기도로 이사 갔었고, 친구들도 많이 만날 때가 아니어서, 그냥 내가 나오는 게 낫겠다 싶었어."

라는 말을 했다. 솔직히 요원이라면 그렇게 못했을 거였다. 적어도 그때라면…….

사실 요원이도 고등학교 때부터 어울려왔던 무리가 있었고, 어렸을 때는 모두 잘 맞는다고 생각해 이 우정이 영원할 줄 알았다. 누군가 실수해도 별일 아니라는 듯 넘어가고, 매일 만나며 술을 마셔도 무슨 할 말이 그렇게 많았던 걸까? 삼십 대 중반이 되자, 그 영원할 줄 알았던 우정이 그렇지 않다는 걸 시간이 가면서 느끼고 있었다. 처음에는 서로의 사이가 소원해지는 걸 스스로 부정했었고, 나중에는 각자의 삶을 살아간다는 생각이 무섭기도 했다. 하지만 점점 약속 잡기도 힘들고, 밥 한 끼도 하기 어려워지자, 요원이 조차 점점 이 우정에 자신이 없어졌다. 어렵게 약속을 정해도, 그때가 되면 어김없이 무슨 일이 생겼다며, 아무렇지 않게 약속을 어기고 미루는 일이 반복되자, 요원이도 지쳐버린 것이다. 매번 이런 일이 반복되자 친구들에게 내줄 이해심은 바닥이 났고, 다시는 안 봐도 괜찮을 것 같은 느낌도 들었다. 그 무리에서 혼자 빠진 그 친구가 이해가 갔다. 아무도 이 관계를 이어가려고 노력조차 안 하는데, 혼자 구태여 노력할 필요는 없을 것 같다. 요원이는 이제 자기 삶을 살기로 했다. 이 관계를 이어가기 위해, 본인이 불편하더라도 약속 시간을 아무리 변경해도 다 맞취줬지만, 누구도 서로를 배려해주지 않았다. 이제 약속을 잡더라도 기대를 하지 않게 되는 요원이었다. 친구가 만나자고 해도 어차피 또 미뤄질 약속이니, 그러려니……. 기대하지 않으면 실망하는 법도 없다고 하지만, 옆의 사람에게 작은 기대조차 없다면 관계를 이어나갈 이유도 없는 것 아닌가.

토요일에 만날 약속이었는데, 목요일에 메시지를 보냈더니, 그때야 말하는 걸 깜빡했다며, 그날 일이 생겼다고 말해버리는 친구. 물론 정말 급한 사정이 있을 수도 있다. 하지만 매번? 어쩌면 그렇게 매번? SNS에서 보면, 주변 사람들이랑 잘 놀러 다니던데…….

설마 이번에도 약속을 미룰까 하는 생각을 며칠 전에도 했다. 그리고 혹시나 했지만 역시 그랬다. 너무 화가 난 요원이는 단체 대화방에 욕이라도 하고 싶었지만, 끓어오르는 분노를 꾹꾹 눌러 담았다. 화를 내면, 이상한 사람이 될 테니까. 잘못은 본인들이 해놓고, 화내는 사람이 예민하다며 일축하겠지. 솔직히 다시는 보고 싶지 않은 마음이 더 컸다. 이렇게 만날 때마다 스트레스를 받는 관계면 아무리 친한 사이라고 해도 이제 필요 없다.

이제 남의 삶이 아닌 자신의 삶을 살기로 했다. 내가 하는 배려에 당연한 듯 본인들 시간만 중요한 그들이 오늘 밤에 너무 미웠다. 친구가 없어지는 게 겁난다는 어렸을 때의 요원이는 이제 없다. 지금까지 남의 시선과 남의 생각으로 삶을 살아왔지만, 이제 요원이는 그런 거 신경 쓰지 않기로 했다. 요원이의 이런 변화에 멀어질 관계라면 더 이상 필요치 않으니까.

나를 배려해주지 않는 관계에 내가 배려할 필요는 없다. 좋은 게 좋은 거라고? 그딴 말 하지 마라. 누구나 좋은 게 좋은 게 아니니까. 살면서 그렇게 착할 필요는 없다. 날 생각해 주는 사람만 배려해도 인생은 짧다.

내 삶의 주인은 그들이 아닌 나니까.

객관적으로 날 칭찬하기

자괴감에 빠져 자기 자신을 미워했던 요원이는 자기를 미워하는 짓을 이제 집어치우기로 했다. 남이 봤을 때 혀를 끌끌 찰 정도로 인생을 잘못 살지도 않았는데, 왜 항상 나 자신을 미워했을까. 하지만 무작정 나니까 사랑하기보다는 객관적으로 날 보고, 판단해 보기로 했다.

34살의 김요원은 어떤 사람일까…….

일단 몇 가지만 생각해보기로 했다.

호기심이 많다

좋아하는 일을 하고 있어도, 항상 새로운 게 배우고 싶고, 알고 싶다. 다른 사람의 삶은 어떤지 궁금하기도 하고, 평일에 가구 매장에 가서 생각보다 많은 사람에,

'다들 무슨 일을 하길래 평일에 여기에 오는 걸까?' 생각하는…….

삼십 대 중반이지만 아직 겪어본 게 많지 않아서일까. 서울 촌년이란 말은 김요원을 두고 하는 말인 듯 동네 빼고는 어디 다녀본 적도 없다. 이 여자는 호기심은 많지만, 낯선 장소나 모험에 겁이 많다. 아마 이 많은 호기심을 해소하지 못했던 건 겁이 많아서일지도.

어쨌든 세상에 대해 관심 없는 것보다는 알고 싶어 하는 게 좋을 수도 있을 것 같다.

인연을 소중히 하려고 노력한다

살면서 스쳐 가는 인연도 있고, 오래 가는 인연도 있다. 물론 모든 관계를 소중히 하지는 않지만, 한 번 마음을 주면, 좋은 인연으로 꽤 오래 가고 싶어 한다. 하지만 그게 요원이 만의 바람인 적도 많다. 한쪽에서만 주는 배려는 오래 가지 못하는 것처럼…….

그럴 때마다 '내가 불편한 존재인가'하고 생각도 한다. 한 명 한 명 놓치는 인연이 생길 때마다, 이런저런 생각도 많이 했지만, 이제는 생각을 달리하기로 했다. 10명 중 1명만 내 사람이 돼도 그게 어딘가? 세상의 이 많은 사람이 다 내 사람일 수는 없지.

어렸을 때는 두루두루 알고, 인맥 넓은 게 좋아 보였지만, 영업직이 아닌 이상, 살면서 그럴 필요성을 전혀 못 느낀다. 넓고 얕은 인연보다 1명이라도 나를 믿어주는 내 편이 있다는 거에 소중함을 느낀다. 점점 잃어가는 인연에 이제 연연하지 않기로 했다.

'인연'이라는 말을 검색해 보면, 사람 사이에 맺어지는 관계라는 뜻이 첫 번째로 나온다. 하지만 이제부터 '인연'이라는 단어는 요원에게는 말 그대로 '인연'

인 셈이다. 아무나가 아닌 내 사람. 앞으로도 '내 인연'에만 잘하기로 오늘도 마음먹는다.

남의 생각을 끌어올린다

살면서 잊어버리는 것들은 많다. 옛 추억, 삶의 목표, 정체성, 나의 장점, 가족의 중요성 등등 수업을 할 때나, 지인과 술자리를 가질 때 항상 상대방에게 물어본다. 좋아하는 게 뭐냐고 물어보면 바로 대답할 수 있는 사람은 흔하지 않다. 초등학생에게 물어보면, 바로 답할 정도로 쉬운 질문이지만, 어른들은 대부분 머뭇거린다. 그리고 곰곰이 생각한다. '내가 좋아하는 게 뭐였더라.' 사람들은 이제 자신이 좋아하는 것조차 잊어버린 채 살아간다. 질문에 답하기 위해, 생각에 빠진 사람들의 얼굴을 볼 때면 요원이의 기분도 좋아진다. 아마 앞으로도 그런 질문을 할 것 같다. 사람들이 자기 자신에 대해 곰곰이 생각해 볼 수 있는 질문. 잊었던 자신을 돌아보는 질문.

목표는 나에 대한 10가지 장점이었는데, 3개밖에 적지 않았음에도 장점이 바닥나 버렸다. 이렇게 장점이 없는 사람인가. 착하다는 단면적인 점은 요원이가 바라는 게 아니다. 좀 더 구체적인 장점이 필요하다. 아! 한 가지 더 생각났다.

시간 약속을 잘 지킨다

요원이가 자부하는 점 중 하나가 시간 약속 하나는 칼이라는 점이다. 혹시라도 버스나 지하철을 놓칠까 봐, 10분 정도 일찍 도착하는 게 습관이 된 지 오래다. 그래야 상대방이 기다리지 않을 테니까. 하지만 살아보니, 약속에 책임감을 부여하지 않는 사람은 꽤 되더라. 출근 시간은 잘 지키면서, 사람과 한 약속은 꼭 늦는 사람이 있는데, 어쩌다 한 번씩 늦는 게 아니라, 거의 매번 늦는다.

하지만 미안해하지 않는 게 요원이의 마음을 더 상하게 한다.

"미안, 어제 술을 너무 마셔서, 늦잠 잤어."

"갑자기 택배가 와서 그것 좀 풀어보느라."

"아빠 밥 차려 주느라 늦었어."

변명도 가지가지로 어이없는 이유다. 정말 중요한 일로 늦으면, 다 이해하지만, 아니 솔직히 말해서, 지금까지는 어떤 이유라도 다 이해해왔던 요원이었다. 심지어 이태원에서 한 시간을 기다린 적도 있다. 버스가 이렇게 막힐 줄 몰랐다는 아는 언니는 도착하자마자 미안해 죽겠다는 표정이라도 지어서, 화를 내지 않았다. 하지만 상습적으로 매일 늦으면서, 그 점에 대해 투덜대면, '얘 오늘따라 왜 이렇게 예민해?' 이런 사람이 대부분이다.

아니면 약속을 잡아놓고, 하루 이틀 전에 확인 차 연락하면, 그때야 말하는 걸 깜빡했다면서, 갑자기 시댁에서 어쩌고저쩌고……. 어쩌란 말이지? 먼저 연락이라도 했어야지, 확인 차 물어보지 않았으면, 당일이 돼서야 말했으려나?

약속을 잡는다는 건 그 사람을 만나기 위해, 나도 어떤 걸 포기하고 만나는 거다. 그 사람을 만나지 않으면, 나도 계획을 세우고 그 시간에 생산적인 일을 할 수도, 밀린 드라마를 볼 수도 있는 거다. 하지만 내가 하는 배려에 상대방은 아무렇지 않게 미루고, 취소한다. 솔직히 요원이는 이제 그 사람들에게 자기 시간을 한 시간도 내주기 아깝다. 인내심이 바닥난 것이다. 말은 이렇게 해도 약속을 잡는다면, 요원이는 분명 제시간에 나갈 것이다. 상대방이 나를 배려하지 않는다고 해서, 나까지 그런 사람이 될 수 없으니. 차라리 그런 사람과는 인연을 끊는 게 나은 것 같기도 하다. 요원이는 상대방과의 약속을 적어도 소중히 여길 줄은 안다.

자신이 보는 장점은 대략 이 정도인데, 남에게 보이는 장점은 어떨까? 옆에 있는 남자친구에게 물어보기로 했다.

"내 장점이 뭐야?"

"누나의 장점? 너무 많은데, 하나만 말해?"

"아니, 다 말해봐."

"내가 볼 때의 장점은……. 예쁜 거."

역시 보이는 걸 먼저 말하는 이 남자. 내가 원하는 장점은 그런 단면적인 게 아니다.

'내면의 장점 말이야. 이 친구야. 내가 나 예쁜 거 모르고 물어봤겠니?'

내 표정이 좋지 않자, 곰곰이 다시 생각해 보는 그. 그리고 입을 연다.

"결단력이 좋아. 시간 약속 잘 지키고, 오늘 할 일을 내일로 미루지 않아. 친구들과의 의리를 소중하게 생각해."

"그리고?"

쥐어짜듯 생각해 보는 그.

"부모님께 효도하는 거."

"무슨 효도?"

"효도 잘 하는 것 같은데……."

쥐어짜듯이 생각해 보더니, 내 장점이 아닌 점을 말하기도 한다. 나오는 대로 뱉는 건가? 요원이는 효도하는 딸은 아니다.

"또 하나 말해도 돼? 자기 사람이 되면, 다 퍼줘. 내 사람은 내가 지킨다. 책임감 있다."

그리고 바로 물어본다.

"단점은 안 궁금해? 운전할 때 옆에서 짜증을 좀 낸다. 그리고 욱한다. 귀차니즘."

안 궁금한 단점까지 나열해 주는 친절한 연하남.

남자친구가 말해준 장점 중 기분 좋은 장점은 '책임감 있다'라는 말. 맞다. 나 책임감도 좀 강했었지. 회사 다닐 때, 지각 한 번 한 적 없고, 번역 일에 수업까지 살인적인 스케줄에도 마감을 놓친 적이 없다. 그건 책임감이기도 하지만, 내 자존심이기도 하다. 그게 곧 실력이기 때문이다.

역시 혼자 생각해내는 것보다는 나를 옆에서 가장 많이 보는 사람에게 물어보는 것도 좋은 방법이다. 내가 잊고 있는 나의 장점도 객관적으로 봐줄 수 있으니까.

나에 대해 객관적으로 칭찬해 보니 대략 이 정도? 대단한 장점은 아니지만 그래도 나 스스로 장점이라 여길 점은 있긴 하구나. 10개는 언제 다 채우지? 역시 하루 만에 장점 10개를 찾는 건 쉽지 않다. 나머지는 살면서 찾아보기로 해야지. 찾아가는 재미도 있는 거니까.

단점은 굳이 오늘 나 스스로 이야기하지 않겠다. 장점을 찾아내 가고 있으니, 더 잘 살려봐야지. 내 좋은 점을 곱씹어 나를 더 사랑해봐야지. 괜히 이럴 때 객관적이랍시고, 단점까지 찾아내 자괴감으로 가는 문을 노크할 필요는 없으니까.

난 오늘부터 내가 잊고 있었던 또 인식하지 못했던 장점을 찾아낼 거다. 그리고 장점을 생각해 보니, 생각보다 내가 더 괜찮은 사람이라는 걸 알았다.

아무도 나에게 상처 줄 수 없다

살면서 다른 사람에게 상처를 받은 적은 누구나 있을 거다. 나도 곱씹어 보기로 했다. 지금에 와서 굳이 그럴 필요는 없지만, 그 당시에는 상처받고 힘들어했을 테니까. 하지만 지난 일이라고 해서 상처를 덮을 필요는 없다. 한 번 생각해 보고 그 정도로 상처받을 가치가 전혀 없다는 걸 아는 것도 중요하니까.

나한테 상처를 줬던 사람들이라……. 분명 상처받았던 이유는 사람 때문인데 누가 있을까. 친구도 있고, 남자도 있을 테고, 가족 그리고 같이 일했던 상사까지 다양할 거다.

먼저 남자한테 받은 상처 먼저 볼까? 남자한테 받은 상처는 당시에는 가혹하지만, 의외로 상처가 빨리 아문다. 다음 사람을 만나면 쉽게 잊히니까. 전에 만났던 남자들. 물론 헤어질 때마다 상처를 받기는 한다. 찬 입장이 됐든, 차인 입장이 됐든.

차는데도 이유가 있을 테지만, 관계를 끝내는 건 언제나 힘겨운 일이다. 만날 땐 좋다고 쪽쪽 빨아놓고, 여자로 안 느껴진다고 찼던 오빠 때문에 고작 3주

사귀고 몇 달은 힘들어했지만, 말이 몇 달이지 그 시간 동안은 정말 죽을 듯 힘들었다. 짧지만 심하게 좋아했기 때문이다. 사랑했던 기간이 짧다고 그 사랑의 깊이까지 얕은 건 아니다.

요원이가 차서 끝난 연애도 있다. 그 사람은 상처를 받았는지 안 받았는지 모르겠지만, 그 오빠가 했던 것처럼, 메시지로 헤어짐을 고한 나도 못된 년이었기 때문에 나중에 엄청 후회했다.

누구나 살면서 악녀가 되기도 하고, 악마를 만나기도 한다. 하지만 분명한 건 착한 사람에게 못된 짓을 하면, 나중에 내가 후회한다는 거다. 언급했었지만, 요원이는 승윤이와 한 번도 단둘이 여행을 간 적이 없었다. 나중에 친구들은 도대체 뭐했냐며, 놀라워했고 뭔가 창피했다. 항상 여행 안 가는 핑계를 요원이로 탓했던 그놈.

"얜, 귀차니즘이라 여행 가자고 해도 안 가."

웃긴다. 여행 가자고 했던 적도 한 번도 없는 놈이, 안 가는 이유가 요원이 때문이란다. 이런 남자는 절대 만나면 안 된다. 지가 돈 없어서 여행 갈 여력도 없던 걸 애인 탓으로 몰아가는 그. 능력 없는 남자는 만나서도 안 되지만, 능력도 없는데 염치까지 없어 자격지심으로 똘똘 뭉친 놈은 절대 만나서는 안 된다. 그놈을 차지 않고 차인 자신이 원망스럽긴 하지만, 지금 생각해 보면 그놈한테 고맙다. 차줘서.

그놈한테 받은 상처는 많지만, 그중 하나는 헤어지고 나서다. 헤어지고 나서 그놈도 요원이도 다른 사람을 만났는데, 한 번 만난 적이 있다. 밥 먹고 영화 보고, 차 마신 건 잘못이지만, 얼굴을 보니 뭔가 감정이 다시 살아났나 보다. 하여튼 서로 다른 사람이 있는 채로 한강을 걸었는데, 그놈이 이런 말을 했다.

"다음 달에 여자 친구랑 제주도 놀러 가려고."

"……."

요원이는 생각했다. '왜 하필 나와 한 번도 가지 않았던 여행 이야기를 나한테 했을까.' 요원이와 커피를 마시며, 연신 울려대는 핸드폰 진동 소리에 안절부절못하면서도 집에 안 가던 그놈. 찔리면 집에 가던가. 그 모습을 보고 있자니, 더 집에 보내기 싫어져서 밥까지 같이 먹자고 했던 요원이도 정신 나간 년이었다. 하지만 그놈과 보내는 시간이 늘어날수록 얼굴도 모르는 그 여자한테 묘한 성취감을 느꼈다. 지금 생각해보면 그 여자에게 절할 정도로 감사함을 느끼고 있다.

그놈은 아무래도 요원이와 사귈 때보다 자신이 업그레이드됐다고 느끼며, 보여주고 싶었던 것 같다. 요원이와 사귈 때는 뚜벅이였던 그가 헤어지자마자 차도 뽑고, 여행 얘기에 새 여자 친구 예쁘다고 자랑을 했는데, 사진 보니 객관적으로 그다지 예쁘지도 않았다. 뭐 그놈보다는 훨씬 나은 여자인 건 맞겠지. 별 볼 일 없는 여자는 남한테 말할 때 껄끄러우니, 자신보다 대단한 사람을 만나야 하는 그놈에게 여자는 유일한 자랑거리였으니까. 그놈과 만나면서 받은 상처는 솔직히 상처도 아니다. 요원이가 상처 준 게 더 많았으니까. 지랄 맞은 성격을 가진 요원이는 그놈이 열 받게 할 때마다, 더 날뛰면서 밟아줬다. 하지만 그놈의 '여행' 얘기에 아픈 건 어쩔 수 없었다. 요원이랑은 가본 적 없었으니까.

그게 뭐라고. 여행 욕심은 원래 없었지만, 그놈이 다른 여자와 여행 간다고 말하는 게 곱씹을수록 화가 났다. 하지만 괜찮다. 지금의 사랑스러운 연하 남자친구는

"나, 제주도 한 번도 안 가봤어. 촌스럽지."

"그래? 잠깐만."

이러더니 바로 핸드폰으로 티켓 예약을 한다. 사랑스러운 그. 예전 그 찌질이

때문에 상처받을 필요가 전혀 없었다. 정말 괜찮은 사람을 만났으니까. 사람마다 틀리지만, 남자에게 받았던 상처는 더 괜찮은 남자를 만나면, 그저 안줏거리로 전락할 뿐이다.

살다 보면 느끼는 거지만, 남자에게 받은 상처보다 친구에게 받은 상처가 개인적으로 더 크다. 뭔지 모를 배신감? 남자는 헤어지면 끝이지만, 우정은 오래 유지되기 때문인 걸까. 별로 친하지 않은 지인이 준 상처는 받을 필요도 없다. 그냥 인연을 끊으면 되니까. 하지만 오랫동안 관계를 맺어온 우정은 잘라내기가 쉽지 않다. 그렇기 때문에 더 참고, 참으면서 곪는 것 같다. 예전에는 서운한 감정이었지만, 서운한 감정이 계속되니, 이제 끊어내는 게 나를 위한 길 같다.

내가 그들을 생각하고 필요로 하는 만큼, 그들에게 내가 그 정도가 아닌 걸 알았을 때는 이미 많이 데이고 난 후다. 물론 인정하기 전까지는 그 사실을 받아들이지 않는다. 그저 서운하다고 느끼는 가벼운 감정이라고 생각할 뿐이지.

쓰다 보니 신기하다. 예전에는 친구들과 사이가 소원해지면, 술 한잔하면서 함께 풀었지만, 이제 그것조차 싫어졌다. 그래 봤자, 다시는 그러지 않겠다며 초반에만 노력할 테니까. 노력해야 하는 관계? 속상하지만 그런 게 우정에서도 존재한다. 그리고 그런 우정이라면 차라리 포기하는 게 더 낫다. 상처는 아물면 새살이 돋지만, 사람의 마음은 쉽게 치유되지 않는다. 이런 생각에 어떤 사람은 "왜 저렇게 예민해? 예전에는 안 저랬는데"라고 말하기도 할 것이다. 분명 예전에는 그러지 않았다. 예전에는 상처를 서운함으로 해석해 버렸으니까. 술 한잔에 풀 수 있다면 서운함이 맞을 수도 있겠다.

요원이도 누군가에게 상처를 준 적이 많다. 직선적이라는 말과 개인주의라는 말을 많이 들었으니까. 하지만 돌려 말하는 게 항상 좋은 건 아니다. 어른이 되니, 사탕발림이라는 걸 이제 판단할 수 있고, 진심 아닌 그런 말은 필요 없으니까. 그리고 남들도 다 알 거다.

개인주의는? 개인적으로 개인주의는 좋아한다. 망할 이 한국은 공동체 정신을 자꾸 요구하는데, 개인주의는 다시 말하지만, 개인주의일 뿐이다. 남에게 피해를 주는 이기주의가 아니란 말씀. 호주에서 한국에 왔을 때, 친구들에게 욕먹은 이유 중 하나가 바로 이거다. 술 마시다가 피곤하고, 더 못 마시겠으면 집에 간다고 했는데 그럴 때마다 친구들은

"야, 배신 아니야?"

"나, 내일 일해야 해."

"나도 내일 일해. 내가 너보다 더 일찍 출근해야 하거든?"

이렇게 꼭 자신도 내일 일하는데 술 마시는 거라며, 가는 사람 발목을 붙잡는다. 왜 술자리에서 내가 간다는데 욕을 먹어야 하지? 오래간만에 만나서? 오랜만이면 만나서 뭐 1박 2일 술이라도 퍼마셔야 하나? 내가 간다고 그 술자리를 망치는 것도 아니다. 마실 사람은 마시고, 갈 사람은 쿨하게 좀 보내주면 좋으련만……. 자리 지키는 게 무슨 대단한 우정이라고.

간다고 나쁜 년 취급받는 것도 사실 웃겼다. 공동체 생활도 아니고 뭐지?

지금까지 같이 일했던 못된 사장, 무심코 던진 한마디, 시선 폭력, 내 배려를 무시하는 친구, 상처 주면서 이별을 고한 사람 등등. 그런 사람들 따위에 내가 상처받을 필요도 없고, 그 사람들은 나에게 상처도 줄 수 없다. 남 상처 주기 좋아하는 사람들, 상대방 밟으면서 자기 돋보이고 싶어 하는 사람. 그런 사람들은 모를 테지만, 주변 사람들은 이미 어느 정도 다 알 거다. 속으로 이러겠지.

'쟤는 원래 저러니까, 걸러 듣자. 개가 짖는다고 생각해.'

누구든 상처받아 마땅한 존재도, 상처 줘도 되는 관계는 이 세상에 없다. 날 상처 주는 사람은 과감히 자르는 게 낫다.

여유 없던 지난 날 회상하기

요원이가 호주에서 한국에 온 지도 벌써 5년이 지났다. 5년 동안 많은 일이 있었지만, 그시간 동안 한 번도 행복하다고 느낀 적이 없었다. 시간적 여유도 경제적 여유도 없다. 하나가 생기면 꼭 다른 하나가 안 따라 주는 건 공식 같은 건가. 흔히 프리랜서라면, 시간 여유와 경제적 여유가 공존한다고 생각하지만, 현실은 전혀 그렇지 않은 게 프리랜서다. 물론 안 그런 사람도 많겠지만.

일이 들어와야, 돈이 생기는데 그럴 땐 잠잘 시간도 부족하고, 일이 없을 때는 언제 다음 일이 들어올지 모르니, 전전긍긍하며, 마음 놓고 돈을 쓰지도 못한다. 학원에서 일할 때나 회사에서 일했을 때는 주말에 놀러 다닐 수 있었겠지만, 술 마실 돈은 있어도, 여행 갈 생각은 하지 못했다. 잘 안 다녀봤으니, 여행은 막연히 돈이 많이 든다는 생각을 했던 거다. 남자친구가 있었다 한들, 그때는 여행을 별로 즐기지 않아서, 남들이 여행을 다녀도 별로 부럽다거나 하지도 않았다. 라이프 스타일은 각자 다르니까. 하지만 나이가 들어가면서, 남는 건 사진과 여행이라는 걸 몸소 실감한다. 사진 찍는 것도 잘 못 해, 셀카를 찍어도 마음에 들지 않아, 늙어가는 얼굴 탓만 했다. 지금 보니, 다 잘 나오는 각도가 있더라.

요즘엔 앱이 잘 나와서 그나마 가끔 찍기는 하지만, 지난 5년간 찍은 사진은 손에 꼽을 정도다. 사진에 별 애착도 없고 오죽하면, 핸드폰을 바꿀 때 전 핸드폰에 남아있던 사진도 옮기지 않고, 그냥 새 핸드폰으로 바꿨다. 앱 기술이 점점 좋아진 덕인지, 예전에 찍었던 사진은 젊었음에도 뚱보처럼 보였고, 요즘 찍은 사진은 그나마 괜찮아 보였다. 여행도 뭘 배우는 것도 경제적 여유가 있어야 한다고 생각해서 별것도 아닌데, 도전도 못 했었다.

고정적인 수입이 들어오는 보습학원이나, 회사에 다닐 때는 그나마 적금이라도 부어 돈을 모았다. 그때는 다행스럽게도 쓰는 즐거움보다 모으는 즐거움을 더 즐겼던 것 같다. 솔직히 주말에 2주 정도만 술을 안 마셔도, 국내 여행이라도 다녀올 수 있었을 텐데 왜 그런 생각을 못 했을까.

얼마 전 초등학교 동창과 단둘이 베트남 다낭으로 여행을 갔는데, 패키지여행이라 여러 사람과 이동을 함께 했다. 아주머니 군단도 있었고, 젊은 커플 그리고 어린 여자들끼리 놀러 온 그룹도 있었다. 몇 살이냐고 물어보니 24살이란다.

"와, 걔네 24살인데, 해외여행을 다니네."

"그러게. 우리는 저 나이 때 여행 안 다니고 도대체 뭐했지?"

돌아올 수 없는 시간을 그리워하고 있으면서 동시에 자기 합리화를 했다.

"그런데 우리 젊을 때는 해외여행이 또 붐은 아니었잖아. 그저 술 마시는 게 낙이었지."

그때는 남는 시간에 뭘 하면서, 보냈지? 여행은 아니었다. 그래 봤자, 클럽이나 나이트 뭐 이런 거였겠지.

예전에는 남는 시간을 몸이 가루가 되도록 까맣게 불태웠지만, 요즘에는 또 힐링이 트렌드다. 지친 일상에 나에게 주는 포상 같은? 하지만 요새는 시간을 보내는 것도 여유가 있어야 한다. 돈과 시간. 요새 둘 다 되는 사람이 많던가? 마음만 먹으면 할 수 있는 걸 여유가 없다는 이유로 못 했던 자신에게 또 미안해지는 씁쓸한 밤이다.

오늘은 15년 전 다녔던 학원에서 친해진 사람들과 만났다. 자주 만나지 못하는 탓에 서로 근황을 묻는데, 혼자서 한 달 동안 유럽 여행을 다녀온 언니, 일본을 밥 먹듯 가는 친구의 얘기를 듣자니, 대단하다고 생각했다. 역시 처음이 무섭다고, 한 번 여행 맛을 본 언니는 연신 또 가고 싶다고 중얼거렸다. 원래 언니의 취미는 게임방 가는 게 전부였다. 아마 게임방에 쏟아부은 돈이면 지금쯤 게임방을 차렸을 정도의 돈을 쓴 것으로 알고 있다. 그러다 여행에 눈을 뜬 것이다. 물론 한 달 동안 휴가를 주는 회사는 없다. 전에 다니던 회사를 그만두고 과감히 다녀온 것이다. 솔직히 요원이 같았으면, 언제 취업이 될지 몰라 전전긍긍하며, 그 돈을 못 썼을 거다. 구직 기간이 얼마나 계속될지 모르니까. 하지만 10년 넘는 디자이너 경력 덕에 언니는 금방 좋은 회사로 이직을 했고, 만약 그때 여행을 안 갔으면 엄청 후회했을 거다. 아마 요원이가 여유를 부리지 못하는 건, 돈이나 시간 때문이 아닌 미래 걱정 때문이 아닐까? 지금 행복하지 않으면 미래에도 행복할 수 없다는 걸 왜 몰랐을까.

한 번 사는 인생, 걱정만 하다가 갈 것 같아 걱정. 걱정을 줄이는 방법이 없을까? 이러면서 또 걱정하는 요원이. 이럴 때는 쉽게 바뀌지 못하는 자신의 머리를 쥐어뜯고 싶을 정도다. 돈이나 시간 말고 또 여유가 없다고 느낀 건 바로 인간관계였다. 이런 거에 여유를 갖다 붙여도 될지는 모르겠지만.

한창 솔로 기간이 길어질 때 곁에 사랑하는 사람이 없자, 외로움이 밀려왔다. 삼십 대 중반이 되면서 결혼하고 아이까지 있는 친구들이 많아지자, 만날 사람들은 더욱 없었고 그 외로움을 채울 길이 없었다. 어렸을 때는 친구가 남자친구가 생겨도 그 친구를 소개받던지, 서로 같이 놀았으니 외로울 틈도 없었는데 말이다.

요원이는 주변에 졸라 소개팅도 많이 해봤고, 동호회도 들어봤다. 남자친구를 만들기 위함도 있었지만, 여러 직종의 사람들을 만나는 것도 즐거웠다. 다들 나잇대도 비슷했고, 나이가 들어 친구가 없어진다는 공통점으로 외로움을 채워줄 방안으로 동호회를 들었다. 물론 약간의 텃세 아닌 텃세도 있다. 여자들끼리는 묘한 신경전 같은 게 있는데, 자신이 주목받아야 하는데, 다른 사람한테 이목이 집중되면 그걸 못 견뎌 하는 관종도 많다. 뭐, 어딜 가나 그런 사람은 많으니까. 아는 동생과 함께 파티에 다닌 적도 있었는데, 저렴한 회비가 아님에도 불구하고, 남녀노소 불문하고 파티장은 미어터졌다. 말이 파티지, 그저 파스타 집이나, 파티 장소를 빌려 소소한 음식 같은 걸 내놓고, 여러 사람과 이야기하는 것이었다.

이 파티의 목적은 뚜렷했다. 서로의 연인 찾기. 보통 이런 파티는 남자들의 회비는 여자보다 약간 더 비싼데, 생각보다 많이 와서 놀랐다. 혼자 오는 사람도 적지 않았다. 의사며, 개인 사업 하는 남자들이 많았고, 여자들은 그다지 이야기해볼 기회가 없었지만, 딱 봐도 성형녀에 술집 여자 느낌이 줄줄 흐르는 여자들이 있는가 하면, 모두 드레스 업을 하고, 예쁘게 꾸미고 나온 여자들과는 달리, 후줄근한 후드티에 에코백을 들고 와서, 접시에 머리 박고 먹기만 하는 여자도 있었다. 처음에는 파티의 목적을 잘못 알고 왔나 싶을 정도였는데, 다음 파티 때도 그 여자는 그러고 온 걸 보니, 여러 종류의 사람이 있다는 걸 알았다.

적지 않은 회비에 비해, 음식이 별로였는데, '굳이 그 돈 내고 이걸 먹으러 여기는 왜 오지?'하고 생각했지만, 이내 관심을 껐다.

사람들은 나이가 들수록, 인연을 만날 곳이 없다고 얘기한다. 사실 그건 팩트다. 하지만 그럴수록 노력해야 하는 것도 맞다. 요원이가 소개팅과 동호회, 그리고 파티에 나간다는 걸 친구들에게 말하자, 친구들은 대단하다고 했다. 어떻게 그런 데를 나가냐며, 자기 같으면 그런 데 혼자는 못 간다고 했다. 솔직히 이해했다. 그런 곳에 나가기 전까지 요원이도 '그런 곳에 나가면서까지 남자를 만나야 하나'하는 생각을 한 건 사실이었으니까. 하지만 그런 곳에 나가보니, 처음만 어렵지 곧 익숙해졌고, 사람들과도 친해졌다. 파티도 저번에 본 여자아이가 이번 파티에도 오고, 그럼 자연스럽게 인사하는 정도까지였다. 그리고 무엇보다 혼자 오는 사람들이 많았다. 요원이도 그런 걸 이용해, 인연을 만든다는 거에 처음에는 편견을 가졌지만, 생각보다 많은 사람이 이용했고, 내가 외로워 스스로 인연을 만들어가겠다는데 왜 편견을 가졌나 하는 생각까지 들었다. 친구들에게 얘기했을 때도 모두 "대단하다. 나는 그런 데 혼자 못 갈 것 같아. 용기도 없고, 낯도 가려서." 라는 말을 했지.

"야, 그런데 나가면서까지 남자를 만나야겠냐? 그렇게 급해?" 라고 말하는 친구는 없었다. 물론 속으로 그런 생각을 했는지는 모르지만……. 어쨌든 요원이도 다양한 경험을 해본 데 있어서 부끄러울 건 없었다. 안 해본 사람들이야 영영 모르는 세계일 테니.

이렇게 옆에 누군가 없다는 생각을 도저히 견디지 못할 때가 있다. 어떨 때는 혼자인 게 좋을 때도 있다. 하지만 사람의 감정은 일관적이지 않다. 외롭다가도 혼자가 편하고, 그 정도도 다양하다. 어느 날은 옆에 누군가 없다는 게 미친 듯이 외롭기도 하다. 그 시간을 여유롭게 견디기란 정말 어렵다. 꼭 만나는 연인이 없어서가 아닌, 소통하고 공감할 누군가 없다는 게 가장 큰 외로움이다. 결혼한 친구들에게 이 이야기를 해봤자, 아무도 공감하지 못한다. 그저 안쓰럽게 쳐다볼 뿐. 한때는 결혼한 사람이 부러웠던 적도 있다. 그들에게는 지지고 볶고 싸워도 항상 옆에 있는 남의 편이라도 있으니까……

심심할 때 메시지라도 주고받을 수 있는 앱이라도 있으면 좋겠다는 생각까지 했었다. 이렇게 외로움의 블랙홀에 빠졌는데, 다음 연인이 올 때까지 기다리는 여유 따위 있을 리 없다. 예전에는 이런 말을 했었다.

"난 소개팅 같은 건 싫어. 그냥 자연스럽게 만나는 게 좋아. 술자리에서 우연히 만난다던가, 어떤 장소에서 우연히 만나는. 꼭 목적이 있어서 만나기 위한 자리는 싫어."

그리고서는 백마 탄 왕자님을 기다렸다. 하지만 내 인생 루트가 회사 집 회사 집인데 그런 인연이 자연스럽게 나타날 리가 있나? 인연이면 언젠가는 만난다고? 이런 말 한 사람은 진짜 벌줘야 한다. 저 말 덕분에 솔로의 절반이 앉아서 인연을 기다리기만 하는 거다.

인연은 기다리면 나타나는 게 절대 아니다. 애인 만들려고 이 짓 저 짓 다 해본 언니로서 하는 얘기지만, 인연은 만들어 나가는 거다. 백날 집에서 기다려봐라. 길 가다가 헌팅? 단골 커피숍 훈남 주인이 마음에 든다는 쪽지를 주는 등의 이야기? 그건 드라마고……. 혹시 자신이 길거리에 지나다니면, 백이면 백 네 얼굴을 뒤돌아볼 정도의 뛰어난 외모를 가졌다면 가능할 수도 있다.

경제적 여유, 시간적 여유, 나의 다음 연인을 기다릴 여유. 이 모든 건 걱정한다고, 또 기다린다고 생기지 않는다. 내가 만들어가는 거다. 오늘부터 다들 동호회도 들고, 파티도 다녀봐라. 심심한 네 인생에 신세계가 열릴 것이다.

한번 사는 인생 심심하게 살다가 죽을래? 미친년처럼 놀아! 아무도 욕 안 해!

대화하고 또 대화하기

언제까지를 어렸을 때라고 구분하는지 모르겠지만, 적어도 요즘은 아닌 오래전에 요원이는 고민이 있다거나, 힘든 일이 생기면 누구에게도 말하지 않았다. 뭔가 치부를 들키는 것 같기도 하고, 힘든 걸 얘기하면 투정 부리는 것처럼 보일까봐. 하지만 계속 비밀을 지키는 건 아니었다. 그 힘든 시기가 지나고 아무렇지 않아졌을 때 제일 친한 친구에게 말하고는 했다. 그러면 친구는 어떻게 그런 걸 말 안 하고 있었냐고 다그쳐 묻기도 했다.

하지만 사람은 변한다고 지금은 또 그렇지 않다. 잘 만나지는 못하지만, 메시지로라도 무슨 일이 생긴 걸 바로 말한다. 말을 안 하고 있으면, 뭔가 답답하고 혼자서 이겨내야 하는 게 나이가 들수록 겁이 난다는 걸 느꼈다. 어렸을 때는 꼭꼭 숨기고 아무도 알지 않았으면 좋겠다고 생각했지만, 어른이 된 지금은 왜 더 겁이 많아진 걸까.

여러 상황에 대해 경험이 부족한 요원이는 항상 친구에게 고민을 털어놓게 됐다. 호주에서 한국에 왔을 때, 공인인증서라는 것도 처음 봤고, 한국에 온 지 5년이 된 지금까지도 현금영수증이나 소득공제 같은 게 어떤 건지 정확히 모른다. 혼자 무언가 하면, 실수할 것 같고, 잘못된 선택을 하면 또 자괴감이 들 테니까. 물건도 안 알아보고 사면, 호갱 소리를 듣는데, 그 소리가 그렇게 무서웠다. 바보라는 말보다 뭔가 더 치욕스러운 말 같다.

대화한다는 건 꼭 무슨 정보를 얻기 위해서는 아닐 것이다. 궁금한 것이 있어 물어보고 싶은 것도 있고, 허심탄회하게 털어놓기 위해서이기도 하다.

다른 사람과 대화를 하면 얻는 게 뭐지? 서로 어떤 생각을 하고 있는지 알 수도 있고, 대화를 하다 보면, 자신과 다르다는 걸 알게 된다. 왜 자신과 다른 걸 알고 싶은지 모르지만, 워낙 호기심 가득한 인생이니.

친구와 나누는 대화만큼 중요한 건 바로 연인과의 대화다. 옆에 있는 남자친구에게 물어봤다.

"자기는 나랑 대화하는 거 좋아?"

"응."

"왜?"

"이유가 있나? 좋아하니까 대화하는 게 좋지."

연하남은 한 번도 내가 원하는 대답을 한 적이 없다. 요원이는 글을 쓰기 위해, 물어보는데 연하남은 단면적인 면만 보고 대답한다. 자신의 장점을 물어봤을 때도 예뻐서라는 말을 첫 이유로 댔고, 아까 무심결에 물어본 질문인

"지금 자기한테 없는 능력이 생긴다면, 어떤 능력이 생겼으면 좋겠어?"

"나는 투명인간"

"이유는?"

"그럼 은행에 가서 돈 털어서 올 거야."

사실 요새 요원이가 가지고 싶은 건 그림 잘 그리는 금손이다. 이유는 글을 쓸 때, 그림과 함께 보면, 전달감과 시각적인 면에서 더 풍부해질 것 같아서이다. 하지만 은행털이를 위해 투명인간이 되고 싶다니, 웃음이 나왔다. 남자라 단순한 건지, 이 사람이 단순한 건지 모르지만 어쨌든 단순한 사람이라는 건 질문 몇 개로도 알 수 있었다. 초반에 이 사람과 연애를 시작할 때는 어떤 사람인지 너무 알고 싶었다. 나이는 들어가는데, 또 이상한 놈 만나서 시간 낭비하고 싶지 않았으니까. 처음에는 이 사람과 연애를 시작하기 전에

"100번 정도는 만나보고 사귀자."

라고 말했다가, 얼굴 본지 세 번째 날, 술에 취해 요원이가 먼저 사귀자고 했다. 그러려는 의도도 아니었고, 술에 취해서도 아니었다. 술자리가 좋은 건 대화를 할 수 있기 때문인데, 술과 대화가 오가니, 이 사람이 어떤 사람인지 알 수 있었다. 아니, 분명하게 알게 된 건 딱 한 가지였다. 가족 이야기를 해줬는데, 두 분 다 택시를 하신다고 했다.

'음……. 두 분 다 일하시니, 일단은 합격' 요원이도 모르게 재고 있었다. 하지만 사실이니, 굳이 숨기지는 않겠다. 남자나 여자 모두 상대방을 알아볼 필요는 있으니까. 사람을 재는 게 나쁜 건 아니다. 오히려 안 알아보고 무턱대고 만나는 게 바보 같은 거지. 말도 안 되는 비현실적인 기준을 세워놓고 재는 건 문제가 있지만, 알아보는 거 자체는 똑똑한 거다.

연하남은 아버님 이야기를 이어갔다. 어머님 생신 때 라디오에 사연을 보내시고, 어머님을 놀라게 해 주셨다고 한다. 아버님이 로맨티스트고, 화목한 가정에서 좋은 걸 많이 보고 자랐다는 생각이 들었다. 100번쯤 만나봐야겠다는 의지는 단번에 무너져버렸다. 그리고 더 알게 된 사실은, 어렸을 때는 부자였

다가 아버님 일이 잘 안 되서, 어렵게 살았던 적도 있다고 털어놓는 그.

사실 다음 남자친구는 집이 부자면 좋겠다고 생각했지만, 이미 아니어도 괜찮았다. 좋은 가정에서 잘 자란 아이라는 것만으로도 충분했으니까. 정신이 건강하다고 해야 하나? 사실 처음 봤을 때, 하회탈처럼 웃으면서 들어오는 그를 보고, 별 생각은 없었지만 대화를 해보니, 괜찮은 사람이라고 느껴졌다. 그리고 그날 2차에 가서 요원이는 바로 사귀자고 말해버렸다. 연하남은

"진짜요? 정말이죠?"

라며 몇 번이나 재차 확인했다. 다음 날 문자로

"저 정말 누나 남자친구 된 거 맞죠?"

라며 또 확인해 보는 그. 귀여웠다. 대화의 힘인가? 아무 느낌 없던 남자에게 사귀자고 할 수 있다는 게.

이 아이를 만나기 전에 소개팅도 많이 했고, 파티에도 많이 가서 여러 남자를 봐왔는데, 사귀자고는 말한 적은 없었다. 사귀자는 말에 뛸 듯이 좋아하는 이 아이도 좋고, 요원이도 드디어 착한 남자를 만났다는 생각에 기분이 좋았다. 요원이 이상형은 말했듯 바보같이 착한 남자였다. 착하고 바르게 큰 아이. 중요했다. 돈? 돈도 물론 중요하다. 능력도 중요하고, 얼굴, 인성, 평판 등 사람을 잴 수 있는 요소는 많다. 사람을 잰다는 게 듣기에 좋지는 않지만, 재는 게 나쁜 건 아니니까.

가족과의 사이도 중요하다. 전에 만났던 사람은 아빠와 사이가 안 좋았는데, 아빠가 싫다고 말하면서도 화가 나면, 본인 아빠처럼 다혈질로 행동했다. 부전자전이라는 말은 맞다. '이 사람은 아빠를 싫어해서, 아빠랑 똑같이 되는 거 싫어해'라고 말해도 소용없다. 그건 의지로 되는 게 아니니까.

그 후로도, 술을 마시면서 또는 드라이브를 하면서 이 얘기 저 얘기 많이 나

눠봤다. 역시 몇 번 안 보고 사귀게 됐지만, 이번에는 남자 하나 잘 골랐다는 생각이 들게 해주는 아이였다. 항상 요원이를 예쁘다고 말해주는 아이. 밥 먹을 때 사랑스럽게 쳐다보는 눈. 요원이는 행복했다. 사랑받는다는 느낌을 주는 그. 어느 순간부터 친구에게만 했던 고민을 이 사람에게도 하게 됐다. 그게 더 편했고, 요원이가 자기 자신의 능력을 의심할 때도, 자괴감에 괴로워할 때도, 옆에서 요원이를 응원해줬다. 이 사람 앞에서는 지금 요원이가 겪는 삶의 사춘기를 내비쳐도 부끄럽지 않았다.

대화의 힘은 생각보다 강력하다. 순간의 궁금증을 해결하기 위함이기도 하지만, 내 삶을 달라지게 해줄 운명의 상대방을 고를 힘도 실을 수 있으니까.

친구와의 대화, 연인과의 대화도 중요하지만, 더 중요한 건 자신과의 대화다. 흔히들 생각하지 못하는 것 같다. 십 대에는 친구, 이십 대에는 연인, 삼십 대에는 자기 자신을 볼 수 있다는 말을 어디선가 봤다. 십 대에는 삶의 전부 같았던 친구. 물론 이십 대까지 삼십 대까지 평생 이어지기도 한다. 중요하지 않다는 건 아니다. 이십 대에는 연인이 좋아하는 걸 알아가고, 거기에 맞춰가게 되는 자신을 보게 된다. 헤어지고 그렇게 괴로워했음에도, 누군가를 다시 사귀고 또 울고불고, 이십 대는 그렇게 보내는 시기가 맞는 것 같다. 그렇게 겪어야 삼십 대가 되어서야, 비로소 나 자신을 돌아보게 된다. 수업시간에 학생들에게 질문해 보면, 학생들이 가장 대답을 못 하는 게 자기 자신에 관한 질문이다. 자신이 뭘 좋아하는지, 뭘 잘하는지.

사실 요원이는 호주에 있던 이십 대 후반부터 저 질문을 생각해 봤다. 그리고 여러 사람에게도 물어봤다.

같이 일하던 현주 언니가 부러웠던 건, 하고 싶은 게 있다는 사실이었다. 현주 언니는 지금 구미에서 독립 서점을 운영하며 잘살고 있다. 하고 싶은 일을 하며 잘살고 있는 언니를 보면 지금도 대단하다고 느낀다.

현주 언니를 제외하고는 다들 생각해 놓은 건 없었다. 영어가 좀 되니 한국에 가면 뭐라도 할 수 있지 않겠냐는 생각 정도? 삼십 대가 시작되자마자 자신을 돌아볼 수 있는 건 아니다. 요원이도 중반이 되어서야, 자신에 대해 곰곰이 생각했다. 그리고 '나 자신이 우선이다'라는 생각을 가지게 되었다. 남에게 항상 맞추는 게 당연했던 요원이는 이제 없다. 살면서 어떤 삶을 살아가야 할지는 물어본다고 바로 답이 나오지 않는다. 대화하고 또 대화해야 한다. 자기 자신과.

자신과 대화하며, 점점 변해가는 자신의 모습이 싫지 않다는 건 삶의 좋은 변화 아닐까? 때로는 잘못된 선택을 할 수도 있고, 막다른 길에 부딪혀 또 나락으로 빠질 수 있다. 무조건 긍정적인 생각? 솔직히 그건 불가능하다. 상황이 안 좋은데 어떻게 긍정적으로만 생각하지? 그러다가 더 안 좋아지면, 그때도 일단 긍정의 힘이라며 반강제적으로 긍정을 밀어붙일 건가? 그런다고 결국 해피엔딩이 될까?

'다 잘 될 거야. 걱정하지말자.' 이건 솔직히 말도 안 된다. 그건 해피엔딩이 아니라 기다림에 지쳐 그저 내려놓게 되는 최후일 뿐이다. 끊임없이 자기 자신과 대화하는 게 답이다. 살면서 선택의 시간은 수도 없이 온다. 그리고 아직 답은 정해지지 않았다. 자신이 대화하고 내린 결론에 책임질 수 있는 삶을 살면 되는 거다. 내 선택이 틀렸다면? 또 대화하고, 다시 선택하자. 모두 처음 사는 인생이다. 모든 선택을 잘 할 수 없는 건 당연한 거다. 하지만 후회를 덜 하기 위해 해야 할 건 자기 자신과의 대화 아닐까?

벗어나기 위해 애썼던 흔적

일했던 곳과 맞지 않자, 버틴다고 잘 될 게 아니라는 판단을 하여, 그만두고, 곧 카페에서 수업을 했던 요원이. 수입은 학원에서 수업할 때와 비슷하거나, 더 많은 정도였지만 마음의 안정이 됐다. 최악을 겪었으니, 그보다 좀 더 나은 상황이 왔다는 게 고마울 정도였다. 한 가지 얻은 게 있다면, 일이 안 풀릴 때는 자책하고 자신을 원망해도 세상은 가엽게 여기지 않는다는 거. 그러니 자책하며, 응답 없는 세상도 원망하지 말고, 그저 이 시간이 흘러가기만을 기다리는 것. 지금 이 시간이야말로 인생을 다시 생각해볼 기회의 시간인 거다. 이 시기가 오면 잘 나갈 때 볼 수 없었던 것들이 비로소 보이기 시작한다. 카페에서 수업을 한다고 해서, 이 고난과 시련의 시간을 극복한 건 아니었다. 인정하고 기다리기로 한 것이다. 비현실적인 긍정 마인드는 집어치우고, 그냥 천천히 여유롭게…….

아무것도 안 하고 시간을 죽이면, 우울증이 올 것 같았고 일주일에 몇 없는 수업이라도 해야 이 시간을 견뎌낼 수 있을 것 같았다. 친언니가 생각났다. 친언니의 큰아들은 이제 초등학생이 되었고, 둘째 딸도 내년이면, 학교에 간다. 하지만 이만큼 아이들이 크기까지 언니가 우울해했던 게 문득 떠올랐다. 일도 못 하고, 아이들만 보는 생활에 정체성도 잃고, 뭐 하는 거냐는 생각이 들었던 거다. 술이라면 입에 대지도 않던 언니가 매일 밤 막걸리를 마신다고 했다. 그리고 호주에 있던 요원이에게 말했다. 한국에 빨리 오라고……. 사실 언니와 요원이는 그렇게 사이가 좋은 자매는 아니었다. 까맣고 예쁘장한 얼굴을 가진 언니는 집에 친척들이 오실 때마다 한마디씩 했다.

"큰 애는 너무 예쁘고, 요원이는 착해."

요원이는 저 말이 싫었다. 외모 비교를 당하는 것 같고, 예쁘지 않다는 말을 착하다는 말로 포장한 느낌이었으니까. 요원이네 집에 놀러 온 친구들도 모두 한마디씩 잊지 않았다.

"야! 언니 진짜 예쁘다!"

사실 둘은 자매이지만, 느낌이 다르다. 언니는 쌍꺼풀이 있고, 하체가 약간 통통했다. 이에 반해 요원이는 쌍꺼풀 없고, 하얀 피부에 상체가 통통해 체형도 반대, 입맛도 반대였다. 성격도 뾰족했던 요원이의 언니는 항상 무언가를 잃어버리고 화를 냈다.

"야! 김요원! 이거 어디 있어? 빨리 찾아내!"

기가 막힐 노릇이었다. 본인이 잃어버려 놓고, 엄한 사람한테 찾아내라니? 이렇듯 화가 나면 물불 가리지 않고, 화를 냈고, 요원이를 부를 때도 항상 성을 붙여서 불렀다. 하지만 요원이도 그렇게 착한 성격은 아니었기에 둘은 항상 사이가 안 좋았다. 그런 요원이에게 빨리 한국에 오라니, 좀 의아하기도 했다. '그렇게 힘든가?'라는 생각으로 별 의미를 두지 않았다. 친정집과 가깝게 살던 언니는 주말마다 아이들을 데리고 와서도, 매일 투덜대는 투덜이였다. 아마 세상의 모든 게 싫었나 보다.

아이들이 좀 크자 언니는 결혼하기 전에 다니던 회사의 경력을 살려, 회사에 들어갔다. 근무 시간도 꿀이었다. 아이들이 어린이집에 가서 비는 4시간 동안만 일하면 됐다. 경력을 살려 일하는 덕에, 보수도 꿀. 시간도 꿀. 그야말로 일거양득이었다. 하지만 그뿐만이 아니었다. 회사에 들어간 언니는 안 하던 네일아트도 했다. 아예 회원권을 끊어서 다니는가 하면, 미용실에 가서 머리도 하고 예쁜 옷도 사서 입었다. 원래 결혼 전부터 꾸미는 걸 좋아했는데, 이제야 언니로 돌아온 것 같았다. 그리고 언니는 변했다. 활기를 되찾아가고 있었다. 그 사실은 요원이의 식구까지 다 느끼고 있었다. 집에 와서 매일 투정 부리던 언니는 없고, 항상 기분 좋게 재잘재잘 떠들어댔다. 사람이 밝아진 느낌?

역시 사람은 일을 해야 하나보다. 아이를 키우며 희생한 시간도 대단하지만, 아이들이 큰다는 사실만으로 보상을 받는다? 이건 솔직히 좀 아닌 것 같다. 사람마다 다르겠지만, 삶의 활력소가 있어야 사람도 변하고, 때로는 때려치우고 싶을 만큼 직장생활도 힘들지만, 남편과 아이들만 보고 살았던 삶보다는 언니가 확실히 변한 걸 눈으로 봤으니, 부러워지기까지 했다. 언니는 그 암담했던 현실에서 벗어났으니까…….

요원이는 점도 많이 보러 다녔다. 학원에 들어가기 전에 그 학원에서 일할지 말지 아직 확정이 나지 않은 시기였고, 궁금한 요원이는 점집을 찾았다. 아는 언니가 먼저 그 점집에서 점을 봤고, 팔을 다쳐서 깁스까지 했던 언니가 예약하기 위해 전화를 하자, 그 점쟁이가 말했다고 한다.

"아이고, 내가 왜 팔이 아프지?"

그 말을 듣자마자 뭔가 용하다는 생각에 요원이도 바로 예약을 하고, 점을 보

러 갔다. 점집에 앉으니 점쟁이가 한 첫마디는

"넌 뭐가 그렇게 슬퍼? 눈이 울고 있네."

처음에는 '오, 역시 용하네'라는 말도 안 되는 생각을 했다. 뭐 점을 보는 사람은 힘들고, 슬픈 일이 있으니 점을 보러 오는 거니까. 하지만 그때는 그런 이성적인 생각을 할 겨를이 없었다. 강남에 위치한 점집인 만큼 점사비는 다른 곳의 2배였고, 이 얘기 저 얘기 하다가 본론을 말했다.

"저 그 학원에서 일할 수 있어요?"

"응, 너 일할 거야. 알잖아. 너 잘하는 거."

다른 말은 필요 없었다. 그 학원에 들어갈 수 있다니. 학원에 대해 알기 전에는 그곳에 들어가기만 하면 성공된 삶을 보장받을 수 있을 것 같았다. 그 이후로는 어떤 말을 했는지 잘 기억도 나지 않았다. 듣고 싶은 말을 들었으니까. 원래 점이라는 게 점집을 나오는 순간 무슨 이야기를 한 지 잘 기억이 나지 않는다. 기억하고 싶은 것만 기억하는 심리랄까?

요원이의 두 번째 관심사는 연애였는데, 하도 남자가 생기지 않자, 물었다.

"저 남자친구는 언제 생겨요?"

"넌 주변에 남자가 많으니, 곧 생길 거야."

개뿔……. 어학원에서 일하게 된 건 맞는 말이었지만, 남자가 많다는 건 점쟁이가 틀렸다. 하지만 그 말이 틀렸다는 걸 알기 전까지는 얼마나 기대를 했던지. 바보였다.

듣고 싶은 말을 들어 만족했던 요원이는 중요한 사실을 묻는 걸 깜박했다.

"저 그 학원에서 잘 될 수 있을까요? 돈 많이 벌어요?"

왜 이 말은 안 물어봤을까. 잘 될지 안 될지는 물어보지도 않았으니, 이렇게 바보 같을 수가. 비싼 점사비 내고 반만 점을 보고 온 기분이었고, 점을 한 시간

가량 보고, 점쟁이가 한마디 했다.

"이번년도 잘되라고, 부적 하나 써야겠다."

부적을 쓰겠다고 부르는 값은 역시 만만치 않았다. '이래서 점쟁이들이 빌딩을 세운다는 말이 있구나' 다행히 돈이 없었던 요원이는 다음에 사겠노라며, 사지 않고 나왔지만, 한창 팔랑 귀였을 때 돈이 있었다면, 그 비싼 부적까지 덜컥 샀을 수도 있다.

"잘 될 거다. 걱정하지 말아라."

라는 한 마디에 목말라, 궁핍한 상황에서도 말도 안 되는 돈을 내가며, 벗어나고 싶었나 보다.

현실에서 벗어나기 위해, 점사비로 돈까지 날리는 어리석은 짓까지 해봤던 요원이는 그래도 그때의 경험을 후회하지 않는다. 역시 쓸모없는 인생은 없다. 점 봤던 이야기도 이렇게 글을 쓰는 소재가 됐으니 말이다. 어쨌든 이 암담함을 벗어나기 위해 해왔던 모든 노력은 사실 요원이를 그곳에서 빼내 주지 못했다. 그 암담한 현실은 지금까지 진행 중이고, 아무리 노력해도 자신이 스스로 깨닫지 않으면, 벗어날 수 없다는 걸 알았다. 하지만 지금 요원이는 괜찮다. 여전히 그 똑같은 현실에서 살고 있지만, 이제는 인정하기로 했으니까. 그리고 아직 때가 아니니, 묵묵히 기다리자고……. 대신 자기 자신을 치유하는 방법 한 가지는 찾아냈다. 바로 글을 쓰는 거다. 글을 쓰면 지나온 삶을 세세히 곱씹어 볼 수 있는 시간이 되면서, 한 가지 중요한 사실을 깨닫게 된다.

요원이가 헛되이 삶을 보내지는 않았다는 걸 또 다시 느끼게 해준 글쓰기. 쓸모없는 쓰레기 인생이라고 비하했던 삶을 글로 써보니, 나름 잘 살아왔다. 그동안 요원이를 못살게 굴던 이 모든 건, 몹쓸 자괴감과 자신에게 세워놓은 너무 높은 기준 아니었을까?

제5장
다시 찾은 내 인생

실패한 인생은 없다

100세 시대다. 처음 100세 시대라는 말을 들었을 때는, 오래 사는 게 마냥 좋아서 좋은 일이라고 생각했다. 하지만 지금은 벌써 겁이 난다. 몸도 쇠약해질 텐데, 이룬 것 없이 무너지면, 100세까지 사는 게 오히려 더 고난일 수도 있으니까. 이렇게 불과 얼마 전까지는 100세 시대가 겁이 났지만, 내려놓고 기다리자 생각하니, 오히려 잘된 일일 수도 있다는 생각이 들었다. 몸만 말을 듣는다면, 늙어서까지 일을 해야 오래도록 먹고 살 텐데, 벌써 인생의 실패를 가늠하는 건 어리석은 짓이다. 이제 겨우 서른 중반인데 한 가지 일만 해서, 먹고살 자신은 더더욱 없다.

요원이의 큰 목표는 삼십 대에 삶을 동그랗게 잘 빚어서 사십 대에 부서지지 않고, 단단하게 잘 굴러가는 것이다. 물론 빚다가 허물어지기도, 삐뚤어지기도 할 거다. 사십 대가 돼서도 빚고 있을지도 모른다. 하지만 언제가 됐든 잘 굴러갈 수 있게, 이것저것 많이 시도해 보기로 했다. 마른 모래는 손바닥 안에서 흩어져 없어지듯, 아무것도 이루지 않고는 절대 동그라미가 될 수 없으니까.

요원이가 습관적으로 내뱉던 말이 있었다.

"난 호주 영주권 실패자야. 그래서 지금 여기 한국에 왔잖아. 영주권만 땄어도, 돈 잘 버는 남편 만나서 매일 쇼핑센터에 유모차 끌고 돌아다니며, 쇼핑하고 편하게 잘 살았을 텐데."

실제로 요원이가 호주 쇼핑센터에서 일할 때, 한국인 아줌마들은 편해 보였다. 남편이 기술직이라 돈 잘 벌지, 아이들 학교 태워주기만 하면 되지, 남는 시간은 쇼핑센터에서 친구들과 만나 수다 떨고, 쇼핑하는 생활을 했다. 물론 가정사가 화목한지는 모르겠지만, 그들의 속사정까지는 모르는 남이 보기에는 그렇게 부러울 수 없었다. 하지만 지금은 그 삶을 감히 성공했다고 말하지는 않는다. 누구는 놀고, 누구는 일한다고 해서 그게 실패한 인생은 아니니까. 실패라는 말을 아무렇지 않게 습관적으로 내뱉었는데, 이제 와서 생각해보니, 그럴 필요도 없었다. 그저 호주에서 살 운명이 아니었다고 생각하는 게 편하다. 많은 사람이 호주에서 이런 말을 했다.

"야, 영주권 그거 다 팔자야. 오자마자 남자 잘 만나서 영주권 따는 여자도 있고, 백날 열심히 공부하고, 일해도 영주권 못 따서 한국 가는 사람 수두룩하잖아."

요원이는 생각했다. '남들과 다를 줄 알았던 내가 그 수두룩 중 하나였다니. 왜 하필…….' 한국으로 돌아왔을 때가 삼십 대가 되기 직전이었는데, 요원이는 벌써 입에 실패자라는 말을 달고 다녔던 거다. 그동안 한국은? 그다지 변하지도 않았다. 친구들은 똑같이 일하며, 잘 지내고 있었고, 변한 거라고는 요원이가 다시 돌아왔다는 거? 호주에서 살았던 그 시간 동안 무슨 강산이 변했겠으며, 청춘을 얼마나 바쳤다고, 인생이 망했다고 생각했는지 지금 생각해도 웃긴다.

실패는 세분화하면 다양하다. 사랑에 실패하고, 시험에 실패하고, 사업에 실패하고. 하지만 이런 세세한 종목에 실패했다고, 인생 전체가 실패하는 건 아니다. 사람이기 때문일까? 종종 세세한 것 하나에 전체를 부여한다. 요원이 또한 그랬다. 호주에서 살 기회를 얻지 못했으니, 삶 전체가 바뀌었다고 볼 수 있다. 분명 한국과 호주의 삶은 다를 테니까. 그래서 지금 후회하고 있나? 아니다. 처음에는 누구에게 하는지 모르는 원망만 마음속에 가득했다. 오히려 지금은 잘 됐다고 생각한다. 호주에서 계속 있었다고 해도, 행복할지는 장담할 수 없는 거니까. 호주에서 외롭던 게 한국 온다고 달라지지도 않았다. 역시 삼십 대의 삶은 외롭다. 나이를 거듭해 갈수록 더더욱 그러겠지만.

사랑에 실패했을 때도 이 정도였나? 요원이는 사랑의 실패를 일찍 맛봤다. 21살 때 만났던 두 번째 남자친구와는 서로 너무 좋아해서, 행복하기만 했었는데 그 사랑이 가고 나니, 정말 1년을 죽을 듯이 괴로워했다. 술만 마시면, 전화해서 보고 싶다고, 다시 만나자고 울기도 많이 울었고, 집 앞에 찾아가 문도 두들겼다. 하지만 너무나도 차갑게 변해버린 그. 물론 헤어진 계기는 요원이가 만들었지만, 한순간의 실수로 무거운 벌을 받게 된 거다. 그때는 사랑이 전부였던 터라, 세상이 무너지는 듯했다. 한창 유행했던 미니 홈페이지 대문에는 누가 봐도 '나 시련 당했어요'라는 상태 메시지를 걸어놨다. 지금도 기억한다.

"감정 없는 로봇이었으면 좋겠다. 더 이상 생각나지 않게."

뭐 이런, 끔찍한 메시지였는데 지금 생각하면, 손발이 오그라들어 미칠 지경이다. 어쨌든 그렇게 힘들어했으니, 매일 술을 마시며, 고삐가 풀렸고, 덕분에 살도 돼지같이 쪘다. 그 사랑에 실패한 후 요원이에게 남은 건 두둑한 살뿐이었다.

원래는 늘씬한 몸매였던 요원이는 이대 옷가게에 가면 직원들이 이런 말도 했었다.

“어머, 언니 그 바지 들어가요? 그 바지 들어가는 사람 처음 보네. 다들 예쁘다고 입어보는데, 안 맞아서 못 사간 바지예요.”

물론 입에 발린 말이라는 건 잘 알지만, 그 정도로 늘씬했었는데, 어느덧 통통이가 되어, 아르바이트하던 곳의 사장도 퇴근하기 전에 이런 말을 했었다.

“얘, 뭐 먹이지 마, 살 빼야 되니까.”

그렇게 찐 살은 빠지지도 않았다. 물론 술을 끊어야 하지만, 술을 끊으면 생각할 수 있는 시간이 많아지고, 그 틈으로 전 남자친구가 생각나서 못 견딜 것 같았다. 술 말고 다른 걸 하지 그랬냐고? 당신들은 이십 대에 틈만 나면 뭐 했수? 할 줄 아는 게 노는 거밖에 없는데, 술을 끊으라는 건 그냥 시체로 있으란 말밖에 다름없었고, 솔직히 술 아니면, 달리 할 것도 없었다. 요즘처럼 뭘 배우고 싶다는 생각은 전혀 들지도 않았고, 친구들이랑 노는 게 전부였던 이십 대 초반에 나에 대해 되돌아보고, 반성할 정신이 있었겠어? 삼십 대나 되니까 이런 생각도 하는 거지. 역시 그 나이에 할 수 있는 게 정해져 있는 건가 싶다.

생각해보니, 살면서 크게 실패한 경험은 별로 없는 것 같다. 사랑에도 실패해봤고, 커리어적인 실패는 여전히 진행 중이지만, 실패보다는 미완성 단계라는 말을 쓰는 게 나을 듯하다. 미완성을 실패로 여기면, 그 자리에서 무너지고 다시 일어서는 데도 시간이 오래 걸린다. 누가 실패라고 하면, 아직 아니라고 말하는 게 차라리 낫다.

최근에 인터넷에 돌아다니는 말을 봤는데, 에디슨의 일화였다. 에디슨이 전구를 발명하기까지 700번의 실험에 실패하고도 별다른 성과를 거두지 못하자, 어느 날 기자가 에디슨에게 짓궂은 질문을 했다.

“700번 실패하신 기분이 어떠세요?”

"나는 한 번도 실패를 한 적이 없어요. 다만 700가지의 방법이 효과가 없음을 입증했을 뿐이오."

수천 번의 '효과 없는 방법'을 입증한 끝에 에디슨은 전구를 발명했다. 어떻게 저런 생각을 했지? 보통 저 정도로 실패하면, 포기했을 법도 한데. 에디슨은 "많은 인생의 실패자들은 포기할 때 자신이 성공에서 얼마나 가까이 있었는지 모른다."라고 했다.

그럼 어디 에디슨처럼 생각해볼까?

"호주에서 영주권 실패한 기분이 어떠세요?"

"나는 실패한 게 아니에요. 한국에서의 더 행복한 삶이 날 붙잡은 것뿐이죠."

사실 그렇다. 호주에서 얼마나 행복했을지 모르겠지만, 요원이는 지금도 행복하다. 물론 이 사람을 찾는 데 오래 걸렸지만, 사랑하는 네 살 어린 연하남도 만났고, 욕심을 버리고, 내려놓으니 마음의 여유도 생겼다. 이렇게 아무렇지 않게, 부끄러웠던 과거를 글로도 쓰고 있으니, 이만하면 행복한 삶 아닌가?

사랑에서의 실패도 연습해볼까?

"21살 때 만났던 사람과 이루어지지 못하셨네요. 사랑에 실패한 기분이 어떠세요?"

"나는 실패한 게 아니에요. 더 좋은 사람을 만나기 위해, 일부러 멀리, 더 멀리 돌아온 것뿐이에요."

이제부터 내 인생이나 내 삶의 어떤 부분이 실패했다고 느껴질 때 에디슨처럼 생각해보자.

실패? 누가 그래? 내 인생 실패했다고.

"난 실패한 게 아니야. 내 삶을 크고 단단한 동그라미로 빚는 중이지."

내가 먼저다

착하면 호구라는 말은 진짜인 듯하다. 약속을 잡을 때도 요원이는 항상 약속 시간에 딱 맞게 나가거나, 10분 정도 일찍 도착한다. 내 시간만큼 상대방의 시간도 소중하기 때문이다. 하지만 많은 사람이 대부분 약속 시간에 늦는다. 5분이든 10분은 기본으로 늦는다. 내가 남녀 데이트에 나오는 남자도 아니고, 왜 꼭 그런 말 하는 여자 있지 않은가? 여자는 10분 정도 늦어야 한다고. 약속 시간 칼인 나에게는 그저 개소리다. 친구 중에서도 항상 늦는 친구가 있다. 변명도 가지가지다.

"늦게 일어났어."

"어제 늦게까지 술 마셨어."

어이가 없다. 늦게 일어나고 어제 술 마신 게 나랑 무슨 상관이지? 이제 아예 기대도 하지 않는다. 나도 내 시간이 소중하기에 오늘도 그 친구가 언제 오든 30분 정도 일찍 나가, 얼마 전에 산 베스트셀러를 읽었다. 그 친구는 어차피 늦을 테고, 마냥 기다리는 것보다 독서 시간으로 활용하는 게 낫다.

사람들은 모른다. 내가 그 사람과 만나기 위해, 뭘 포기하는지. 모두 무언 가를 할 시간에 그걸 포기하고, 그 사람을 만나는 건데 늦어서 화를 내면, 의아해한다. 단지 늦어서 화가 나는 건 아니다. 어떤 거로도 보상받을 수 없는 게 바로 시간이니까.

어렸을 때는 돈이 중요하다고 생각했지만, 나이가 들수록 중요한 건 시간이라는 생각이 든다. 오늘 낭비한 이 시간은 붙잡을 수도 없고, 다시 올 일도 없다. 시간 안배에 관한 책도 자기계발서 인기 내용 중 하나이다. 아침에 일찍 일어나는 습관이나 시간을 쪼개어 쓰는 방법들을 논한 책을 보면 그렇다. 공감이 간다. 시간이 얼마나 중요한지 아니까.

하지만 한 가지는 내 타입이 아니다. 세계는 아침형 인간에 열광한다는 사실. 아침에 일찍 일어나면 하루의 시간이 더 많기 때문이다. 하지만 이건 어디까지나 개인 취향이다. 요원이도 아침형 인간이 되기 위해, 몇 년 동안이나 새해 목표에 아침 일찍 일어나기를 일 순위로 써내곤 했지만, 지켜진 적은 몇 번 없다. 그리고 못 지키면 못 지킨 자신을 원망하고, 자괴감에 빠지기도 한다. 어려워 보이지도 않는데, 이 쉬운 거 하나 못 하냐며. 그래서 요원이는 생각을 바꿨다. 다음 해 목표에서 아침형 인간을 지워버리기로.

모든 사람에게 적용되는 규칙 같은 게 아닌데, 남들이 열광하니 나 자신에게도 좋을 것 같아 억지로 끼워 맞춘 것이니까. 생각해보면, 아침형 인간이 아니어도 요원이는 잘 살아왔다. 그런데 왜 그렇게 못 해서 안달이었지?

요원이는 오히려 아침 일찍 일어나면, 하루가 너무 힘들다. 금방 졸리고, 피곤해진다. 너무 이른 시간도 아니고, 너무 늦은 시간도 아닌 오전 10시나 11시쯤 일어나야 하루가 말끔하고 상쾌하다.

사실 야간형 인간도 잘 될 수 있고, 행복할 수 있는데 자신을 생각 안 하고, 무조건 세상의 틀에 끼워 맞춘 것 같다. 이제 남이 아닌, 세상이 아닌 나를 위해 살아야 한다. 남의 시선이 무서워 나에게 잘 맞는 방법을 무시하면 얼마 못 간다는 걸 아니까.

요원이는 한국에 왔을 때, 개인주의가 극에 달했다. 호주 사람들이야 워낙 남 신경 안 쓰고, 사는 게 문화인 듯 요원이도 그랬다. 하지만 친구들은 이해하지 못했다. 요원이는 상관없었다. 그게 나고, 남에게 피해를 주는 것도 아니니까. 지금은 요원이도 많이 부드러워졌다. 직선적인 성격이 어렸을 때는 좋다고 생각했지만, 어느 순간부터 남에게 상처 되는 말은 굳이 하지 않는 게 좋다는 건 느낀다. 남을 상처 줄 권리는 누구에게도 없으니까. 물론 배려만 하면 호구가 된다고 해서, 모든 배려를 막을 필요는 없다. 안 그런 사람도 분명 존재한다.

욕심을 내려놓으니, 좋아진 건 또 하나 있었다. 예전에 누구를 사귀면, 먼저 받으려고만 했었다. 그게 사랑이든, 애정 표현이든. 먼저 표현하고, 먼저 주면 뭔가 지는 느낌이 들어 자존심이 상했기 때문이다. 한 대 맞으면 두 대 때려야 하고, 누가 조금만 잘해주면, 다 퍼줘야 속이 시원한 요원이의 성격 탓이었다. 그리고는 남자들을 욕했다.

'나한테는 조금만 신경 써주면 내가 몇 배로 더 잘해줄 텐데, 남자들은 왜 그 쉬운 걸 못하는 거야? 바보들.'

애정 표현도 한 번 사랑한다고 들으면, 요원이는 이모티콘에 감동 멘트까지 얹어서 줄 수 있는데 말이다. 상대방이 연락을 안 하면, 먼저 하지도 않았다. 밀당을 싫어한다고 입버릇처럼 말하고 다녀도 본인 생활이 밀당이었던 거다. 어느 날 전에 사귀었던 남자친구가 말했다.

"내가 어제 심심해서, 통화목록을 봤거든? 근데 대박."

"뭐가?"

"네가 나한테 먼저 전화한 게 석 달 전이더라."

솔직히 충격이었다. 그 정도일 줄은 몰랐다. 먼저 연락하는 성격은 아니지만, 저 정도일 줄이야. 그 말을 듣고, 고쳐야겠다고 마음먹었지만, 역시 습관 때문인지 쉽지 않았다. 그 남자친구와는 만나면 싸우고, 애정이 아닌 애증 관계였기 때문에 뭘 먼저 주기가 싫었다. 아까웠다. 생각해 보면, 왜 그렇게 싸우기만 하고, 헤어지지는 못했는지 바보 같다.

하지만 지금의 연하 남자친구를 만나 달라졌다. 이 연하남은 요원이의 이상형인 착한 남자였다. 먼저 메시지를 보내면서, 요원이가 뭘 하다 답장을 못 해도, 계속 메시지를 보냈다. 어디 가면 어디 간다 보고하고, 뭐 먹는다 보고하고. 뭐 이런 남자를 싫어하는 여자도 있다. 개인 취향이지만 요원이의 친구인 윤희는 저런 남자는 딱 질색한다. 예전에 만났던 어떤 남자친구가 아침에 문자로

"일어나세요, 공주님."

윤희는 그 남자를 바로 찼다고 했다. 요원이는 이해할 수 없었지만, 이런 오글거리는 멘트를 못 참는 사람도 있으니, 내 연하남이 윤희를 만났다면, 일주일도 못 가서 차였을 게 뻔하다. 다행이다. 친한 친구와 이상형이 겹치지 않는다는 건. 항상 사랑스럽다는 듯 쳐다보며, 애교 떠는 남자를 누가 안 사랑할 수 있겠는가? 데이트 비용도 못 내게 하는 그.

며칠 전에도 밥을 먹으러 갔다가 계산할 때 요원이는 말했다.

"내가 계산할게, 내 카드로 해."

"아니에요, 이 카드로 해주세요."

"내가 계산한댔지."

"남자의 가오야!"

이 말에 식당 아줌마는 빵 터지셨다. 하지만 카드 결제 오류가 났다.

"남자의 가오라며?"

"아니야, 될 거야."

다행히 두 번째 긁으니 승인됐고, 남자친구는 결국은 남자의 가오를 살렸고, 식당 아주머니에게는 빅 재미를 선사했다. 이 연하남을 만나고 나서부터는 요원이도 사랑에 계산하지 않았다. 받는 행복보다, 주는 행복의 기쁨을 처음 느껴본 것이다. 그리고 요원이는 오늘도 생각한다. '날 배려해주는 사람에게는 아낌없이 통 크게 배려하기로. 내 배려는 비싸니까.'

내가 배려하면 그 사람도 언젠가 알아주겠지? 그거 언제 기다리나? 사람은 바뀌 쓰는 거 아니랬다고, 그냥 사람 봐 가면서 배려하자. 제발.

친구 한 명이 생각난다. 그 친구는 원래 엄마처럼 포근한 느낌에 남 챙겨주는 걸 좋아했다. 처음에는 착하다고 생각하고, 마냥 좋은 성격을 가졌다며, 부러워했지만 결혼해서 남편에게도 그랬다. 시댁에도 잘했다. 하지만 시댁은 처음부터 이 친구를 부려먹기만 하고 살쪘다고 대놓고 구박까지 했다. 잘할 필요가 없는 사람들에게 잘하면서 당하고 사니까 듣는 요원이는 열 받아서 한마디 했다.

"넌 하녀병이냐?"

무조건적인 배려는 나에게 독이 될 수 있다는 걸 기억하자.

모든 사람이 내 배려에 고마워하지 않으니까.

한마디 하고 싶다.

"네가 하는 배려가 아깝지도 않아? 여기저기 배려 흘리고 다니지 마. 쉬운 사람만 될 뿐이야. 널 먼저 생각해. 네 인생이니 너 하고 싶은 대로 하라고, 제발!"

내일이 안 올 것처럼 사랑해보기

살면서 가장 중요한 건 나 자신이다. 내가 잘 살고, 여유로워야 남들에게도 눈이 가고, 내가 행복해야 남에게 행복도 주고 싶은 거니까.

SNS를 하다 보면, 행복해 보이는 사람이 많다. 전에 인터넷에서 본 뉴스에서 페이스북 사용자들은 불행함을 느낀다고 했다. 모두 행복해 보이는 사진들을 올리니, 그걸 보고 상대적 박탈감을 느끼기 때문이라며. 요원이도 그랬다. 여러 매체에 올라온 남의 행복한 사진을 보면, '이 사람은 나이도 얼마 안 먹었고, 얼굴도 예쁜데 성공까지 했네. 돈이 많으니 이렇게 비싼 명품 가방과 옷도 걸치고. 난 이제까지 뭐했지?'라며, 또 자신을 저평가하기 시작한다. 이런 경험은 요원이 말고도, 누구든 느꼈을 것이다.

하지만 요원이는 언제부터 겉치레에 보이는 예쁜 모습보다, 공감할 수 있는 사진이나 글에 '좋아요'를 누르고 있었다. 그 공감 글에는 대부분 사랑이나 이별에 관한 또는 자기 자신의 성찰에 관한 글이 대부분이다. 저런 글에 '좋아요'

를 누르는 건 내 마음을 대변해 주는 것 같아서겠지. 그리고 저 사람들도 현실에서 친구나 지인에게 표현하는 것보다 SNS에 표현하는 게 더 편할 것이다. 언제부터 그런 시대가 됐으니까.

요원이도 그렇다. 눈팅만 하다가, 생각나는 글을 SNS에 올리면서 뭔가 더 편해졌다. 굳이 나의 감정들을 얼굴을 맞대고 드러내지 않아도 되니까. 사람들은 항상 누구를 평가한다. 누구의 말 한마디, 표정 하나에도 상대방의 눈치를 보거나, 어떤 사람인지 평가한다.

공감 글을 쓰면서 뭔가 삶이 더 풍요로워진 느낌이었다. 생각을 자유롭게 표현할 수 있고, 글만큼 나 자신을 솔직하게 돌아볼 수 있는 것도 없다. 말보다 조용하지만, 강한 힘을 가진 느낌? 소리 없이 강하다는 게 이런 걸 보고 하는 이야기인가. 누군가와 공감을 하려면, 그 경험을 해봐야 한다. 백문이 불여일견이라고, 다른 사람에게 백 번 들어도 내가 경험하고, 눈으로 보지 못하면, 어떻게 그 느낌을 공감할까.

삼십 대에 잘 쓸 수 있는 공감 주제가 있다면 단연 사랑일 것이다. 십 대부터 사랑을 해왔던 요원이는 많은 남자를 만나보진 않았지만, 사랑을 시작하면 진득한 사랑을 했다. 물론 단기적인 사랑도 사랑이긴 하다. 사랑한 기간이 짧다고, 열렬히 사랑하지 않은 건 아니니까. 하지만 사랑의 유효기간에 겪는 과정들을 길게 겪어봤으니, 단기적으로 여러 사람을 만나는 것보다는 깊이 있는 공감을 할 수 있을 것이다.

사랑은 달달하다. 이대로 죽어도 좋을 만큼. 하지만 분명 달콤하지만은 않다. 이별이라는 끔찍한 경험도 맛봐야 하는데 그걸로 끝도 아니다. 남은 후폭풍의 시간은 오로지 본인의 몫이다. 이별 후의 잔상은 어떻게 하면 없어질까. 미국 드라마 〈섹스 앤드 더 시티〉에서 샬롯이 말했다.

"그 사람을 잊는 시간은 사귄 시간의 딱 2배가 걸린대."

하지만 저 말은 상대적이다. 요원이는 21살 때 열렬히 사랑했던 남자를 300일 정도 사귀었는데, 1년 정도 엄청 힘들어했다. 1년이었기에 망정이지, 두 배가 걸렸다면, 그 사람의 사랑에 목말라 죽었을 거다.

3주 만났던 오빠도 짧은 시간이었지만, 너무 많이 좋아해서 두 배 훨씬 그 이상은 힘들어했던 것 같다. 여름에 사귀고 헤어졌지만, 그 해가 다 가도록 그 오빠 생각이 났다. 다만 좀 나아진 거라면 '내가 뭘 잘못했지?'라는 어리석은 자기 비하보다는 '인연이 아니었나 보다'라는 생각으로 변했다는 거. 그렇게 서서히 잊혔던 것 같다.

요새는 비혼주의자들도 늘고 있다. 결혼을 포기한 사람들. 하지만 비혼주의자라고 해서, 사랑까지 안 하겠다는 말은 아니다. 빡빡한 한국살이에 결혼할 수 있는 현실이 안 돼서 못하는 거니까. 물론 그게 아닌 비혼족도 있다. 전에 가르쳤던 남학생은 삼십 대 중반 정도의 남자였는데, 여행을 좋아하는 그야말로 자유로운 영혼이었다. 그래서 수업도 몇 달간 빠지다가, 불현듯 나타나기도 했다.

어느 날 학생들이 안 와, 그 학생과 단둘이 수업을 한 적이 있는데 많은 이야기를 나눌 수 있었다. 비슷한 나이인지라, 직업 및 결혼관에 관해서도 이야기를 했는데, 결혼하기 싫단다. 이유를 물었더니,

"내가 번 돈을 여자가 쓰는 게 싫어요."

빡빡한 한국살이가 아닌, 그저 개인주의 성향이 강해 남과 어떤 삶을 공유하지 않는 사람도 있다. 사람은 모두 다르기 때문에 내가 그 사람과 생각이 다르다고 해서, 반박할 생각은 없다. 저 말도 맞는 말이니까.

그래도 삶을 사는 동안, 모두에게 한 번은 꼭 해보길 추천해 보고 싶은 게 있다. 바로 열렬한 사랑이다.

전에도 언급했듯이, 받는 사랑만 좋아했던 요원이는 지금의 연하남 만나면서, 주는 행복도 느끼고 있다. 그리고 책에서만 읽던 구절이 현실에서도 진짜라는 걸 깨달았다. 이 사람 없으면, 숨도 못 쉴 것 같고, 맛있는 걸 먹으면 그 사람이 생각나고. 이런 말로도 표현하기 부족한 그런 사랑 말이다.

직업상 운전을 많이 해야 하는 연하남이 지방을 간다고 하면, 항상 걱정되고, 안전 운전하라며 매번 신신당부한다. 술도 엄청 좋아하는데, 가끔은 그런 남자친구가 밉지만, 혹여나 건강을 해칠까 위에 좋다는 양배추즙까지 주문했다. 물론 양배추즙을 마시기 괴로워하면서도, 그는 자기가 마시는 동영상을 요원이에게 보내주곤 했다. 자기 말 잘 듣고 있으니, 예뻐해 달라는 그의 행동. 사랑스럽다. 이 사람 이야기를 SNS에 썼더니, 내 친구가 말했다.

"야, 나 신랑 없었으면 어쩔 뻔했어? 부러워 죽을 뻔했다. 왜 이렇게 러브러브야?"

사실 요원이는 어렸을 때, 닭살 행동이나 저런 사랑 표현은 싫어했다. 손발이 오글대니까. 하지만 사랑하면 바보가 되는 건 반박할 수 없다. 분명, 21살 때 열렬한 사랑을 하고 힘들어했는데, 또다시 이런 감정이 생긴 자신을 가끔은 증오하기도 했다. 간사해 보이니까. 하긴 로봇이 아닌데, 감정이 있는 건 당연하고, 소모품도 아니니 내 이중성에 너무 괴로워하지 않기로 했다. 감정은 확실히 많이 쓴다고 소모되지는 않는다. 어느 정도의 내성만 생길 뿐이지.

어렸을 때는 몰랐다. 그저 이 사랑이 끝나면, 또다시 사랑할 수 없을 것만 같았다. 그 사람이 아니니까. 그렇게 노래 가사처럼 절절한 사랑을 했으면서도 또 다른 사람을 사랑한다는 게 잘못은 아니다. 오히려, 감정이 메마르지 않았다는 거에 감사하다. 열렬한 사랑도 지독한 이별의 순간도 모두 휘몰아치고 나면, 단단해지는 걸까 아니면 다른 사랑을 밀어내려, 방어벽을 쳐서 단단해 보이는 걸까. 확실히 깊이 사랑하면, 이별은 아프다. 하지만 이 아픔을 느끼지 않기 위해, 사랑을 밀어내는 어리석은 짓은 안 했으면 좋겠다.

'저 사람은 만나지 말았어야 해'라는 생각도 당연히 해봤다. 결혼해도 이상할 나이가 아닌 시기에 전 남자친구를 3년이나 만났으니, 그때 차라리 다른 남자나 만날걸. 사실 조건이 엄청 별로인 남자였으니, 만나는 3년 동안 유혹도 많았다. 지인이 소개해주겠다는 남자는 부모님이 교회 다니시는데, 엄청 부자고 남자 명의로 비싼 동네에 집도 있고, 사람도 착하고 잘생기기까지 했다며, 사진까지 보여줬었다. 하지만 요원이는 그놈의 의리를 지킨다며 한사코 거부했다. 물론 그걸 후회해본 적은 있지만, 그 후로 오랜 시간이 지난 지금은 행복하다. 오히려 많이 싸우고 애증했던 그 사람이 있었기에, 지금 만난 이 사람이 소중한 사람이라는 걸 잘 아니까.

많이 경험해 보는 게 좋은 건 확실하다. 무지해서 돌이킬 수 없는 선택을 하는 것보다는 선택하기 전에 많은 걸 보고, 겪어봐야 마지막에 최선의 선택을 할 테니까. 그러니 아프지 않기 위해 다가오는 사랑을 거부하지는 말자. 아픔도 겪어봐야 삶이고, 이 아픔이 날 단단해지게 만드는 건 부인할 수 없다.

사랑도 그렇지만, 요원이는 지금까지 살면서 뭐든 마음먹은 대로 된 적이 별로 없다. 결국, 욕심을 버리고 내려놓자, 마음도 한결 편해지고, 오히려 서두르지 않기로 마음먹었다. 만약 요원이 뜻대로 세상이 마음대로 됐으면, 마냥 행복했을까?

무언가를 이뤄내서 얻은 큰 행복? 물론 대단하다. 하지만 무언 가를 잃어서 비로소 나 자신을 되돌아봤을 때, 그때야 보이는 소소한 행복을 놓치지 않는 것이야말로 삶의 행복 아닐까? 너무 소소해서 행복인지도 모르는 그런 것들을 하나하나 찾아가는 행복.

요원이는 한국에 온 지난 5년 중 어느 때 보다 행복한 시간을 보내고 있다. 점심을 먹고 마시는 따뜻한 아메리카노 잔을 들고 있는 본인 모습에 행복하고, 자주 가는 병원 옆에 있던 잔치국수 맛있게 하는 집을 발견한 것도 행복하다. 매일 요원이가 즐기는 행복은 정말 별것 없다. 남들이 매일 아무렇지 않게 하는 것이지만 그게 행복이라고는 모르고 지나치는 그런 것들뿐이다.

모닝 아메리카노, 글, 요리, 그를 기다리는 시간, 달달한 일본 영화 한 편, 책, 그리고 오랫동안 잊고 살았던 여유.

여기에 열렬한 사랑까지 해봐라. 흘러가는 모든 시간이 놓치기 아까울 정도로 행복할 거다.

무조건 참지 않기

사람과의 관계가 항상 좋을 수는 없다.

친구뿐만 아니라, 가족 사이에서도 서운한 일은 빈번하다. 요원이가 한국에 오자 언니는 이미 결혼한 상태였고, 요원이는 부모님과 살게 됐다. 맞벌이 부모님이라 두 분은 항상 바빴고, 살림에 거의 손을 놓으신 부모님 덕에, 집안일은 자연히 요원이의 몫이 됐다. 특히나 싫어하던 게 빨래 널기였는데, 세탁기 돌아가는 소리만 나도, 스트레스를 받았다. 빨래 널라는 엄마의 부름에 얼굴에는 매번 짜증이 가득했다. 짜증이 나도 어쩔 수 없이 요원이의 몫이었다. 하지만 부모님은 당연하듯 생각했다. 요원이는 생각했다.

'내가 딸이 아니고, 아들이었어도 집안일을 모두 나에게 시켰을까?' 집안일은 해도 욕먹고, 안 해도 욕먹었다. 빨래를 개는 것도 엄마는 마음에 안 든다며 잔소리를 연신 해댔고, 매번 들어올 때마다, 청소기 돌리라며, 잔소리를 끊임없이 했다.

'내가 나중에 아들을 낳든 딸을 낳든 집안일은 공평하게 시켜야지. 아들이라고 안 시키고 딸이라고 집안일 몰빵 시키는 짓은 절대 하지 말아야지.'

서운했다. 칭찬도 안 해주면서 해도 욕먹으니 집안일 말만 들어도 얼굴에 자동으로 짜증이 올라왔다.

'내가 못된 건가? 집안일 하는 게 왜 이렇게 싫지. 하지만 나이 드신 부모님이 하게 두는 것도 마음에 걸리고, 그렇다고 내가 다 하기는 싫고…….' 한집에 사는 사람은 셋인데, 집안일은 오로지 본인의 몫이니, 머릿속에 해야 하나 하지 말아야 하나 딜레마의 연속이었다.

열심히 해도 엄마는 그랬다.

"네가 집안일을 얼마나 한다고."

차라리 안 하고 욕먹는 게 낫지. 김장도 그랬다. 시댁 김치가 입에 안 맞는다며, 친정 김치를 가져다 먹는 언니는 김장 때 한 번도 도우러 온 적이 없다. 애들도 위층 사는 시댁에 맡기고 오면 될 텐데 한 번도 온 적이 없다. 매번 이모와 숙모가 와서 돕지만, 조수 역할은 역시나 요원이었다.

"김치 갖다 먹는 언니는 왜 안 시키고 나만 부려먹어?"

"언니는 애들도 있으니, 안 오는 게 도와주는 거야."

매번 이랬다. 언니는 시집가기 전에도 집안일을 한 적이 없다. 딸 둘에게 똑같이 일을 시키면 모를까 매번 요원이에게는 당연하듯 그리고 고마운 마음 없이 시켜대니, 이번에는 뿔이 단단히 났다.

간만에 언니와 부모님과 밥을 먹으러 가서 요원이가 말했다.

"이번에는 김장하지 마. 요새는 사 먹는 게 더 맛있어. 그리고 먹을 거면 언니도 와서 돕던가."

김치 직접 담그라는 언니와 아빠는 일절 돕지도 않으면서 사 먹으라는 요원이가 도와야 하니 억울해 죽겠는 요원이었다. 요원이는 분명 착한 딸은 아니다.

요원이는 대놓고 툴툴대며, 김장 때 일절 돕지 않았다. 엄마는 왜 뿔이 났냐며 다그쳤다. 요원이는 서운했던 마음을 터트렸지만, 엄마와 아버지는 허허거리며 너털웃음을 지을 뿐이었다. 남은 심각해 죽겠는데……. 매번 가족과 친구에게는 서운해도 티를 안 내왔다. 괜히 화내면 이상한 사람 될 것 같고, 예민한 사람으로 낙인찍힐 테니까. 하지만 요원이는 이제 그러지 않기로 했다.

나를 대우해 주지 않는 사람 눈치를 볼 필요는 없다. 그게 친구라도 가족이라도……. 오히려 화를 내니 속은 시원했다. 마음 한쪽에서는 불편했지만 계속 누르고 참으면 병난다고 속은 시원했다. 나중에 후회할 거 아니냐고? 후회할 거면 후회하지 뭐.

전에 다녔던 수입회사에서도 사장이 말도 안 되는 일 가지고 화를 내자, 참다가 요원이도 터트렸는데 속은 무진장 시원했다. 결국, 백수가 됐지만……. 차라리 그 돈 안 받고 쉬는 게 훨씬 낫다. '그때 좀 참을걸'이라는 생각은 한 번도 해본 적이 없다. 오히려 잘했다고 생각한다. 돈 없어서 굶어도, 그런 취급은 절대 참을 수 없다.

물론 또 그만뒀냐며, 엄마는 뭐라고 했지만, 회사에서 무슨 일이 있었는지 얘기하고 싶지는 않았다. 차라리 내가 욕먹는 게 낫지 왜 그만뒀는지 구구절절 말해서 부모님 속상하게 하는 것보다는 나으니까.

능구렁이처럼 손을 스치는 정도의 성추행을 일삼던 그 변태 사장 얘기는 당시 남자친구에게도 하지 못했다. 성격이 불같았던 남자친구가 그 사실을 알면, 회사로 쫓아올 것 같았으니까. 나만 입 다물면 조용히 넘어갈 것 같았다. 아마 많은 여자가 이런 생각으로 살아왔을 것이다. 바보같이 왜 가만히 있었냐고 하겠지만, 막상 당하면 입이 선뜻 안 떨어진다. '내가 이런 일을 당하다니…….' 충격과 수치심에 누구에게도 말 못 하고 마음고생을 하게 된다.

요원이는 항상 이렇게 참으며 살아왔던 것 같다. 나만 가만히 있으면 되니 굳이 시끄럽게 만들고 싶지 않아서였다. 지금 생각해 보면 그렇다.

'아니, 분란 좀 일어나면 어때? 내 속이 시원하다는데…….'

하지만 또 그렇게 지른다고 속이 시원할지는 모르겠다. 당장은 속이 시원해도 분명 요원이 성격에 나중에는 후회했겠지.

후회하는 게 무서워 지금껏 참고 살아왔지만, 이제부터 다 참지 않으려고 한다. 물론 모든 일에 질러버릴 순 없다. 하지만 후회하는 게 낫다. 맹물처럼 매일 당하고만 살면, 평생 이런 일이 벌어질 텐데, 차라리 지르고 후회하면 나중에 또 같은 일은 벌어지지는 않을 테니 결과적으로는 더 이득인 셈이다.

요원이도 이제 시작하려고 한다. 지금까지 그러지 못한 게 억울해서라도.

난 내 팔자대로 안 살아!

집은 기독교지만, 요원이는 취미처럼 점집을 돌아다녔다. 특히 마음의 안정이 필요한 시기에는 잘 될 거라는 한마디가 듣고 싶어, 용하다는 점집을 찾아다녔다.

친구들은 말했다.

"야, 그런 말은 나도 해줄 수 있겠다."

하지만, 뭔가 신기 있는 사람의 말이 믿을 만했으니, 친구들의 말이 들릴 리 없었다. 사주팔자를 보면, 항상 팔자는 좋다고 나왔다. 돈방석을 깔고 앉았다는 둥, 돈을 아무리 써도 고이는 팔자라고 했다. 하지만 여자의 팔자는 남자의 팔자를 따라가니, 아무리 여자 팔자가 좋아도, 남자를 잘 만나야 한다고 했다.

당시 사귀었던 남자와 항상 싸우고, 미래가 불안정해서 점집을 가면 항상 물어봤는데, 어떤 점집은 그 남자가 남편이라고 했고, 그 점집을 뺀 나머지 점집들은 절대 만나지 말라고 했다. 어떤 점쟁이는 심지어 이런 말도 했다.

"네가 내 딸이었으면, 도시락 싸서 다니면서 말렸어. 절대 안 돼!"

"그래도 결혼을 한다면 어떻게 될까요?"

"안된대도 결혼한다면, 할 말 없지 뭐, 너네는 결혼하자마자, 서로 싫어지고 얼굴도 보기 싫어질 운명이야."

요원이는 점집을 신봉하면서도 그 남자친구와는 헤어지지 않았다. 남의 말은 듣지 않고, 듣고 싶은 말만 듣는 요원이었다. 사실 점도 하도 많이 보다 보니, 점괘가 맞을 때도 있고, 그렇지 않을 때도 많았다. 그래서 내린 결론은 '점을 끊자'가 아니라, '듣고 싶은 것만 듣자.' 였다.

이십 대 때부터 점을 봐온 건 아니지만, 이십 대 초반에 술집에 갔는데, 거기에서 일하시던 분이 손금을 볼 줄 안다며, 단골손님이니 특별히 봐준다고 했다. 그 사람은 손금을 보더니 이렇게 말했다.

"매력적이네. 어린 남자를 만날 거야."

기분 좋았다. 연하가 좋았으니까. 하지만 한 마디가 덧붙여졌다.

"넌 사주에 돈이 있어서 좋아. 그런데 남자를 먹여 살릴 팔자야. 왜냐하면, 넌 기가 세서, 네가 잘 돼야 하거든. 네가 잘 되면 남자가 잘 될 수가 없어."

이걸 좋아해야 하나, 말아야 하나……. 사주에 돈은 있다는데, 먹여 살려야 한다니. 그 말을 듣고, 신기하게 그 말이 딱 들어맞는 것 같았다. 곧 세 살 어린 남자친구가 생겼는데, 항상 카드를 들고 다니며, 카드를 긁어대니, 데이트 비용 걱정도 없었고 마냥 행복했다. 그러다가 얼마 지나지 않아, 아들이 무분별히 카드를 써대자, 부모님이 급기야 카드를 잘라냈고, 그 남자친구는 졸지에 거지 신세가 됐다. 그러니 만나는 횟수는 자연히 줄어들었다. 여자에게 돈을 내게 하는 건 남자의 가오가 아니라고 생각하는 아이였기 때문에, 만나자는 말을 하지 않았다. '뭐 어리니까 그럴 수 있지'라고 생각했고, 머지않아 우리는 흐

지브지 헤어져 버렸다.

호주에서 만난 오스카도 처음에는 돈이 많았다. 요원이가 있던 곳은 한국 술과 식당이 별로 없어, 한번 한식으로 먹자고 결정하면 큰돈을 써야 했다. 오스카는 돈도 척척 냈고, 호주에서 지낸 지 오래돼서 차도 있고, 호주 생활에 적응하기에 옆에 두기 여러모로 괜찮은 사람이었다. 하지만 사귄 지 얼마 지나지 않아, 일이 끊겨 오스카도 돈이 떨어지게 됐다. 만나면서 항상 돈 때문에 속을 썩였고, 돈 안 주고 도망가는 사장을 많이 만나, 물도 많이 먹었다. 역시 타지에 가서는 한국 사람을 가장 조심해야 한다는 말이 맞다. 안타까웠다. 영어도 잘하고, 기술도 좋은데 늘 사장 복이 없어, 일을 열심히 해도 돈을 다 떼이곤 했다. 원망도 많이 했고, 한탄도 했지만, 오스카 탓도 아니니, 그 사람도 꽤 힘들었을 거다. 이쯤 되니 점쟁이 말이 떠올랐다.

"널 만나면 남자가 잘 안 될 거야. 네 기가 너무 세니까."

그 말을 증명이라도 하듯, 헤어진 지금 오스카는 한국으로 와 호주에서 배운 기술을 살려, 제주도에서 꾸준히 사업을 잘하고 있다. 오스카와 요원이는 아직도 가끔씩 연락하며 잘 지낸다. 서로 보험 뭐 이런 게 아니라, 그 사람이 너무 힘들어하는 걸 많이 봐왔기 때문에, 잘 되는 걸 꼭 한 번은 보고 싶었다. 나쁘게 헤어진 것도 아니고 구태여 인연 끊을 필요도 없는 것이다. 마치 〈섹스 앤드 더 시티〉에 나오는 빅과 캐리처럼 헤어져도, 서로 안부를 묻는 편안한 사이. 서로 만나는 사람이 있다고 말도 하고 고민도 털어놓는다. 그리고 요원이는 오스카에게 간혹 말한다.

"역시 오빠는 나랑 헤어지니까 잘 되는 거야."

한국에 와서 다시 만난 승윤이도 그랬다. 전에도 썼지만, 만나는 3년이라는 시간 동안 항상 돈 때문에 싸우고, 여행 한 번 간 적 없었다. 물론 의지만 있으면 됐지만, 그게 말처럼 쉽게 되지 않았다. 핸드폰 요금도 내지 못하는 그에게 헤어지자고 연락하자, 답장을 하고 싶어도 핸드폰이 끊겨 답장도 못 하는 상황이었다. 그때는 그의 부모님까지 원망스러웠다.

'아들이 저 모양인데, 용돈 좀 주지. 아니면 좀 빌려주시지.' 사실 부모님 잘못도 아니다. 자리 못 잡은 그놈 탓인데 엄한 사람까지 탓하고 있는 요원이 자신도 미워졌다. 그냥 좀 헤어지지……. 참 어리석었다. 이쯤 되니 누구를 만나는 게 무서웠다. 나와 만나면 잘 나가던 사람도 거지 신세가 된다는 생각에.

지금의 연하 남자친구는 다행히, 자기 분야에 열심히 하는 사람이고, 꽤 오랜 경력으로 걱정 없는 사람인데, 혹시라도 요원이 때문에 일을 그르칠까 잠깐씩 걱정이 되곤 했다.

하지만 이 사람을 만나고, 마음의 안정이 되기 시작하면서 점을 자주 보러 다니지 않았는데, 타로카드 점과 점을 한번 보러 간 적이 있다. 타로카드와 점괘에서 공통점으로 나온 사실은 부동산 쪽 일을 하라는 거였는데, 공인중개사 시험을 준비하면, 이번 해에 붙을 거라고 했다. 하지만 공부할 시간이 별로 없었고, 그래도 나름 틈틈이 하긴 했지만 보기 좋게 떨어진 걸 보고, 점에 대한 신뢰도도 떨어졌다. 그러고 나서 아직까지는 점을 본 적이 없는데, 역시 악담을 들어야 점을 끊을 수 있나 보다. 지금까지는 좋은 말만 들어왔기에 그 한마디 듣기 위해, 점을 끊지 못했는데, 악담을 한 번 들으니 점을 보고 싶은 생각이 싹 달아났다. 그 악담 내용은 끔찍했다.

"자식이 굉장히 귀한 사주라, 애 가지기 힘들어. 그래서 이혼당할 거야."

점을 보러 갈 때마다 항상 나오는 말이 자식 운이 귀한 사주라고 하긴 했었다. 하지만 그 이유로 이혼까지 당할 거라니. 요새 시험관 아기도 많고, 딩크족 또는 입양도 생각해 볼 수 있는데, 이혼이라니……. 시집도 못 간 처자한테 너무 가혹한 말이었다.

하지만 크게 낙담하지는 않았다. 그냥 내가 안 믿으면 되는 거니까. 점을 많이 봐서 좋은 점은 걸러 들을 수 있는 능력이라도 생겼나? 예전 같았으면 쫄보라 무서워하며, 다른 점집을 찾아다녔을 거다. 아니라는 말을 듣기 위해서.

팔자는 믿는 대로 흘러간다. 요원이는 결혼을 앞두고 있나. 점괘가 틀렸다는 걸 증명이라도 해주듯 뱃속에서 아이도 잘 자라고 있다.

점쟁이들이 공통적으로 했던 말 중 하나는 39살부터 잘 풀린다는 거였는데, 그때까지는 뭘 해도 잘 안 될 거라고 했다. 39살이라……. 몇 년이나 더 기다려야 하는 거지? 하지만 그 말은 기다려 보기로 했다. 점을 보러 가도 좋은 말은 믿고, 아닌 말은 거르면 된다. 물론 무시하기엔 마음이 걸린다. 안 좋은 말을 들으면 조심하면 된다. 그리고 요원이는 39살이 될 날을 기다리고 있다. 물론 그 전에는 뭘 해도 안 된다는 말 때문에 아무것도 안 하고 방관하고 있지는 않을 거다. 아무것도 없이 39살이라고 잘 되는 건 아닐 테니까. 그때까지 열심히 갈 길을 찾고 닦아, 39살에 도약할 준비를 해둬야 한다. 그때 무슨 일을 하고 있을지 요원이는 아직 모른다. 그렇기 때문에 열심히 찾아볼 것이다. 배울 수 있는 건 배워두고, 관심 있는 분야도 끊임없이 파헤쳐나갈 것이다.

이쯤 되면 점쟁이가 말한 대로 사는 거 아니냐고? 아니? 본인 팔자는 본인이 정하는 거다. 39살이라는 기준을 둔 이유는 짧다면 짧지만, 길기도 한 시간으로 자신에게 시간을 주는 거다.

'다음 달에는 이렇게 해야지. 내년에는 크게 될 거야'라는 식의 짧은 기간 동안 큰 욕심을 내기보다는 좀 여유를 가지고 싶다. 그러기에 1~2년은 짧다. 물론 아이도 낳아서 키워야 하니, 오로지 자기 시간도 많지 않다. 요원이는 이것저것 경험해 보고 계속 찾아 나갈 것이다. 삼십 대 후반인데 너무 늦은 거 아니냐고? 내년에 이런 생각하는 것보다 지금 하는 게 제일 빠르다. 늦었다는 건 없다.

호주에 처음 가서 어학원에 다닐 때, 반에 60대 할머니도 계셨다. 나이 들어서 뭐 하는 거야? 라는 생각은커녕, 대단하다고 느꼈다. 나이는 자기 자신이 만들어낸 장애다. 앞으로 나아갈 수 있는 자신을 막기 위한 또는 그 자리에 안주해서 도전하지 않겠다는 자기 합리화.

이런 자기 합리화는 하지 말자. 이 글을 쓰고 있는 지금도 시간이 얼마나 중요한지 다시 한 번 깨닫는다. 무조건 달리라는 말도 안 할 거다. 힘들 땐 좀 쉬어서 재충전할 시간도 가지고, 자신을 되돌아볼 수 있는 시간도 정말 중요하다. 옳지 못한 길을 빨리 간다고 한들 넘어질 게 뻔한데, 무조건 달리는 건 오히려 위험하다. 충분히 생각하고 도전하고, 또 생각할 시간. 이제부터라도 갖기로 했다. 내 남은 삶에서 오늘이 제일 빠르니까.

세상은 아름답지 않다

불과 2년 전까지만 해도 세상은 요원이를 외면한 것 같았다. 일에서도 노력해도 인정을 받지 못했고, 수많은 소개팅에도 남자친구는 생기지 않았다. 눈이 높아서 안 생기는 걸까 생각하며, 마음을 내려놓고 소개팅에 임해도 마음에 차는 남자는 단 한 명도 없었고, 요새 남자들도 관심 간다고 예전처럼 열정적으로 들이대지도 않는다. 매력이 없나? 분명 요원이보다 외적으로 예쁘지 않은 여자들도 길거리에서 보면, 멀쩡한 남자들과 팔짱 끼고 잘 돌아다니는데, 뭐가 못나서 이럴까? 라며 자신을 자책하기도 했다. 다시 말하지만, 모든 결과에 자기를 탓하는 건 어리석은 짓이다.

세상은 언제나 내 마음대로 되지 않는다. 이건 공식이다. 원하는 대로 되려면, 내 노력과 운도 함께 따라줘야 한다. 노력으로 잘 되는 세상? 그건 옛말이다. 어른들은 아직도 말한다. 젊어서 고생은 사서도 한다고. 아니, 고생을 왜 사서 해? 젊으면 고생해도 된다는 건가? 이해가 가지 않는다. 어른들이 어렵게 살 때는 모두 어려운 시절이어서 자수성가할 수 있었겠지만, 요새는 금수저 아닌 이상 한국에서 잘 살기란 쉽지 않다. 오죽하면 빚 없으면 잘 사는 거라는 말이 생겼을까.

한국이 헬조선이라고 불리는 데는 다 이유가 있다. 치열하게 살아본 삼십 대 후반으로서, 저 말은 반박 불가다. 내가 성공하지 못해서 이런 소리를 하는 거 아니냐고? 당연하다. 하지만 한국에 삼십 대 후반에 성공한 사람이 몇이나 될까? 주변에 있기는 할 테지만, 성공 못 한 사람이 많기 때문에 성공한 사람이 빛을 보는 거다.   요원이의 취미 중 하나는 먹방 시청인데, 그중 뚱뚱한 먹방 VJ가 이런 말을 했다.

"나처럼 뚱뚱한 사람들 때문에, 말라깽이들이 좋은 거예요. 얼마나 좋아요? 제가 대신 먹어주니, 살은 제가 다 찌잖아요."

맞는 말이다. 다 몸매가 좋다면, 몸매 좋은 사람들이 빛을 발할까? 그러니 성공했다고 자만하는 것도 웃긴 세상이다. 언제 내려올지 모르고, 밑바닥을 깔아주는 이들 덕에 자신들이 올라간 덕도 어느 정도 맞다. 이만큼 쓰고 보니, 성공 못한 한 사람으로서 자기 합리화하고 있다는 느낌은 뭐지?

요원이가 호주에 있을 때도 한인들은 한국으로 돌아가기 싫어했다. 자신의 조국으로 가기 싫어하는 국민을 보며, 대통령이나 높은 직위에 있는 사람들은 무슨 생각을 할까? 왜 이민 열풍이 몇 년간 계속되는지 생각은 해봤을까? 처음 호주에 갔을 때는 이해가 가지 않았다. '어떻게 타지에 터를 잡고 계속 살아갈 생각을 하지?'

하지만 호주에서 지내보니, 이유가 다 있었다. 세금을 많이 내는 대신, 그만큼 복지가 좋다. 우리나라는 세금은 세금대로 많이 내고, 복지는 거지 같으니,

누가 살고 싶어 하겠는가.

호주 영주권을 준비해본 요원이는 영주권을 못 따고 한국으로 돌아가는 것에 대해 심히 쪽팔렸다.

어느 날, 엄마에게 전화가 왔다.

"엄마 친구 딸이 네 있는 지역에 있다던데, 이름이 누구누구래. 남편이 네 남자친구랑 같은 직종이라더라."

알아보니, 오스카와 아는 사이였고, 아직도 엄마는 가끔씩 말한다.

"엄마 친구 딸 말했지? 그 부부는 영주권 따서 잘 산다더라."

부러운 한편 억울했다. 영주권은 운이다. 요원이처럼 준비 철저히 하고서도 물 먹는 케이스가 있는가 하면, 운 좋아서 영주권 빨리 나온 케이스도 있다. 물론 호주에 남아 사는 지인은 간 지 10년 정도 됐는데, 여전히 영주권을 못 따는 친구 부부도 있다. 오래 있다고 다 되는 게 아니란 말씀.

이렇게 영주권 못 딸 걸 알았으면, 영주권 학과인 치기공과 말고 하고 싶은 영어 공부나 더 하게 어학원이나 다니던가, 한국에서 써먹을 수 있는 전공으로 선택할 걸 그랬다.

호주에서의 삶도 한국에서의 삶도 요원이에게는 그다지 아름답지 않다. 하지만 시간이 갈수록 배워가는 건 있다.

호주에서 배운 점은 세상에는 이상한 사람이 많다는 거? 여러 사람이 있으니, 나와 같을 수 없고 그걸 받아들이기로 했다는 거.

'분명 저 이상한 사람 중에서는 나를 이상한 사람으로 보는 사람도 있겠지.'라고 생각하니, 이런저런 사람이 있다는 걸 쉽게 인정할 수 있었다. 호주에 가기 전에는 우물 안 개구리였다. 사람을 보는 눈도 세상을 보는 눈도.

호주에서 싫었던 건……. 역시 여러 부류의 사람이 있다는 거. 인종 차별을 일삼는 사람들이 많은데 대부분 백인이었다. 물론 멋지게 나이 들어가는 중년의 백인 남자도 많이 봤는데, 멋진 사람들은 정말 멋졌다. 그 넓은 어깨에 엄마는 어디 갔는지 모르지만, 아이 둘을 케어하며 쇼핑센터를 다니는 가정적인 모습. 이상적인 남편상이다. 하지만 덜 성숙한 사람들은 아시안을 만만하게 보고, 성적인 농담이나, 말도 안 되는 이유로 기분을 더럽게 만든다. 그리고 그들의 공통점은 혼자 있을 때는 절대 그러지 못한다는 거다. 여럿이 몰려있을 때만 장난기가 발동하는지 여하튼 비겁한 놈들이다.

울지는 않았지만, 길을 지나가다 트럭 운전사가 페트병을 강속구로 던진 적도 있다. 맞지는 않았지만, 그 새끼의 센스 없는 손목 스냅에 감사함을 느꼈다. 맞았으면 어디 한 군데 피범벅이 됐을 테니까. 그리고 그 새끼는 이 말도 잊지 않았다.

"Bitch!"

한국말은 여러 말이 있다. 노랗다도 누렇다, 누르스름하다, 노르끼리하다 등 여러 표현 방법이 있는데, 그들의 언어는 단순하다. 솔직히 영어를 가르칠 때도 그 덕에 학생들에게 영어는 단순하다는 걸 강조했다. 물론 한국 사람들은 믿지 않았지만…….

그들은 사람을 모욕 줄 때도 정해진 몇 가지 표현만 사용한다. 그 때문에 금방 예상할 수 있고, 몇 번씩 들었던 말이라 익숙해지게 된다. 저딴 거에 익숙해진다는 게 슬프지만.

나중에는 그저 속으로 이렇게 생각했다.

'에이그, 저 덜 성숙한 자식 같으니……. 나중에 자신이 한 짓이 얼마나 부끄러울까. 너도 자면서 이불킥 한 번 해봐라.'

미국 이민자들은 아메리칸 드림을 꿈꾸며 이민을 간다. 호주도 그런 포부를 가지고 갈 텐데 솔직히 사는 게 만만치 않다. 한국도 마찬가지다. 결혼을 준비하며 여러 군데의 집을 봤는데 정말 서울 집값이 미쳤다는 말이 절로 나올 정도로 터무니없는 가격이었다. 과연 대출 없이 보금자리를 마련하는 부부가 얼마나 될까. 그래서 신혼 전세자금 대출이라는 게 있지만, 이자에 원금에 심적인 부담감은 굉장할 거다.

사랑만 가지고 하는 결혼은 이제 현실적이지 못하다는 말을 듣는다. 사랑해서 결혼한다고 하면, 비웃는 사람들도 많을 거다. 결혼은 현실이라는 말, 결혼하다가 살면 사랑은 자연히 없어진다는 말. 다 사는 게 빡빡해서겠지. 일 끝나고 피곤해 죽겠는데, 집안일은 밀려있지. 돈은 아무리 벌어도 대출원금이나 이자 또는 카드값으로 통장 찍고 바로 나가는데, 과연 사랑이 계속될 수 있을까?

어느 나라에 살던 아름다운 세상은 없다. 무조건 긍정적으로 마음먹으라는 거? 그런 소리는 솔직히 거짓말이니 하기 싫다. 요원이도 부정적인데 잘살고 있지 않은가? 오히려 터무니없는 긍정은 역효과다. 좋은 미래만 생각하다가 결과가 좋지 않으면 다시 일어서기 더 힘들다. 약간의 걱정은 미래 대비에 좋다. 누구나 알겠지만, 세상은 전혀 아름답지 않다. 돈을 많이 번다고 한들 언제 곤두박질칠지 모르는데, 정상에 있다고 해도 하루하루가 불안할 거다.

세상이 아름다워 보이려면? 돈? 명예? 사람마다 다르겠지만, 세상을 가장 아름답게 보는 쉬운 방법은 소소함이다.

일상에서 찾는 행복을 맛보면 눈만 돌려도 행복하다. 길거리에 혼자 피어있는 꽃을 봐도 무심코 지나치지 않고, '예쁘다. 기특하다'라는 생각이 든다.

나를 예뻐해 주기로 했다

요원이는 작은 키에 통통한 체격을 가지고 있다. 키야 어쩔 수 없이 신이 내려주신 불변의 조건이지만 살과 얼굴은 관리로 얼마든지 예뻐질 수 있다. 나이가 들어서일까. 어렸을 때는 한 끼만 굶어도 배가 쏙 들어갔는데, 이제는 굶어도 운동을 해도 살은 요지부동이다. 항상 다이어트를 해오면서 살았던 요원이는 '이번에는 좀 빠졌겠지'라는 생각으로 작년에 입었던 옷을 걸쳐보지만, 작았다. 작년에도 계속 다이어트 중이었던 거다.

허리 뒤에 붙은 두툼한 살은 튜브 끼고 다닌다는 말을 들을 정도에, 태어날 때부터 가지고 있던 이중 턱은 요원이의 트레이드마크가 된 지 오래였다. 코는 길고 높은 편에 눈은 쌍꺼풀 없지만 큰 눈. 하지만 턱은 누가 훔쳐 베어간 듯 짧다. 연하남은 턱이 긴 편인데, 항상 둘은 말했다.

"우리 둘이 나중에 자식 낳으면, 턱은 우리 둘이 합쳐서 반으로 나눴으면 좋겠다."

이런 얘기를 하는 사람은 많을 것이다. 의학의 손을 빌리지 않고서는 자기 얼굴에 만족하는 사람은 드물 테니까.

요원이는 어렸을 때부터도 언니와 외모 비교를 당해왔다. 요원이가 연하 남자친구와 상견례를 마치고 난 후에도 엄마는

"그쪽에서 네 언니 예쁘다고 안 하디?"

내가 주인공인 자리에 있다가 집에 와서도 엄마는 속도 없이 저런 말을 했다. 이제 무뎌질 때도 됐건만 들을 때마다 외모 비교는 기분 나쁘다. 솔직히 요원이는 집에서라도 항상 관리하고 꾸미는 걸 소홀히 하지 않았다. 미워서가 아니다. 내가 나를 놔 버리면, 붙잡을 수도 없이 확 늙어버릴 것 같아서였다. 비싼 에스테틱 가서 관리를 받는 대신 홈케어를 좋아했던 요원이는 염색에 커트, 마사지까지 집에서 했다. 가끔 미용실을 가기도 했지만, 항상 마음에 들지 않았다.

수십만 원 하는 마사지 기계까지 사면서 관리를 했고, 소셜 사이트에 새로 나온 화장품은 거의 다 써볼 정도로 화장품 욕심도 많았다. 다행히 물욕이 줄어들어 '있는 화장품 다 쓰고 주문하자'라는 생각에 이제 화장품에 많이 소비하지 않지만, 이제는 나름 현명한 소비를 하고 있다고 스스로 생각하고 지냈다.

예전에는 꾸미는 것에 돈을 많이 썼다. 액세서리도 항상 이것저것 주문하고, 손톱에는 항상 매니큐어가 발라져 있었다. 여자가 자기 자신을 꾸미는 이유는 대부분 자기만족이다. 남자친구보다 여자 친구와 만날 때 더 멋을 내고, 서로 예쁘다고 칭찬하는 가식이 여성들에게는 자연스러운 인사인 거다. 솔직히 가식이라도 이게 낫지 너무 솔직한 친구는 생각이 없다는 소리도 듣는다. 호주에서 만났던 머리 텅텅 비었던 친구는 어느 날 요원이에게 이런 말을 했다.

"너 얼굴이 처졌어. 한국 가서 주사 좀 맞아."

그때부터 거울만 보면 정말 얼굴이 처진 것 같고, 주사를 정말 맞아야 하나 하

는 공포심까지 생겼다. 관리도 더 열심히 했다. 솔직한 친구 탓에 한동안 우울했던 기억이 난다.

요원이는 소파에 언제든 거울을 볼 수 있게 놔두는데, 지금도 거울을 보니 얼굴이 사정없이 늙었다. 신은 가혹하다. 이 미친 중력의 법칙이 원망스럽기까지 하다. TV에 나오는 연예인이나 SNS에 사진을 올리는 예쁜 여자들을 보면, 자괴감은 더욱더 심해진다. 그 사람들이야 직업이니까 비싼 돈 주면서 관리와 시술을 받겠지만, 요원이같은 일반인에게는 나이는 붙잡을 수 없는 냉정한 년이다.

지금도 TV에서는 김사랑이 나온다. 40 가까운 나이에 어쩌면 저렇게 인정사정없이 예쁜 걸까? 예쁘다는 말을 평생 듣고 살아온 그들은 어떤 느낌의 삶일까? 지나가기만 해도 다들 뒤돌아보는데, 그 관심을 좋아하는 사람도 있을 테고, 질려 하는 사람도 있을 거다.

예전에는 그저 예쁜 사람들이 부러웠다. 노력하지 않아도 얻는 게 많다고 생각했으니까. 하지만 수술하지 않는 이상 이목구비는 바뀔 일이 없고, 관리로 노화를 늦추는 수밖에…….

나이가 들면서 취향이 바뀌는 건지 요원이의 가치관이 바뀌는 건지 모르겠지만, 요즘에는 예쁜 사람들보다 피부 좋은 사람이나 분위기 있는 여자가 그렇게 부럽다. 분위기는 수술로도 만들어질 수 없는 그 사람만의 무기니까. 탕웨이나 정려원 같은 분위기 미인을 보며, '나는 어떤 분위기일까?' 생각하며 거울을 본다.

요원이는 솔직히 모르겠다. 남한테 많이 듣는 말은 '귀엽다'라는 말 정도? 얼굴보다 '하는 짓이 귀엽다'라는 말을 듣는데, 솔직히 요원이는 저 말을 듣는 게 좋지는 않다. 칭찬이긴 하지만 뭔가 분위기 있는 것과는 다르고, 예쁘다는 말은 안 나오지만, 칭찬은 해야 할 때 쓰는 단골 표현 같으니까.

항상 이렇게 자신을 남과 비교하며, 외모 비하나 하고 자빠져있는 자신을 보니 월요일부터 맥이 쭉 빠진다. 결혼 준비로 살면서 처음으로 비싼 관리숍에 등록하고, 이따 오후에도 관리를 받으러 가지만, 시술 아닌 이상 소용없어 보인다. 당장 며칠 있으면 결혼식인데, 내 얼굴을 예뻐해 주지 않는 자신이 한심하기까지 하다.

세상에 나 아니면, 누가 날 예뻐해 준다고 이렇게까지 미워하지? 갑자기 자신에게 미안해진 요원이다. 사실 누구나 자기 자신을 예뻐하는 방법을 모른다. 자기 암시라도 해야 하나 아니면, 저축해서 성형외과라도 가야 하나? 쫄보라 부작용 걱정 때문에 시도도 못 할 거 알지만…….

'날 사랑하기'라는 문장으로 곰곰이 고민해 본 결과, 그냥 열심히 살기로 했다. 요원이가 남자를 볼 때 매력으로 보이는 요소 중 하나가 자기 일 열심히 하는 남자인데, 일하는 사람은 섹시하다. 왜 지금까지 그걸 남자한테만 적용했을까?

여자도 열심히 일할 때가 가장 예쁠 텐데. 전에 연하남을 기다리며, 커피숍에서 노트북으로 작업을 하고 있었는데 밖에서 그걸 본 연하남은 한동안 들어오지 못했다고 한다. 이유는 일하는 모습이 너무 예뻐서란다. 분명히 말하지만 '얼굴이 예뻐서'가 아니었다. 오해들 말길…….

여자들은 남자와 만나면 예쁨 받기를 원한다. 요원이도 그래왔다. 하지만 확실히 이십 대와 생각이 달라진 요즘 드는 생각은 '나도 남자를 예뻐해 줘 볼까?'다. 예쁨 받다가 좀 소홀해졌다 싶으면, 남자가 변했다느니, '내가 뭘 잘못한 거지'라며 모든 걸 원망하는데, 그 문제는 간단하다. 나도 상대방을 예뻐해 주면 되는 거다. 나도 상대방을 예뻐해 주다가 관심을 끌 권리가 있다. 관심을 받는 을의 관계가 아닌 관심을 주는 갑의 자리에도 가보는 거. 남자도 안 꾸미고, 애교 없으면 까일 수 있다는 사실을 인지시켜주는 거다.

여자만 항상 전전긍긍할 필요가 뭐가 있겠는가? 예쁨을 받기도 하고 주기도 해봐라. 여자는 예쁘게 차려입고 나갔는데, 전에 입던 옷, 그 전에도 입던 똑같은 옷을 입고 나오는 남자나, 매번 트레이닝복에 머리는 떡 져서 모자를 푹 눌러쓴 남자는 겁나 매력 없다. 남자들 착각하지 마라.

남자도 안 꾸미면 까인다는 거. 피부 관리도 좀 하고, 좀 씻고 나와라. 이건 매너도 예의도 아닌 사람이라면 나갈 때 치러야 할 의식이다. 여자 친구가 편해서 괜찮다고? 솔직히 이런 남자 만나는 여자들은 제발 다른 남자 좀 만나라. 혼자 꾸미지 말고. 아니면 같이 꼬질꼬질하던가. 그리고 나를 예뻐해 주는 주체도 남자에게 한정 짓지 마라. 나를 예뻐할 자격이 있는 건 나 자신뿐이다.

물론 쉽지 않다. 사람은 보통 남한테는 관대해도 자기 자신한테는 그러지 못하니까. 남이 실수하면 '그럴 수도 있지'라며 이해하지만, 내가 실수하면 '미친 년. 또 이랬어? 의지박약이야?'라며 별일 아닌 일에 쉴 새 없이 자기 자신을 두들겨 팬다.

내가 나를 사랑하는 방법? 꾸준히 관리하고, 자기 일도 열심히 하고, 남자친구와 싸웠다고, 핸드폰만 보고 있지도 말고, 가끔은 문화생활도 즐기며 나 자신한테 시간 낼 줄 아는 사람. 빡빡한 이 삶에 여유도 찾을 줄 알아야 한다. 사랑도 찌질하게 말고 멋있게 하고 좀……. 제발!

자신이 자신을 예뻐해 주는 게 이렇게 어렵다. 하지만 어려운 만큼 해보기로 했다. 나 자신을 사랑하고 상처 줄 수 있는 건 나뿐이라는 걸 기억하며.

대신 실수 가끔씩 실수 한 번 한다고 너무 들들 볶아대지는 말자.

나를 행복하게 하는 법

요원이가 좋아하는 게 있다. 옷에 난 보풀인데, 손으로 보풀을 더듬거나 입에 갖다 대고 실컷 간지럽히는 걸 좋아했다. 보풀도 너무 크면 안 되고, 작아야 한다. 가족들은 어렸을 때부터 저러더니 왜 아직도 이 같은 행동을 하냐며 뭐라고 했지만, 좋은 걸 어떡하나. 검색해 봤더니 애정결핍의 한 증상인데 보통 이런 행동은 어린아이들이 하는 행동으로 5~6살 때 끊어줘야 한다고 한다. 안 끊어주면 평생 간다나? 그래서 내가 이런 건가? 애착 가는 물건을 끊어줘야 한다니…….

물론 이런 행동은 집에 있을 때만 한다. 보풀 옷이 없는 장소에 가지고 다닐 만큼 없어야 하는 건 아니니까.

안 해도 되지만, 하면 행복한 그 무엇.

요원이는 또 여드름 짜는 걸 좋아한다. 변태라고 생각할 수도 있지만, 잘 익은 여드름을 짜거나 피지를 빼낼 때의 그 쾌감이 시원하다. 그래서 연하남은 요원이가 얼굴만 쳐다봐도 무서워하고 여드름을 짠다고 하면 비장한 표정으로 베개를 끌어안고 인내의 시간을 참아준다. 여자 친구가 좋아하니까 이런 것쯤이야 참을 수 있다고 한다. 기특한 것.

가끔 동영상 사이트에도 시원해지는 영상이라고, 여드름을 짜거나 티눈 제거 영상, 코에 박힌 블랙헤드 빼는 영상이 올라오는데 보면 묘한 쾌감이 일어난다. 변태인 건 확실한 듯하다. 하지만 부정은 안 한다. 인간은 모두 변태이니까.

친구들에게 물어봤다.

"너네는 하면 행복한 거 뭐 있어? 큰 행복 말고 소소하게 행복한 거. 예를 들어 여드름 짜면 시원해진다던가."

"나는 귀지 팔 때 행복해. 이제 하도 파서 남자친구 귀가 너무 깨끗해."

"난 화장실 가서 큰 볼일 볼 때."

마지막 친구는 부러웠다. 하루에 한 번씩 행복을 느끼니까. 요원이만 변태 같은 줄 알았는데 다들 하나씩 그런 게 있다고 하니 왠지 모를 안심이 됐다.

사람들은 알까? 자신이 무심코 하는 이 행동. 이 행동을 할 때 자신이 행복해한다는 걸. 어렸을 때부터 요원이는 항상 자기 자신이 어딘가 이상하다는 생각을 해왔다. 이상하다기보다는 남들과 약간 다른? 그게 뭔지는 아직도 모른다. 오히려 너무 정상이어서 평범할 수도 있지만 왜 스스로 이런 생각에 사로잡혀 있는지는 모르겠다.

"나는 지극히 정상이야."

라고 생각하는 사람이 많을까 아니면

"나는 다른 사람과 다른 것 같아."

라고 생각하는 사람이 많을까? 분명한 건 어렸을 때는 다른 사람과 어딘가 다른 걸 원했다. 평범한 게 싫었고, 다른 사람보다 훨씬 잘 나가고, 훌륭한 사람이 되고 싶었으니까.

하지만 이 나이가 되니, 평범한 게 제일이다. 뉴스에서 보면 이상한 사람도 많고, 예전에는 몰랐던 병의 증상인 사이코패스, 소시오패스라는 병명도 요새는 흔해졌으니까.

남자친구가 생기기 전에 한창 소개팅을 할 때는 눈도 높았다. 능력 있고, 잘생기고, 키도 크고, 어깨 부자에 시댁도 신세대로 시집살이는 시키면 안 된다며. 이렇게 기준이 있었지만, 하도 인연이 생기지 않자 이런 말을 했던 게 기억난다.

"그냥 정상적인 사람이면 돼. 요새는 사이코들도 많고 하니까. 그냥 평범한 게 최고야. 너무 잘 생겨도 부담스러워. 얼굴값 할 테니까. 돈은 많으면 좋지만, 적당히 벌면 돼. 키는 내가 땅꼬마니, 170만 넘으면 되고. 어깨 부자는? 그래 내가 너무 기준이 과했다. 태평양 어깨를 가진 남자가 얼마나 된다고. 시댁은……. 그건 포기 못 하겠다. 하지만 시댁이 드라마에 나올 법한 시월드라면 나도 미친년 하지 뭐."

기준이 내려간 건지 바뀐 건지 몰라도 현실과 타협은 한 셈이다. 그러니 마음이 한결 가벼워졌다. 부담이 없어졌다고 할까. 요원이도 그랬지만 대부분 여자는 백마 탄 왕자를 기다린다.

"나는 소개팅이나 미팅 이런 거로 남자 만나는 것보다는 자연스럽게 만나고 싶어."

이 말도 요원이가 입버릇처럼 했던 말이다. 운명의 남자를 기다렸던 거다. 기다리면 오겠지…….

하지만 나이가 삼십 줄만 넘어가도 자연스럽게 만나는 건 쉽지 않다. 주변은

다 시집가고 자연스럽게 남자 만날 곳도 점점 없어진다. 일단 사람을 만나야 밖에 나갈 텐데 만날 사람도 없어 맨날 집에 있는데 운명의 남자는 개뿔.

운명의 남자는 집에서 마냥 기다린다고 택배처럼 오는 선물이 아니다. 운명도 노력하고 만들어가야 운명인 거다. 아무리 기를 쓰고 난리 쳐도 안 될 사람은 안 된다. 노력해서 얻으면 그거야말로 운명이다. 그러니 다들 가만히 있어도 다가올 운명이라는 기대감 따위 접자.

그나마 하나 남았던 솔로 친구에게 남자친구가 생기니, 요원이의 마음은 급해졌다. 그 남자친구에게 빨리 남자 내놓으라고 징징대서, 결국 생긴 지금의 남자친구. 사실 그 남자에 대한 느낌이 별로였다면, 지금까지 솔로였을 거다. 말했지만 소개팅이나 파티도 무진장 많이 다녔는데, 이어진 남자가 없는 걸 보면 인연이 아니었던 거다. 아무리 발버둥 쳐도 인연이 아니라면 이어지지 않는 건 맞다.

지금의 남자친구를 만나기 전, 열심히 인연을 찾아다닌 자신에게 수고했다고 머리 쓰담쓰담. 또 급하다고 아무거나 먹지 않은 자신에게 잘했다며 머리를 쓰다듬어 줘야겠다.

욕심을 버리고 나에게 시간을 주기로 하자, 나 자신을 칭찬해 주는 일도 많아졌다. 처음에는 쉽지 않다. 자괴감에 똘똘 뭉친 골칫덩어리를 스스로 칭찬하기란 민망하기 그지없는 일이다. 하지만 나 자신을 칭찬해 준 지 1년 정도 지나자, 변한 게 하나 있다. 요원이는 연말마다 생각한다.

'이번 해는 어떻게 보냈지? 만약 시간을 1년 전으로 되돌린다면 바꾸고 싶은 건 뭐야?'

라고 스스로 물어봤다. 그랬더니 놀라운 결과가 나왔다. 이번 대답은 '없어'였다.

항상 지나온 날들을 후회하며, 이루어낸 게 없다며 시간을 되돌리고 싶었다. '내년에는 더 잘해야지'라는 지켜지지 않을 다짐을 또 해왔다.

하지만 이렇게 일 년을 되돌아보니, 나름 잘 살았다고 생각했다. 1년 전 지금으로 돌아가도 똑같은 선택을 할 거다. 왜냐고? 주어진 일에 최선을 다했으니까. 일이 들어오면 열심히 했고, 사랑도 열심히 했다. 내 인생에 터줏대감처럼 자리 잡고 있던 일과 사랑. 그렇지만 끝끝내 해결 지을 수 없어 후회만 했던 인생이었다. 물론 옛날처럼 욕심을 부렸다면 이번 해에도 돈을 조금 벌었다며, 신세 한탄이나 하고 또 남자친구가 너무 평범하다며 스스로 불행 지옥으로 빠트렸을 거다. 하지만 이번에는 달랐다. 욕심을 버리니, 삶 자체가 행복이다. 그게 아무리 평범하고 남들도 다 그렇게 산다 한들. 나한테는 행복인 것이다.

지금까지는 사랑이 끝나면 후회만 남았었다.

'더 잘해줄걸. 더 많이 사랑해줄걸. 표현하는 게 뭐 그리 어려운 거라고…….'

이번 남자친구에게는 그런 후회를 하지 않기 위해, 열심히 사랑하고 표현했다. 물론 처음부터 되는 건 아니지만, 계속 요원이의 마음을 열기 위해 노력해준 남자 친구를 보면서 표현은 부끄러운 게 아니라는 걸 알았다. 더 많이 사랑하고 표현한다고 을이 되는 건 아니라고……. 만약 그런 사랑을 하고 있다면 그 사람은 인연이 아닌 거다.

행복을 찾는 법? 별거 없다. 주어진 환경에 최선을 다하는 거. 별 의미 없는 행동에 자신이 행복해한다는 걸 깨닫는 것이 행복 아닐까?

너는 지금 잘살고 있다. 그러니 괜히 불행 지옥으로 자신을 빠트리지 말자. 이 헬조선에서 견디는 것 자체로도 너는 대단하니까.

Epilogue

처음 쓰려 했던 글의 의도와는 달리 써진 글도 있고, 잊고 지냈던 지난날을 곱씹으며 다시 한 번 인생을 어떻게 살았는지 되돌아볼 수 있는 시간이었다. 그동안 일이 생각대로 풀리지 않으면 나 자신만 미워하며, 자책하며 끊임없이 괴로워하며 울면서 지냈던 나날들.

하지만 내 탓을 하며 아까운 시간을 보내기에는 난 그렇게 인생을 거지같이 살지도 않았다. 죽도록 노력하면 언젠가는 성공한다고? 뭐가 내 노력을 증명해 줄 것인가? 성공하지 못하면 내가 한 노력은 인정되지 않는 세상에 사는 탓에 결과에 내 노력이 평가되는 사회.

나를 탓할 필요는 없었다. 하지만 세상을 탓할 수도 없었다. 내가 아무리 괴로워하고 힘들어해도 세상은 그걸 알아주지 않으니까. 누구에게 화를 낼지 몰라 혼자 자책했던 밤. 울며 지새웠던 밤을 지내고 나니 내가 나를 이렇게 미워하는데, 누가 나를 사랑해줄 수 있을까? 라는 생각을 했다.

항상 노력했지만, 일에 실패해서, 사랑에 실패해서 인간관계에 실패했다고 나를 탓했던 과거. '내가 잘못한 거겠지.' 라며 일축했지만, 정작 나 자신이 아닌 남만 배려한 탓에 나에게 남는 건 없었다. 내가 나를 위해 산다고, 누가 뭐라 할 것도 아닌데 내가 상처받는 한이 있더라도, 내가 조금 더 힘들더라도 괜찮다고 나 자신을 제일 밑으로 빼놨었다. 정작 날 나락으로 빠트린 건 나 자신이었다. 아무도 알아주지 않는다. 나 자신은 내가 챙겨야 한다는 걸 삼십 대 중반에서야 느꼈다. 모든 걸 내려놓고 여유롭게 세상을 보면서 나를 사랑하기 시작하니, 나를 사랑해주는 사람도 생겼다. 인생 급할 거 없다. 나처럼 일이 잘 안 풀린다고 조급해하는 사람들. 괜찮다. 백세 시대에 이런 시기 한번 없으면 너무 재미없는 인생 아닌가?

저자도 사실 아직까지 마음 편해지는 방법을 찾아가고 있다. 그렇기에 책에서는 이렇게 해라, 저렇게 해라는 식의 억지 방법을 주입하지는 않는다. 나도 이제부터 그렇게 해야겠다 쓸 뿐이지. 물론 글에 쓴 대로 인생이 흘러가지 않을 수도 있다. 인생의 길은 끊임없이 벽에 부딪힌다. 부딪히지 않기 위해, 뚫린 길로만 갈 수도 없다. 우리는 모두 처음 사는 인생에 살고 있다. 실패는 당연한 거다. 그렇다고 마냥 넘어져 있을 수만은 없다. 이 길이 아니면 저 길로 가면 되고, 저 길도 아니면 날아서라도 가면 된다. 그 속에서 걷기도 하고, 뛰기도 하면서 때로는 멈추어서 들에 핀 꽃을 보며, 말을 걸어보기도 하고 살랑대는 바람을 느껴보기도 해야 인생 아닐까. 정주행하는 인생을 목표로 삼지는 않기로 했다. 그러면 놓치는 게 너무 많으니까. 난 빨리 달려가는 것보다 돌부리에 걸려 넘어져 보기도, 또는 거센 폭풍우에 맞서 싸워보기도 했다.

사람들과 이야기하는 걸 좋아하는 나는 이런 이야기를 사람들에게 해줄 거다. 살면서 겪어왔던 희로애락. 그리고 그 속에서 느꼈던 감정들. 정작 중요한 건 나 자신이었다고. 그리고 남에게 사랑받는 것보다는 내가 먼저 나를 사랑하겠다고.